人民共和國文化與文學叢書

九 編

李 怡 主編

第 3 冊

中國當代文學與拉美「魔幻現實主義」

關滄海（John Gualteros）著

花木蘭文化事業有限公司

國家圖書館出版品預行編目資料

中國當代文學與拉美「魔幻現實主義」／關滄海（John
Gualteros）著 -- 初版 -- 新北市：花木蘭文化事業有限公司，
2021〔民110〕
目 2+178 面；19×26 公分
（人民共和國文化與文學叢書 九編；第 3 冊）
ISBN 978-986-518-501-5（精裝）
1. 中國當代文學 2. 敘事文學 3. 魔幻寫實
820.8   110011111

特邀編委（以姓氏筆畫為序）：

吳義勤　孟繁華　張　檸
張志忠　張清華　陳思和
陳曉明　程光煒　劉福春
（臺灣）宋如珊
（日本）岩佐昌暲
（新西蘭）王一燕
（澳大利亞）鄭　怡

人民共和國文化與文學叢書
九　編　第三冊   ISBN：978-986-518-501-5

中國當代文學與拉美「魔幻現實主義」

作　　者　關滄海（John Gualteros）
主　　編　李　怡
企　　劃　四川大學中國詩歌研究院
總 編 輯　杜潔祥
副總編輯　楊嘉樂
編　　輯　許郁翎、張雅淋、潘玟靜　美術編輯　陳逸婷
印　　刷　普羅文化出版廣告事業
出　　版　花木蘭文化事業有限公司
發 行 人　高小娟
聯絡地址　235 新北市中和區中安街七二號十三樓
　　　　　電話：02-2923-1455／傳真：02-2923-1452
網　　址　http://www.huamulan.tw 信箱 service@huamulans.com
初　　版　2021 年 9 月
全書字數　171222 字
定　　價　九編 12 冊（精裝）台幣 30,000 元

中國當代文學與拉美「魔幻現實主義」

關滄海（John Gualteros）著

作者簡介

關滄海（John Gualteros），來自哥倫比亞，為北京大學文學博士，主要研究拉丁美洲現代詩歌、拉美魔幻現實主義和拉美小說與中國當代文學的關係。

2008 年，在哥倫比亞國立大學獲得西班牙語與古典學的學士學位。2014 年，同時獲得兩個碩士學位，第一個是哥倫比亞國立大學拉丁美洲文學碩士，畢業論文《語言的危機，不確定性和否定性：賽薩爾‧巴列霍面對先鋒派》獲得哥倫比亞國立大學碩士文學研究卓越獎；同年獲得巴列霍運動理事會和聖地亞哥——德丘科（賽薩爾‧巴列霍家鄉）政府聯合授予的「白石上的黑石桂冠獎」（Laurel Piedra Negra sobre Piedra Blanca）；第二個是中國復旦大學國際關係碩士，研究西方世界和第三世界之間在政治、意識形態上的關係。2016 至 2020 年，在北京大學攻讀中國現代文學博士學位。

曾在意大利學習意大利文化和語言，還擁有教學經驗，在哥倫比亞國立大學、哥倫比亞教育和科技大學和拉薩爾大學三所哥倫比亞知名院校教授過古典希臘文學、古典羅馬文學、拉丁美洲文學、現代日本和中國文學等課程。

提　　要

在曾經影響中國現當代文學的外國文學思潮中，拉美「魔幻現實主義」不同凡響。尤其是在 20 世紀 80 ～ 90 年代的中國「新時期文學」階段，「魔幻現實主義」的影響並非僅僅侷限於勃興於 20 世紀 80 年代中期的「尋根文學」，事實上，20 世紀 80 ～ 90 年代幾乎所有重要的中國作家都曾感受到「魔幻現實主義」的衝擊，中國的翻譯家、理論家和批評家也曾對這一概念進行過廣泛和深入的探討。本人在學習和研究相關問題的過程中，一方面為眾多中國作家和學者在相關研究領域所進行的具有開創意義的「跨語際實踐」所感動，另一方面，也感到中國作家與批評家對「魔幻現實主義」的認知與拉美文學的本土認知之間的距離。因此，向中國同行講述拉美「魔幻現實主義」的自我理解，增進中國和拉美這種既相距遙遠，同時又具有極為相似經歷的「命運共同體」之間的相互瞭解，也就成為了本人的責任與宿命。

本文是對曾經給中國當代文學帶來巨大影響的「魔幻現實主義」的溯源分析。在梳理了「魔幻現實主義」對於中國當代作家的影響及其相關的研究成果之後，本文依據第一手資料，追溯了拉美「魔幻現實主義」在歐洲先鋒運動中的起源並且詳細闡述了「魔幻現實主義」在拉美的後續發展。與中國作家多從藝術風格乃至文學技巧角度探討「魔幻現實主義」的意義不同，本文集中討論拉美「魔幻現實主義」這一「文學思潮」背後的文化政治意義，即通過探討特定時期拉美的「政治無意識」，討論拉美社會反抗和超越「西方」的努力是如何影響了「魔幻現實主義」的發生。進一步而言，則是這種共同的「政治無意識」如何在拉美當代文學與中國「新時期文學」中建立了一種獨特的聯繫。並且希望通過這種跨地域、跨文明的「知識譜系」的考察，為我們重新理解中國當代文學乃至當代中國的文化政治提供一種新的視域，或一種新的角度。

研治文學史的方法與心態——代序

李　怡

　　我曾經以「作為方法的民國」為題討論過中國現代文學研究的「方法」問題，最近幾年，「作為方法」的討論連同這樣的竹內好－溝口雄三式的表述都流行一時，這在客觀上容易讓我們誤解：莫非又是一種學術術語的時髦？屬於「各領風騷三五年」的概念遊戲？

　　但「方法」的確重要，儘管人們對它也可能誤解重重。

　　在漢語傳統中，「方」與「法」都是指行事的辦法和技術，《康熙字典》釋義：「術也，法也。《易・繫辭》：方以類聚。《疏》：方謂法術性行。《左傳・昭二十九年》：官修其方。《注》：方，法術。」「法」字在漢語中多用來表示「法律」「刑法」等義，它的含義古今變化不大。後來由「法律」義引申出「標準」「方法」等義。這與拉丁語系 method 或 way 的來源含義大同小異——據說古希臘文中有「沿著」和「道路」的意思，表示人們活動所選擇的正確途徑或道路。在我們後來熟悉的馬克思主義哲學中，「世界觀」與「方法論」的相互關係更得到了反覆的闡述：人們關於世界是什麼、怎麼樣的根本觀點是「世界觀」，而借助這種觀點作指導去認識世界和改造世界的具體理論表述，就是所謂的「方法論」。

　　在我們的傳統認知中，關於世界之「觀」是基礎，是指導，方法之「論」則是這一基本觀念的運用和落實。因而雖然它們緊密結合，但是究竟還是以「世界觀」為依託，所以在「改造世界觀」的社會主潮中，我們對於「世界觀」的闡述和強調遠遠多於對「方法」的討論，在新中國改革開放前的國家思想主流中，「方法」常常被擱置在一邊，滿眼皆是「世界觀」應當如何端正的問題。這到新時期之初，終於有了反彈，史稱「1985 方法論熱」，

一時間，文藝方法論迭出，西方文藝社會學、心理學、語言學、原型批評、接受美學、結構主義、解構主義、新批評、現象學、存在主義、解釋學、以及借鑒的自然科學方法（系統論、控制論、信息論、模糊數學、耗散結構、熵定律、測不準原理等等），這些令人眼花繚亂的「新方法」衝破了單一的庸俗社會學的「舊方法」，開闢了新的文學研究的空間。不過，在今天看來，卻又因為沒有進一步推動「世界觀」的深入變革而常常流於批評概念的僵硬引入，以致令有的理論家頗感遺憾：「僅僅強調『方法論革命』，這主要是針對『感悟式印象式批評』和過去的『庸俗社會學』而來的，主要是針對我們把握世界的『方式』而言的。『方法論革命』沒有也不能夠關注到『批評主體自身素質』的革命。」〔註1〕

平心而論，這也怪不得 1985，在那個剛剛「解凍」的年代，所有的探索都還在悄悄進行，關於世界和人的整體認知——更深的「觀念」——尚是禁區處處，一切的新論都還在小心翼翼中展開，就包括對「反映論」的質疑都還在躲躲閃閃、欲言又止中進行，遑論其他？〔註2〕

1960 年 1 月 25 日，日本的中國研究專家竹內好發表演講《作為方法的亞洲》。數十年後，他已經不在人世，但思想的影響卻日益擴大，2011 年 7 月，溝口雄三《作為方法的中國》在三聯書店出版。〔註3〕 此前，中文譯本已經在臺灣推出，題為《做為「方法」的中國》。〔註4〕而有的中國學者（如孫歌、李冬木、汪暉、陳光興、葛兆光等）也早在 1990 年代就注意到了《方法としての中國》，並陸續加以介紹和評述。最近 10 年的中國思想文化與文學批評界，則可以說出現了一股「作為方法」的表述潮流，「作為方法的日本」、「作為方法的竹內好」、「亞洲」作為方法，以及「作為方法的 80 年代」等等都在我們學術話語中流行開來，從 1985 年至 1990 年直到 2011 年，「方法」再次引人注目，進入了學界的視野。

這裡的變化當然是顯著的。

雖然名為「方法」，但是竹內好、溝口雄三思考的起點卻是研究者的立場和研究對象的特殊性。中國何以值得成為日本學者的「方法」總結？歸

〔註1〕吳炫：《批評科學化與方法論崇拜》，《文藝理論研究》，1990 年 5 期。
〔註2〕參見夏中義：《反映論與「1985」方法論年》，《社會科學輯刊》，2015 年 3 期。
〔註3〕溝口雄三：《作為方法的中國》，孫軍悅譯，北京：三聯書店，2011 年。
〔註4〕林右崇譯，國立編譯館，1999 年。

根結底，是竹內好、溝口雄三這樣的日本學者在反思他們自己的學術立場，中國恰好可以充當這種反省的參照和借鏡。日本學人通過中國這樣一個「他者」的來參照進行自我的批判，實現從「西方」話語突圍，重新確立自己的主體性。竹內好所謂中國「迴心型」近現代化歷程，迴異於日本式的近代化「轉向型」，比較中被審判的是日本文化自己。溝口雄三批評那種「沒有中國的中國學」，其實也是通過這樣一個案例來反駁歐洲中心的觀念，尋找和包括日本在內的建立非歐洲區域的學術主體性，換句話說，無論是竹內好還是溝口雄三都試圖借助「中國」獨特性這一問題突破歐洲觀念中心的束縛，重建自身的思想主體性。如果套用我們多年來習慣的說法，那就是竹內好－溝口雄三的「方法之論」既是「方法論」，又是「世界觀」，是「世界觀」與「方法論」有機結合下的對世界與人的整體認知。

事實上，這也是「作為方法」之所以成為「思潮」的重要原因。在告別了 1980 年代浮躁的「方法熱」之後，在歷經了 1990 年代波詭雲譎的「現代—後現代」翻轉之後，中國學術也步入了一個反省自我、定義自我的時期，日本學人作為先行者的反省姿態當然格外引人注目。

如果我們承認中國當代學術需要重新釐定的立場和觀念實在很多，那麼「作為方法」的思潮就還會在一定時期內延續下去，並由「方法」的檢討深入到對一系列人與世界基本問題的探索。

在中國現當代文學的領域中，我堅持認為考察具體的國家社會形態是清理文學之根的必要，在這個意義上，「民國作為方法」或「共和國作為方法」比來自日本的「中國作為方法」更為切實和有效。同時，「民國作為方法」與「共和國作為方法」本身也不是一勞永逸的學術概念，它們都只是提醒我們一種尊重歷史事實的基本學術態度，至於在這樣一個態度的前提下我們究竟可以獲得哪些主要認知，又以何種角度進入文學史的闡述，則是一些需要具體處理、不斷回答的問題，比如具體國家體制下形成的文學機制問題，國家觀念與民族意識的互動與衝突，適應於民國與共和國語境的文學闡述方法，以及具體歷史環境中現代中國作家的文學選擇等等，嚴格說來，繼續沿用過去一些大而無當的概念已經不能令人滿意了，因為它沒有辦法抵近這些具體歷史真相，撫摸這些歷史的細節。

「民國作為方法」是對陳舊的庸俗社會學理論及時髦無根的西方批評理論的整體突破，而突破之後的我們則需要更自覺更主動地沉入歷史，進

入事實，在具體的事實解讀的基礎上發現更多的「方法」，完成連續不斷的觀念與技術的突破。如此一來，「民國作為方法」就是一個需要持續展開的未竟的工程。

對文學史「方法」的追問，能夠對自己近些年來的思考有所總結，這不是為了指導別人，而是為自我反省、自我提高。自我的總結，我首先想起的也是「方法」的問題，如上所述，方法並不只是操作的技術，它同樣是對世界的一種認知，是對我們精神世界的清理。在這一意義上，所有的關於方法的概括歸根到底又可以說是一種關於自我的追問，所以又可以稱作「自我作為方法」。

那麼，在今天的自我追問當中，什麼是繞不開的話題呢？我認為是虛無。

在心理學上，「虛無」在一種無法把捉的空洞狀態，在思想史上，「虛無」卻是豐富而複雜的存在，可能是為零，也可能是無限，可能是什麼也沒有，但也可能是人類認知的至高點。是一個複雜的概念。在今天，討論思想史意義的「虛無」可能有點奢侈，至少應該同時進入古希臘哲學與中國哲學的儒道兩家，東西方思想的比較才可能幫助我們稍微一窺前往的門徑。但是，作為心理狀態的空洞感卻可能如影隨形，揮之不去，成為我們無可迴避的現實。這裡的原因比較多樣，有個人理想與社會現實感的斷裂，有學術理念與學術環境的衝突，有人生的無奈與執著夢想的矛盾……當然，這種內與外的不和諧本來就是人生的常態，對於凡俗的人生而言，也就是一種生活的調節問題，並不值得誇大其詞，也無須糾纏不休。但對於一位以實現為志業的人來說，卻恐怕是另外一種情形。既然我們選擇了將思想作為人生的第一現實，那麼關乎思想的問題就不那麼輕而易舉就被生活的煙雲所蕩滌出去，它會執拗地拽住你，纏繞你，刺激你，逼迫你作出解釋，完成回答，更要命的是，我們自己一方面企圖「逃避痛苦」，規避選擇，另一方面，卻又情不自禁地為思想本身所吸引，不斷嘗試著挑戰虛無，圓滿自我。

這或許就是每一位真誠的思想者的宿命。

在魯迅眼中，虛無是一種無所不在的「真實」，「當我沉默著的時候，我覺得充實；我將開口，同時感到空虛」（《野草》題辭）「絕望之為虛妄，正與希望相同」（《希望》）「於浩歌狂熱之際中寒；於天上看見深淵。於一

切眼中看見無所有；於無所希望中得救。」(《墓碣文》)所以，他實際上是穿透了虛無，抵達了絕望。對於魯迅而言，已經沒有必要與虛無相糾纏，他反抗的是更深刻的黑暗——絕望。

虛無與絕望還是有所不同的。在現實的世界上，盼望有所把捉又陡然失落，或自以為理所當然實際無可奈何，這才是虛無感，但虛無感的不斷浮現卻也說明在大多數的時候，我們還浸泡在現實的各自期待當中，較之於魯迅，我們都更加牢固地被焊接在這一張制度化生存的網絡上，以它為據，以它為食，以它為夢想，儘管它無情，它強硬，它狡黠。但是，只要我們還不能如魯迅一般自由撰稿，獨自謀生，那就，就注定了必須付出一生與之糾纏，與之往返。在這個時候，反抗虛無總比順從虛無更值得我們去追求。

於是，我也願意自己的每一本文集都是自己挑戰虛無、反抗虛無的一種總結和記錄。

在我的想像之中，每一個學術命題的提出就是一次祛除虛無的嘗試，而每一次探入思想荒原的嘗試都是生命的不屈的抗爭。

回首這些年來思想歷程，我發現，自己最願意分享的幾個主題包括：現代性、國與族、地方與文獻。

「現代性」是我們無法拒絕卻又並不心甘情願的現實。

「國與族」的認同與疏離可能會糾結我們一生。

「地方」是我們最可能遺忘又最不該遺忘的土地與空間。

「文獻」在事實上絕不像它看上去那麼僵硬和呆板，發現了文獻的靈性我們才真的有可能跳出「虛無」的魔障。

如果仔細勘察，以上的主題之中或許就包含著若干反抗虛無的「方法」。

2021 年 6 月於長灘一號

目

次

第一章　緒　論

第一節　研究對象

　　「新時期文學」又稱為「後文革文學」，從 20 世紀 70 年代末期至今，已有 40 餘年歷史。在中國文學史的寫作和教學中，「新時期文學」享有重要的位置，被稱為「中國現當代文學」的黃金時期，更被視為「文學擺脫政治」、「文學回歸自身」的典範。在探尋「新時期文學」的知識譜系時，我們不難看到西方「批判現實主義文學」、「現代主義」以及俄蘇文學、日本文學的影響，但就影響力的深度與廣度而言，這些外來文學的影響力都無法與一種更具文化症候的外來文學文化思潮比肩，這就是拉美「魔幻現實主義」。「魔幻現實主義」對「新時期文學」的覆蓋性影響不僅表現在它直接催生了 20 世紀 80 年代中期的「尋根文學」和橫掃 20 世紀 80 年代末期中國文壇的「先鋒小說」，更重要的是，當代中國文壇的重要作家，包括韓少功、王安憶、馬原、蘇童、余華、格非、莫言、閻連科、賈平凹、張煒、陳忠實、阿來、劉恒、洪峰、鄧剛、葉兆言等等等等，幾乎都無一例外將加西亞・馬爾克斯（Gabriel García Márquez）、胡安・魯爾福（Juan Rulfo）等為代表的「魔幻現實主義」奉為自己的文學導師！——對一種外國文學思潮的如此毫無節制的膜拜，這在整個「新時期文學」中，可以說是絕無僅有。

　　「許多年以後，面對行刑隊，奧雷良諾上校仍會想起他的祖父帶他去見

—1—

識冰塊的那個遙遠的下午。」〔註1〕這個《百年孤獨》的開卷句式，不僅出現在許多作家的筆下，甚至可以說，改變了許多中國作家的文學觀念。許多作者都曾談到這個獨特的句式對自己如醍醐灌頂的啟示。這個句式，這部作品——《百年孤獨》，這個作家——加西亞・馬爾克斯，都成為了地理上相距遙遠的拉美「魔幻現實主義」與「中國當代文學」之間這種奇妙的關聯關係的生動寫照。

蘇童〔註2〕曾經這樣表達對《百年孤獨》的敬意：「我對《百年孤獨》有非常真實的、崇敬的感覺。這樣的作品會不停地賣，一代一代的人都會讀，是暢銷書。我沒有辦法預測如果重新出版的話是否會轟動，當年文學青年幾乎人手一本。」

余華〔註3〕曾這樣回憶自己的 80 年代：「在那些剛出版就暢銷的文學作品裏，有些與世長存，比如《百年孤獨》；另一些則銷聲匿跡，也就沒有比如了。」

評論家葛紅兵〔註4〕說：「馬爾克斯，中國先鋒派的祖師爺，他的『飛昇的床單』擠滿了中國作家。」

作家範穩〔註5〕說：「我的枕邊書是《百年孤獨》，儘管馬爾克斯的魔幻現實主義在中國已經不是個熱門話題了，但我還是固執地把《百年孤獨》當《聖經》來讀。」

作家李洱〔註6〕這樣講述《百年孤獨》如何塑造了自己的文學成長：

「1985 年的暑假，我帶著一本《百年孤獨》從上海返回中原老家。它奇

〔註1〕加西亞・馬爾克斯：《百年孤獨》，范曄譯，海口：南海出版社公司，2011 年，第 3 頁。

〔註2〕羅文敏、韓曉清、劉積源：《外國文學經典導論》，北京：民族出版社，2013 年，第 367 頁。

〔註3〕羅文敏、韓曉清、劉積源：《外國文學經典導論》，北京：民族出版社，2013 年，第 367 頁。

〔註4〕羅文敏、韓曉清、劉積源：《外國文學經典導論》，北京：民族出版社，2013 年，第 367 頁。

〔註5〕今日玉環，范穩：我的枕邊書是《百年孤獨》〔N/OL〕〔2010/07/06〕〔2020/05/23〕：http://www.bzdrs.com/readPaper.do?id=3B587561DA346E03C7E11EC730CA4874BD254E6DCD45FC6B0B0C51758C286FA934DCE34D10D46BC2CC9B8C21C279E6BF，第 4 頁。

〔註6〕林建法、喬陽：《中國當代作家面面觀：漢語寫作與世界文學（上卷）》，瀋陽：春風文藝出版社，2006 年，第 227 頁。

異的敘述方式一方面引起我強烈的興趣，另一方面又使我昏昏欲睡。在返鄉的硬座車廂裏，我再一次將它打開，再一次從開頭讀起。馬孔多村邊的那條清澈的河流，河心的那些有如史前動物留下的巨蛋似的卵石，給人一種天地初開的清新之感。

馬爾克斯敘述的速度是如此之快，有如颶風將塵土吹成天上的雲團：他很快就把吉卜賽人帶進了村子，各種現代化設施迅疾布滿了大街小巷，民族國家的神話與後殖民理論轉眼間就展開了一場拉鋸戰。這樣一種寫法，與《金瓶梅》、《紅樓夢》所構築的中國式的家族小說顯然迥然不同。在中國小說中，我們要經過多少迴廊才能抵達潘金蓮的臥室，要有多少兒女情長的鋪墊才能看見林黛玉葬花的一幕。

事實上，在漫長的假期裏，我真的雄心勃勃地以《百年孤獨》為摹本，寫下了幾萬字的小說。」

與大多數中國作家和批評家理解的不同，「魔幻現實主義」這一概念並非誕生在拉丁美洲，它的起源可以追溯到 20 世紀 20 年代歐洲先鋒派對「魔幻」與「神奇」概念的發展。「魔幻」是弗朗茨·羅（Franz Roh）的德國「魔幻現實主義」繪畫理論和馬西莫·邦滕佩利（Massimo Bontempelli）的意大利文學「魔幻現實主義」理論中的一個基本概念，而「神奇」則是法國「超現實主義」理論的一個重要概念。這兩個概念的發展與歐洲「先鋒派」提出的一些理論命題有關，如「日常現實」與「第二現實」的關係、現代化導致的「魔幻缺失」、「無意識」與「靈長類思維」的關係等。這些理論對拉美「魔幻現實主義」的未來發展產生了深遠的影響。

20 世紀 40 年代正值拉美文學試圖解決拉美身份認同危機，拉丁美洲「魔幻現實主義」開始發展，並試圖創造一種能夠表現拉美現實的原創文學。這兩個問題都與拉丁美洲與西方文化的複雜關係有著極為密切的聯繫，其中既包括歐洲文化對拉丁美洲文化的根本性影響，也包括拉丁美洲人對西方殖民主義、帝國主義、資本主義或理性主義的反抗。這一特殊進程不能被簡單理解為西方世界和第三世界之間的衝突，它同時與拉丁美洲不同文化和種族的融合有關（包括歐洲文化、印第安人文化、非洲文化等）。在這種特殊的背景下，意圖超越西方文化的「政治無意識」強調拉美種族融合的獨特特徵，成為理解拉美「魔幻現實主義」文學模式的一個基本方面。

拉美「魔幻現實主義」體現了三個基本方面：（1）一種虛構的圖景，其

中拉丁美洲文化比西方文化更為豐富，採用一種新的神話歷史概念來取代現實的「歷史」。（2）現代化作為一種意識形態和一種人類學方法之間的意識形態鬥爭，前者強調未來的重要性，後者強調過去的重要性。（3）人類歷史的不同階段在同一空間中同時呈現。

20世紀80年代是中國的「後文革」時期，中國剛剛從幾十年的以「西方」尤其是美國為「他者」的社會主義革命中「解放」出來，「文革」被定性為「十年浩劫」，在政治與經濟領域，中國開始了全面接受西方價值觀念的「改革開放」，「現代化」意識形態取代「革命」意識形態成為中國社會的共識。而文學界更是以「去政治」為圭臬，提出了「文學回到自身」的口號，以控訴左翼政治為主題的「傷痕文學」與「反思文學」成為了「新時期文學」的主潮。隨後興起的「現代派」與「尋根文學」兩種潮流同樣是擁抱西方的產物。在「現代派」的理論推廣過程中，理論家徐遲有一篇非常有名的文章《現代化與現代派》，提出「現代化」已經是中國政治和經濟改革的目標，相應的，中國文學就要以「現代派」作為自己的發展方向。這種理論將「現代派」完全等同於「現代化」，在中國很有市場。

「對於西方現代派文藝，贊成者和反對者在我們這裡都有，各執一詞，也都是各有其正確的地方。西方現代派，作為西方物質生活的反映，不管你如何罵它，看來並沒有阻礙了西方經濟的發展，確乎倒是相當地適應了它的。它在文藝樣式和創作方法上的創新，又很有些卓越成就，雖然我們很多人接受不了，不少西方世界人士是接受了的」〔註7〕。

正是基於這一特殊的歷史背景，中國「新時期文學」展開了自己的現代化之旅。拉美「魔幻現實主義」也就是在這一特定的文化政治語境中，進入到中國作家的視野。以多位作家獲得諾貝爾文學獎為標誌，拉美「魔幻現實主義」在西方世界獲得的巨大成功，讓中國作家看到了一種可能，那就是將傳統文化轉化為一種文學資源，幫助中國文學「走向世界」。

儘管處於80年代初這樣一個「改革開放」的大時代，「現代派」等於「現代化」的理論也極有市場，但對於是否毫無保留地接受西方文學技巧亦或是否全面模仿西方現代派，中國作家並非全無疑惑，但對於莫言、扎西達娃、王安憶這樣的作家，拉美「魔幻現實主義」為這場辯論提供了解決方案。拉美「魔幻現實主義」借鑒了西方的技巧，但同時又突出了拉丁美洲社會的傳

〔註7〕徐遲：《現代化與現代派》，外國文學研究，1982年，（01），第116頁。

統文化、大眾文化以及口頭文學的傳統。在這一意義上，拉丁美洲文學不僅成為中國文學的典範，甚至成為了整個第三世界文學的典範。

在文學和文化層面上確立了拉美「魔幻現實主義」的意義之後，中國作家很快就發現了當代中國在歷史、傳統、經濟發展水平乃至文化政治等多個層面與拉丁美洲的近似與關聯。在接下來的幾頁中，我們可以觀察到中國文學界如何理解、定義和評價拉美「魔幻現實主義」。

例如，當談到加西亞·馬爾克斯的作品時，莫言發現了一種有趣的關係，即一個社會的落後和人們講故事的能力之間的關係。在他看來，最貧窮的地方充滿了故事。加西亞·馬爾克斯就是這樣一個例子，他雖然生長在一個落後的社會，卻繼承了他所在社區的流傳的故事。

「其實，我想，絕大多數的人，都是聽著故事長大的，並且都會變成講述故事的人。作家與一般的故事講述者的區別是把故事寫成文字。往往越是貧窮落後的地方故事越多。這些故事一類是妖魔鬼怪，一類是奇人奇事。對於作家來說，這是一筆巨大的財富，是故鄉最豐厚的饋贈。故鄉的傳說和故事，應該屬於文化的範疇，這種非典籍文化，正是民族的獨特氣質和稟賦的搖籃，也是作家個性形成的重要因素。馬爾克斯如果不是從外祖母嘴裏聽了那麼多的傳說，絕對寫不出他的驚世之作《百年孤獨》。《百年孤獨》之所以被卡洛斯·富恩特斯譽為『拉丁美洲的聖經』，其主要原因是『傳說是架通歷史與文學的橋樑』。」〔註8〕

正如莫言在這篇文章中所論證的那樣，80年代中國對拉美「魔幻現實主義」的解讀基於一種拉美社會充滿矛盾的視角：文化和文學上富足，但社會和經濟上貧窮。

在80年代，許多中國人認為拉丁美洲比非洲大陸更貧窮、更落後。這種對拉丁美洲的想像其實與許多拉丁美洲國家的現實不符，因為這個時候有一部分拉美國家已經在經濟發展上取得了巨大的成就。莫言將「貧困」等同於「文學財富」，並不是要貶低拉美文學的價值，相反，他確立了第三世界文學（中國和拉丁美洲）與西方文學的根本區別。如果說西方文學的高水平是其社會經濟發展的結果，莫言對「魔幻現實主義」的思考則呈現出不同的邏輯：一個地方越窮，其文學能力越強。換句話說，「魔幻現實主義」表明，落後的

〔註8〕莫言：《故鄉的傳說》//邱華棟：《我與加西亞·馬爾克斯》，北京：華文出版
　　　　社，2014年，第1頁。

社會擁有富裕社會所缺乏的文學豐富性。

「落後」這個概念的使用不應被低估，因為拉美「魔幻現實主義」和「尋根文學」都看重傳統文化與當地文化。因此，莫言對「魔幻現實主義」的分析已經證明了這一趨勢：落後不一定是壞事，落後總是有文學上的豐富性。莫言強調拉丁美洲的落後，也指的是中國的落後。事實上，當他說加西亞·馬爾克斯來自一個落後的社會但有豐富的文學文化時，他其實是在談論自己。因此，我們可以推斷出，「經濟上貧窮，文學上富有」這一模式不僅適用於拉美，也適用於中國。如果把同樣的推理運用到更廣闊的背景中，「經濟上貧窮，文學上富有」這個公式就是「第三世界」文學潛力的定義。但是，拿拉丁美洲社會和文學與誰相比，才能確定他們是多麼的「貧窮」和「富有」呢？答案是西方社會和西方文學。這種文化和經濟競爭意識和學習西方文學的欲望，就此成為了拉美和中國文學繁榮發展的根本動力之一。

在確定拉丁美洲與中國社會文化背景很相似之後，莫言〔註 9〕就轉向文學層面，去尋找更具體的相似性：

「我的故鄉離蒲松齡的故鄉三百里，我們那兒妖魔鬼怪的故事也特別發達。許多故事與《聊齋》中的故事大同小異。我不知道是人們先看了《聊齋》後講故事，還是先有了這些故事而後有《聊齋》。」

莫言不僅注意到了家鄉鬼怪故事的豐富性，而且注意到了中國文學中鬼怪故事的傳統。其中，特別提到的「口頭傳統」更與「魔幻現實主義」有著千絲萬縷的聯繫。由此可見，拉美「魔幻現實主義」文學是深受大眾文化影響的文學。莫言表示，在 1985 年（讀了《百年孤獨》的幾章後），他明白小說中描述的元素也存在於他自己的現實中。在 20 世紀，西方「現代派」被認為是最發達的文學：一種與西方的個人主義和非理性主義高度相關的文學流派。相反，拉美「魔幻現實主義」則重新建立了個人文學與大眾文化之間的聯繫，由此重新確立了拉丁美洲的現代身份。通過將自己的文學作品與中國的口頭文學傳統聯繫起來，莫言意識到拉美模式在中國有著巨大的潛力。特別是 80 年代的中國文學，尤其是「尋根文學」，用一種「文化」的視角來描述中國現實。80 年代中期「文化熱」的興起是為了在中華民族的文化中尋找中華民族的本質，更具體地說，在中華民族的傳統——大眾——民間文化中尋找中華

〔註 9〕莫言：《故鄉的傳說》//邱華棟：《我與加西亞·馬爾克斯》，北京：華文出版社，2014 年，第 5 頁。

民族的本質。的確，這種「文化立場」與 20 世紀 50 年代至 70 年代主要關注階級鬥爭的主流文學不同，「正是在這樣的『前史』參照之下，『尋根』思潮在民族主義話語表述上所呈現出來的文化民族主義色彩，便格外值得探究。它一方面取消了 50～70 年代民族主義話語批判資本主義現代性的維度，因而將民族主體性的表述鎖定於『文化』認同之上；另一方面它又試圖在接納『歷史反思運動』對傳統文化的新啟蒙式批判的前提下，去挖掘那些傳統主流文化之外的『非規範』的民族文化傳統。這無疑是 80 年代中期兩個方向的歷史力量同時作用的結果。重新探究這一思潮的歷史構成與知識譜系，或可呈現出 80 年代文化一處較為複雜的話語場域」〔註 10〕。

　　西方的解讀一直強調「魔幻現實主義」的風格和想像力，卻忽視了「魔幻現實主義」風格與拉美現實的關係。相反，對莫言來說，拉美「魔幻現實主義」不僅提供了一種描述第三世界現實的新方式，而且還提供了一種看待現實的方式。在中國作家對其的解釋中，對於拉美現實的關注，產生了對「魔幻現實主義」美學的更完整的理解：

　　「我認為，《百年孤獨》這部標誌著拉美文學高峰的巨著，具有駭世驚俗的藝術力量和思想力量。它最初使我震驚的是那些顛倒時空秩序、交叉生命世界、極度渲染誇張的藝術手法，但經過認真思索之後，才發現，藝術上的東西，總是表層。《百年孤獨》提供給我的，值得借鑒的、給我的視野以拓展的，是加西亞·馬爾克斯的哲學思想，是他獨特的認識世界、認識人類的方式。他之所以能如此瀟灑地敘述，與他哲學上的深思密不可分。我認為他在用一顆悲愴的心靈，去尋找拉美迷失的溫暖的精神的家園。他認為世界是一個輪迴，在廣闊無垠的宇宙中，人的位置十分的渺小。他無疑受了相對論的影響，他站在一個非常的高峰，充滿同情地鳥瞰這紛紛攘攘的人類世界」〔註 11〕

　　但莫言從未把「魔幻現實主義」與自己寫作過程的關係看作是一個作家模仿另一個作家的被動行為。相反，這似乎更像是一個「認同」的過程，在這個過程中，中國作家承認，促使拉美「魔幻現實主義」誕生的因素也存在於中國和莫言自己的背景中。在中國對「魔幻現實主義」的解讀中，後者成為

〔註 10〕賀桂梅：《「新啟蒙」知識檔案：80 年代中國文化研究》，北京：北京大學出版社，2010 年，第 163 頁。

〔註 11〕莫言：《故鄉的傳說》//邱華棟：《我與加西亞·馬爾克斯》，北京：華文出版社，2014 年，第 5 頁。

了前者的「鏡象」，即中國作家對「魔幻現實主義」討論得越多，就越能看到自己的文學潛力。

「我覺得——好像也有許多作家評論家說過——一個作家對另一個作家的影響，是一個作家作品裏的某種獨特氣質對另一個作家內心深處某種潛在氣質的激活，或者說是喚醒。這就像毛主席的《矛盾論》裏論述過的，溫度可以使雞蛋變成小雞，但溫度不能使石頭變成小雞。我之所以讀了十幾頁《百年孤獨》就按耐不住地內心激動，拍案而起，就因為他小說裏所表現的東西與他的表現方法跟我內心裏積累日久的東西太相似了。他的作品裏那種東西，擾如一束強烈的光線，把我內心深處那片朦朧地帶照亮了。當然也可以說，他的小說精神，徹底地摧毀了我舊有的小說觀念，彷彿是使一艘一直在狹窄的山溪裏劃行的小船，進入了浩浩蕩蕩的江河。」〔註12〕

與此同時，莫言還指出了「魔幻現實主義」的一個重要特徵，這也是 80 年代中國文學的一個基本特徵：「地方」與「世界」的對立。「地方主義在時間上是有限的，在空間上則是無限的。加西亞・馬爾克斯和福克納都是地區主義，因此都生動地體現了人類靈魂家園的草創和毀棄的歷史，都顯示了人類社會發展的螺旋狀軌道。因此，他們是大家氣象，是恢宏的哲學風度的著作家，不是淺薄的、獵奇的、通俗的小說匠」〔註13〕。以「地方」和「全球」之間的矛盾解釋「第三世界」與「西方世界」的衝突，一直是討論全球社會和經濟發展的重要議題。對「文學」的理解，當然也會受到這一討論的影響。拉美「魔幻現實主義」被視為進入西方全球化進程中的第三世界文學模式。

另一個活躍於 80 年代並且對「魔幻現實主義」產生興趣的作家是王安憶。在王安憶的解讀中，也存在著文學與「魔幻現實主義」歷史的結合。在她的文章《一堂課：馬爾克斯的〈百年孤獨〉》中，王安憶（2014）對於布恩迪亞家族幾代人和最重要的角色展開了分析。這一分析旨在表明，這部小說建立在一個有著特殊模式和邏輯的結構之上，正是基於這一結構展開對人物的非自然特徵的描寫和情節的發展。王安憶強調了《百年孤獨》和當代小說是如何體現深刻的理性意識，這種理性意識影響著小說的不同層面。例如，情

〔註12〕莫言：《故鄉的傳說》//邱華棟：《我與加西亞・馬爾克斯》，北京：華文出版社，2014 年，第 4 頁。

〔註13〕莫言：《故鄉的傳說》//邱華棟：《我與加西亞・馬爾克斯》，北京：華文出版社，2014 年，第 5 頁。

節的組織和人物之間的動態關係是由以下原型決定的，「這張家譜上，還可以看出一種傾向是貫穿首尾的，就是內向的傾向、亂倫的傾向。尤其是這家的女性都對外人非常排斥，凡是叫阿瑪蘭塔的女性，都是亂倫者」〔註14〕。因此，這些角色並不代表自然行為，而是心理傾向。名字的重複和人物的命運是聯繫在一起的，所以有特定名字的人物（如奧雷連諾或阿卡蒂奧）符合一種特定的生活方式。這種行為和性格不符合正常的邏輯：「我們已經可以看到，這些人物都是擔任著規定的使命的，不像我們所說的現實主義小說裏的人物，做什麼，說什麼，是憑著具體的個別的日常的邏輯推動。而這裡的任務，他們行動的邏輯都是被抽象歸納過的」〔註15〕。同樣，情節是按照從一開始就確定的完美的循環結構來組織的。王安憶認為，正是這種「理性」使得「魔幻現實主義」和當代小說不同於現實主義。儘管王安憶將這些特徵定義為當代小說的理性化，但這些特徵也與「魔幻現實主義」的神話結構相對應，體現了原始神話的非理性表徵。這些特點正是「魔幻現實主義」與西方文學最重要的區別。

在思想層面，王安憶將「魔幻現實主義」視為拉美歷史上缺乏經濟和政治獨立等特點的表徵。她還指出，在《百年孤獨》的情節中，殖民主義及其對「第三世界」的影響是最重要的因素之一。馬孔多在資本主義時期到來之前和之後的比較是「魔幻現實主義」的基本元素，因為它可以比較當地的本質和外部的全球化。這些歷史元素是許多中國人分析「魔幻現實主義」的基礎，「帶來了馬孔多經濟上的繁榮，是以破壞自然經濟為代價的；最終喪失了經濟上的獨立，成為經濟的殖民地。因此這兩個奧雷連諾，他們的開拓行動的結果是使馬孔多失去了獨立，一個政治上的，一個經濟上的」〔註16〕。

在王安憶〔註17〕的理解中，儘管《百年孤獨》的情節與拉丁美洲的歷史有著千絲萬縷的聯繫，但它也構成了一個獨立的世界：「可《百年孤獨》完全不是這麼回事。你可以找到很多細節說這是象徵著拉丁美洲哪一段時期，你

〔註14〕王安憶：《一堂課：馬爾克斯的〈百年孤獨〉》//邱華棟：《我與加西亞‧馬爾克斯》，北京：華文出版社，2014年，第23頁。

〔註15〕王安憶：《一堂課：馬爾克斯的〈百年孤獨〉》//邱華棟：《我與加西亞‧馬爾克斯》，北京：華文出版社，2014年，第25頁。

〔註16〕王安憶：《一堂課：馬爾克斯的〈百年孤獨〉》//邱華棟：《我與加西亞‧馬爾克斯》，北京：華文出版社，2014年，第25頁。

〔註17〕王安憶：《一堂課：馬爾克斯的〈百年孤獨〉》//邱華棟：《我與加西亞‧馬爾克斯》，北京：華文出版社，2014年，第34頁。

可以這麼說。我相信作者確實用了拉美的歷史作了材料，可他最後呈現在我們面前的世界卻是個獨立的世界。」這種分析暗示了當地文化（拉丁美洲）在兩個意義上呈現了普世性：首先，拉丁美洲的歷史成為了人類歷史的隱喻。第二，因為「魔幻現實主義」的文學世界也可以被理解為任何其他第三世界國家的歷史。因此，在王安憶的分析中，可以清楚地看到，曾經是邊緣的地方，已經成為一個普遍接受的概念。一旦「魔幻現實主義」文學被接受為歷史或人類的象徵，拉丁美洲戰勝西方文化的願望顯然就得到了滿足。

　　王安憶的分析還有一個值得注意的方面。儘管「魔幻現實主義」旨在為拉美身份和歷史的不同問題提出一個假想的解決方案，但在拉美現實主義中，存在著對這些解決方案合理性的悲觀情緒。有以下幾個不同的假設可以解釋這種悲觀情緒。首先，拉丁美洲的社會和政治現實很少符合「魔幻現實主義」的期望，即構建一個建立在不同拉丁美洲民族和諧共處基礎上的社會。其次，拉美「魔幻現實主義」作家從歐美現實主義作家借用了一些文學技巧，而這些作家表達的一種深刻的人類失敗感也被拉美作家所繼承。第三，拉美「魔幻現實主義」作家可能對他們關於拉美現實的文化假設是否成功持懷疑態度。「這些作家對前途的擔憂和信心不足使『魔幻現實主義』作品常常帶著悲觀的情調，尤其是結尾，常常以死亡和毀滅或不知去向為結局。例如《佩特羅‧帕拉莫》的結尾是全村的人都已死光，甚至到這裡尋父的外鄉青年也變成了冤魂；《百年孤獨》中的馬孔多村最後被一陣颶風吹得不知去向，布恩迪亞一家人全部死光。這種虛無縹緲地處理結局，與其說是藝術手法，不如說是作者世界觀的表露」〔註18〕。王安憶在她的分析中，把失敗的情感作為當代小說的特徵之一，也作為「魔幻現實主義」的特徵之一。王安憶將這種情緒解釋為科學發展、個人主義、大眾文化、消費主義社會、民族主義的失敗和無所解決的問題所造成的虛無主義的結果。在她看來，這就是《百年孤獨》的意義所在。從這個意義上說，這部小說既是對建構的隱喻，也是對破壞的隱喻。「我們現在再做一件事：用一句話來描述一下《百年孤獨》，這句話很難說，我想這是不是一個生命的運動的景象，但這運動是以什麼為結局的呢？自我消亡。因此馬爾克斯在拆房子，拆的同時建立了一座房子，但這是一所虛空的房子，以小說的形式而存在」〔註19〕。

〔註18〕陳光孚：《魔幻現實主義》，廣州：花城出版社，1987年，第188頁。
〔註19〕王安憶：《一堂課：馬爾克斯的〈百年孤獨〉》//邱華棟：《我與加西亞‧馬爾

　　作家阿來在對「魔幻現實主義」的解讀中，探討了「魔幻現實主義」的兩個主要來源：（1）歐洲超現實主義和（2）印第安人的傳統文化。「我們應該看到，這樣一種文學大潮的出現，既與來自外部世界的最新的藝術觀念與技術試驗有很大關係，更與復活本土文化意識的努力密切相關……魔幻現實主義所受的超現實主義的影響被忽略了，而作家們發掘印第安神話與傳說，復活其中一些審美與認知方式的努力則更是被這種或那種方法論圈定了界限的批評排除在視野之外」〔註 20〕。印第安人文化是對「魔幻現實主義」理解的一個重要因素，它決定了「魔幻現實主義」與西方文學的根本區別之一。因此，這也是中國作家經常強調的一個方面。印第安人文化在拉丁美洲文化的框架內扮演著被歐洲文化所取代的邊緣文化的角色。阿來認識到了中國文化中的一個類似的問題：「為什麼我們看不到構成中國各族文化的豐富民間文化正在對漢語言文學發生怎樣的影響……」〔註 21〕。80 年代的中國文學，尤其是「尋根文學」，試圖通過對少數民族的考察來重構中國身份的本質。由此可見，在「魔幻現實主義」和「尋根文學」中，存在著中心文化與邊緣文化的價值轉換。因此，「魔幻現實主義」被詮釋為第三世界中的邊緣文化可以超越中心文化，「一方面，尋根小說關於民族文化的表述有著頗為醒目的『去中心化』表象。它關於『中國文化』的聲述並沒有採取中國想像慣常採用的文化／地理符號，而著重的是挖掘和表現中國內部的邊緣文化。呈現文化的差異性被作為尋根小說的共同追求，這種差異性有時表現為帶有幾分『魔幻』色彩的少數民族文化，有時表現為帶有明顯的區域性色彩的地方文化，有時則表現為由遠古時代殘存至今的民風民俗；並且幾乎所有的小說語言都極大地藉重方言土語，並追求著一種擺脫了體制化語言的風格化表述。但另一方面，這些各有差異的『活著的傳統』，也正是作為共同體存在的『文化中國』的未死之『根』」〔註 22〕。

　　阿來還代表了 80 年代中國作家對「魔幻現實主義」解讀的另一個有趣的

　　　　　克斯》，北京：華文出版社，2014 年，第 33 頁。

〔註 20〕阿來：《世界：不止一副面孔》//邱華棟：《我與加西亞·馬爾克斯》，北京：華文出版社，2014 年，第 47 頁。

〔註 21〕阿來：《世界：不止一副面孔》//邱華棟：《我與加西亞·馬爾克斯》，北京：華文出版社，2014 年，第 48 頁。

〔註 22〕賀桂梅：《「新啟蒙」知識檔案：80 年代中國文化研究》，北京：北京大學出版社，2010 年，第 190 頁。

方面。當一些中國作家注意到「魔幻現實主義」在中國文學中的巨大潛力時，有些人並不認可對「魔幻現實主義」的亦步亦趨，但也有一些中國作家太欣賞加西亞‧馬爾克斯，以至於他們在複製他的作品，或者忘記了其他重要的作家。在阿來看來，中國作家不需要複製「魔幻現實主義」，因為「魔幻現實主義」元素一直是中國文化的一部分。阿來對「魔幻現實主義」的影響的批評表明，部分中國作家理智地認識到，「魔幻現實主義」可以作為一種模式來開創真正的中國文學，而不是作為一種應該被複製的文學。「其實，我們的漢語言文學也有深厚的傳奇與幻想的傳統，但在近代，這種傳統卻很奇怪地一下子萎縮了，萎縮到今天我們的想像力開始復活的時候，要勞我們的批評家去遙遠的拉美去尋找遺傳密碼」〔註 23〕。中國作家與「魔幻現實主義」影響之間的這種特殊的緊張關係，也在莫言解釋他對加西亞‧馬爾克斯和威廉‧福克納（William Faulkner）的態度時得到了表達：「現在我想，加西亞‧馬爾克斯和福克納無疑是兩座灼熱的高爐，而我是冰塊。因此，我對自己說，逃離這兩個高爐，去開闢自己的世界！」〔註 24〕

對於拉美「魔幻現實主義」和中國文學的關係，馬原提出了一種不同的解讀。他比較了加西亞‧馬爾克斯、海明威、豪爾赫‧路易斯‧博爾赫斯（Jorge Luis Borges）和李少紅導演的改編於加西亞‧馬爾克斯的《一樁事先張揚的謀殺案》的電影《血色清晨》，這部電影拍攝於 1992 年，講述了年輕的教師李明光在中國北方被謀殺的故事，因為他被懷疑奪走了少女紅杏的童貞。紅杏和張強國結了婚，張強國發現她不是處女的第一夜就把她送回家了。她的兄弟李平娃和李狗娃懷疑李明光與紅杏有秘密關係，決定報復李明光。《一樁事先張揚的謀殺案》和《血色清晨》強調犯下謀殺案的是整個社區。這對兄弟在早上宣布要殺害李明光——這其實不是表示肯定，而是尋求幫助。但是之後卻沒有人阻止他們，因為這個社區是一個保守和被動的群體。加西亞‧馬爾克斯的小說和李少紅的電影質疑了屬於這種群體的讀者和觀眾，認為每個人都是犯下了不正義和謀殺之罪的幫兇。「在馬爾克斯的小說和李少紅的電影裏，我們更多是看到一種心情，憤怒的心情，並且願意讓自己的憤怒廣為人

〔註 23〕阿來：《世界：不止一副面孔》//邱華棟：《我與加西亞‧馬爾克斯》，北京：華文出版社，2014 年，第 50 頁。

〔註 24〕莫言：《故鄉的傳說》//邱華棟：《我與加西亞‧馬爾克斯》，北京：華文出版社，2014 年，第 115 頁。

知以造成威懾的聲勢，他們有這種很強的願望。我真的不能在一件事先要大肆張揚的殺人事件中看到殺人者內心的堅決和義無反顧，我沒有看到反顧，我看到的反而是怯懦。而且我想馬爾克斯和李少紅也會這麼認為，那兄弟兩個並不真的要殺人，他們實際是希望告訴大家：『你們攔住我，你們不攔住我我可真要殺人了！你們還不攔，還不攔就真要出人命了！』他們反覆向圍觀的人們傳達這種暗示，他們希望有個臺階〔註25〕。」

馬原將死亡視為海明威、博爾赫斯、加西亞・馬爾克斯和李少紅的電影的共同主題。「無論是哥倫比亞、是美國、還是中國，當一個人明明知道自己即將被殺，可是我們看到他的心情非常奇怪，而且在三個不同國度裏的當事人，居然這種奇怪的心情是相同的，就是不做任何反抗或者逃避，就是等死。」通過拉美「魔幻現實主義」和80年代中國文學的比較，中國文學和拉美文學獲得了一種普遍意義，作家能夠在全球化的框架中進行創作。因此，加西亞・馬爾克斯和李少紅的關係不僅是一種模仿實驗，而且讓人意識到，儘管拉美文化和中國文化迥異，二者卻擁有相同的經歷。這些相同的經歷與「第三世界」的歷史和社會條件有關，這種「第三世界」的傳統可能會產生悲劇性的矛盾。

中國先鋒派作家對「魔幻現實主義」也表現出了濃厚的興趣。格非在他的文章《加西亞・馬爾克斯：回歸種子的道路》中將「魔幻現實主義」作為一種與西方世界產生競爭的文學現象來分析。他把拉美「魔幻現實主義」看作一種成功的文學模式，也是一種中國文學可以借鑒的文學模式。格非著重論述了「魔幻現實主義」的思想層面和文學層面等方面，在文化層面，他指出「魔幻現實主義」傾向於尋求拉美文化建構的身份認同。同許多其他作家一樣，格非指出「魔幻現實主義」小說代表了拉美人民的多種迷信，其中最重要的是對鬼魂的信仰。在加西亞・馬爾克斯和魯爾福的作品中，鬼魂扮演了一個重要的角色，讓作家們改變了生者世界和死者世界之間的邏輯。格非還闡述了卡夫卡、福克納、海明威等作家在加西亞・馬爾克斯作品中的重要作用，展示了西方文學在鞏固拉美「魔幻現實主義」中的重要作用。

格非認為，正是由於民族主義和地方色彩，「魔幻現實主義」才能達到敘事方式的轉換。他把拉丁美洲文化描述為拉丁美洲印第安人和歐洲世界之間

〔註25〕馬原：《加西亞・馬爾克斯筆下的「殺人者」》//邱華棟：《我與加西亞・馬爾克斯》，北京：華文出版社，2014年，第116頁。

文明衝突的結果。所以「魔幻現實主義」是歐洲世界和拉丁美洲世界之間衝突的延伸。格非〔註26〕的分析將文學和思想的觀點巧妙地結合在一起，對「魔幻現實主義」產生了獨特的理解：「但更為重要的是，敘事方式的變革、形式的創新，也是真實表現拉丁美洲現實的內在要求。也就是說並非作家人為地製造荒誕與神奇，拉丁美洲的現實本身就是荒誕與神奇的。這塊有著不同種族、血統、信仰的新大陸所構建的光怪陸離、荒誕不經的現實，也呼喚著別具一格的新的表現形式。」

「魔幻現實主義」試圖打破歐洲的文化殖民，修正拉丁美洲國家的共同歷史，同時也將西班牙語作為共同語言和印第安人文化作為文化的基礎。然而，與西方文化的文化對抗並不妨礙「魔幻現實主義」向西方文學學習其文學技巧。格非總結說，這些都是拉丁美洲文化孕育新一代作家的環境。很明顯，格非認為中國文學也可以走類似的道路。「第三世界」的文學作品反對西方世界，但如果不向西方世界學習，就無法寫作。格非是這樣評價加西亞·馬爾克斯的：「如果說，遊歷使他獲得一個重新審視拉丁美洲地理的視角，那麼與異域文化（尤其是西方文化）的相遇則幫助他進一步確定自身的特性。殖民地文化也好，歐洲強勢語言也罷，加西亞·馬爾克斯的準則，首先是暸解和學習，然後才談得上擊敗、摧毀和重建。」

梳理中國作家對「魔幻現實主義」的詮釋，我們不得不承認這些詮釋的創造性。表面上看，他們討論的是「拉美魔幻現實主義」，實際上他們是在談論他們自己。當代中國作家從拉美作家那裡看到了從其他文化中吸收知識的能力。正是通過大量的閱讀，拉丁美洲的作家們懂得了寫什麼和怎麼寫。余華就曾指出，在拉美「魔幻現實主義」中，作家們廣泛涉獵大量文本，隨後用自己的個人經歷來進行詮釋，他認為，這些閱讀行為對理解魯爾福和加西亞·馬爾克斯之間的關係非常有幫助。余華說，閱讀《佩德羅·巴拉莫》〔註28〕是加西亞·馬爾克斯寫作生涯中的一件大事。《佩德羅·巴拉莫》改變了加西亞·馬爾克斯的寫作風格，改變了他對神話內容的理解，也改變了他對拉丁美洲現實的理解。對於〔註29〕余華來說，加西亞·馬爾克斯的後續作品是在試圖重寫

〔註26〕格非：《加西亞·馬爾克斯：回歸種子的道路》//邱華棟：《我與加西亞·馬爾克斯》，北京：華文出版社，2014年，第139頁。
〔註28〕魯爾福：《佩德羅·巴拉莫》，屠孟超譯，南京：譯林出版社，2007年。
〔註29〕余華：《胡安·魯爾福與加西亞·馬爾克斯》//邱華棟：《我與加西亞·馬爾克

《佩德羅・巴拉莫》，或者通過一種創造性的形式來重新詮釋這部作品，「加西亞・馬爾克斯的閱讀成為了另一支筆，不斷複寫著，也不斷續寫著《佩德羅・巴拉莫》。不過他沒有寫在紙上，而是寫在了自己的思想和情感之河。然後他換了一支筆，以完全獨立的方式寫下了《百年孤獨》，這一次他寫在了紙上。」

加西亞・馬爾克斯的閱讀是沒有限制的，他吸收了多個作者的風格和主題。除了魯爾福，加西亞・馬爾克斯還是福克納的忠實讀者，並試圖以多種方式在拉丁美洲的背景中再現福克納的世界和風格。加西亞・馬爾克斯的閱讀和寫作一樣與眾不同。「現在，我們可以理解加西亞・馬爾克斯為什麼在胡安・魯爾福的作品裏讀到了索福克勒斯般的浩瀚，是因為他在一部薄薄的書中獲得了無邊無際的閱讀。同時也可以理解馬爾克斯的另一個感受：與那些受到人們廣泛談論的經典作家不一樣，胡安・魯爾福的命運是——受到了人們廣泛的閱讀」。毫無疑問，當余華〔註30〕這樣評論加西亞・馬爾克斯時，他也在思考了自己對 80 年代西方文學和拉丁美洲文學的態度。通過與世界文學的廣泛接觸，「新生代」文學和中國「先鋒派」文學成功地進入到全球化的文學世界。超越西方文學的唯一方法就是盡可能多地向他們學習。因此，對於余華來說，「魔幻現實主義」首先是一種偉大的閱讀練習。

如上文所解釋的，中國作家對諾貝爾獎的態度是「魔幻現實主義」在中國得到接受的重要因素。確實，加西亞・馬爾克斯在中國的影響力很大程度上與他 1982 年獲得諾貝爾文學獎有關。獲得諾貝爾獎意味著加西亞・馬爾克斯已經被西方世界公認為一位傑出的作家。在 80 年代的語境中，「魔幻現實主義」為中國文學中的諾貝爾情結提供了一種解決方案，因為它展示了一個經濟落後的地區如何能夠獲得諾貝爾獎。中國也可以這樣做。正如張頤武〔註31〕所說：「我們一直將沒有中國作家獲得諾貝爾文學獎作為中國文學的失敗和困難的象徵，將以它視為我們自己仍然無法達到世界文學普遍標準的狀況的標誌，這使得我們往往充滿了一種無可奈何的挫折感，一種急切的焦慮。我們決心向它衝刺，以證明我們自己一往無前地走向世界的決心。但到了

斯》，北京：華文出版社，2014 年，第 55 頁。
〔註30〕余華：《胡安・魯爾福與加西亞・馬爾克斯》//邱華棟：《我與加西亞・馬爾克斯》，北京：華文出版社，2014 年，第 56 頁。
〔註31〕張頤武：《馬爾克斯與中國：一段未經授權的旅程》//邱華棟：《我與加西亞・馬爾克斯》，北京：華文出版社，2014 年，第 130 頁。

1982 年，馬爾克斯作為一個和中國在全球『位置』接近的第三世界的拉丁美洲作家得到諾貝爾文學獎，他進入了世界文學的主潮，這讓中國作家感到興奮和鼓舞。這其實給了人們新的信心和新的未來的可能性的展開。」

事實上，如果沒有西方世界的認可，拉丁美洲的「魔幻現實主義」在中國是不可能被接受的。「所謂『魔幻現實主義』，正是把拉丁美洲的文明和其中豐富的傳統用新的表達方式加以呈現，而這也得到了對此文明當時所併不熟悉的『世界』的認可」〔註 32〕。鑒於 80 年代中國文學認同西方文化為世界文化的中心，那麼獲得西方的認可當然也是中國文學的終極目標，這個目標的重要標誌就是諾貝爾文學獎。

加西亞・馬爾克斯之所以成為中國作家眼中最有代表性的「魔幻現實主義」作家之一，最重要的原因也就是因為他是炙手可熱的諾貝爾文學獎獲得者。在 80 年代的中國作家試圖重新定義中國人身份的過程中，整整一代人都受到了加西亞・馬爾克斯作品的影響。「於是，當年的『尋根文學』就是深受以馬爾克斯為代表的拉美文學影響的思潮和運動。當時中國作家的「尋根」其實是從一個新的現代主義的視角觀察和發現自己古老文明的努力。這個努力給了八十年代的中國文學一個前所未有的獨特的深度。當年的『尋根』文學的重要作家王安憶、韓少功、阿城等人的作品中都看得到馬爾克斯的影響。而莫言、賈平凹、陳忠實等人的寫作也無不受到他的影響。所以他可以說是最具『中國性』的外國作家。」〔註 33〕

但拉美「魔幻現實主義」對中國文學的影響並非僅僅侷限於「尋根文學」和「先鋒小說」，還包括許多不屬於上述思潮的重要作家，如陳忠實就已經注意到了「魔幻現實主義」的另一些特點，如讀者和文本之間的關係。在陳忠實眼中，「魔幻現實主義」的一個基本特徵就是造就了讀者認知過程的轉換。在現實主義文學中，文學是反映現實生活的鏡子，讀者通過文學這一中介進入現實生活。而「魔幻現實主義」鼓勵讀者與虛構世界建立更加複雜的關係。讀者與「魔幻現實主義」文本之間的這種新關係，旨在反駁現實主義的實證主義和理性意識，引導讀者接受「魔幻」為代表的「超現實」。「魔幻現實主

〔註 32〕張頤武：《馬爾克斯與中國：一段未經授權的旅程》//邱華棟：《我與加西亞・馬爾克斯》，北京：華文出版社，2014 年，第 130 頁。

〔註 33〕張頤武：《馬爾克斯與中國：一段未經授權的旅程》//邱華棟：《我與加西亞・馬爾克斯》，北京：華文出版社，2014 年，第 131 頁。

義」的形式特點深受反實證主義的影響。因此，在陳忠實看來，我們應該關注「形式的意識形態」。陳忠實〔註34〕認為「魔幻現實主義」的複雜形式是提高讀者分析能力的一種機制，他指出：「我先後選擇了十多部長篇作為範本閱讀。我記得有《百年孤獨》，是鄭萬隆寄給我的《十月》雜誌上刊發的文本，讀得我一頭霧水，反覆琢磨那個結構，仍是理不清頭緒，倒是忍不住不斷讚歎偉大的馬爾克斯，把一個網狀的迷幻小說送給讀者，讓人多費一番腦子。我便告誡自己，我的人物多情節也頗複雜，必須條分縷析，讓讀者閱讀起來不黏不混，清清白白。」

陳忠實是反對被動採用「魔幻現實主義」的中國作家之一。他在這方面的觀點與其他作家不同，因為他認為拉丁美洲神話和信仰的某些方面與中國神話和信仰不同。這種觀點與 80 年代許多中國作家的分析形成了對比。陳忠實強調，中國文化中始終存在「魔幻」的邏輯和文字，但是它們與拉美文化是不同的。「我感受到馬爾克斯的《百年孤獨》是一部從生活體驗進入生命體驗之作，這是認誰都無法模仿的，模仿的結果只會是表層的形式的東西，比如人和動物的互變。就我的理解，人變甲蟲人變什麼東西是拉美民間土壤裏誕生的魔幻傳說，中國民間似乎倒不常見。馬爾克斯對拉美百年命運的生命體驗，只有在拉丁美洲的歷史和現實中才可能發生並獲得，把他的某些體驗移到中國無疑是牛頭不對馬嘴的，也是愚蠢的。」〔註35〕雖然莫言和扎西達娃承認在他們的作品中存在拉美「魔幻現實主義」的影響，陳忠實卻拒絕為自己的作品貼上「魔幻」的標籤。韓少功也否認自己在 80 年代寫作包括《爸爸爸》在內的幾部被稱為「尋根文學」的代表作品的過程中閱讀過拉美「魔幻現實主義」作品。這種態度證明了這樣一個事實：在某種程度上，「魔幻現實主義」的影響被一些中國作家視為一種負擔，因為他們想把自己的作品與中國文化聯繫起來，而不是外國的影響。但這種排斥也證明，在某種程度上，「魔幻現實主義」概念在中國被誇大了。「魔幻現實主義」這一術語可能被用來定義每一部帶有魔幻內容或非真實事實的作品。這種定義可能產生許多誤解。正是在這一意義上，一些中國作家會主動澄清「魔幻現實主義」對自己

〔註34〕陳忠實：《打開自己》//邱華棟：《我與加西亞·馬爾克斯》，北京：華文出版社，2014 年，第 37 頁。

〔註35〕陳忠實：《打開自己》//邱華棟：《我與加西亞·馬爾克斯》，北京：華文出版社，2014 年，第 42 頁。

作品的影響。陳忠實〔註36〕是這麼說的：「有論家說我在《白》書中的這些情節是『魔幻』，我清楚是寫實，白鹿原上關於鬼的傳說，早在『魔幻』這種現實主義文學傳入之前幾千年就有了，以寫鬼成為經典的蒲松齡，沒有人給他『魔幻』稱謂；魯迅的《祝福》裏的祥林嫂最後也被鬼纏住了，似乎沒有人把它當作『魔幻』，更不必列舉傳統戲劇裏不少的鬼事了；我寫的幾個涉及鬼事的情節，也應不屬『魔幻』，是中國傳統的鬼事而已……。」值得一提的是，類似的現象也發生在拉丁美洲，那裡的許多拉丁美洲作家拒絕使用「魔幻現實主義」來對他們的作品進行分類。其原因，正是對「魔幻現實主義」的過分簡化使得作者對這個術語感到不舒服。

在「魔幻現實主義」深深影響中國30多年後，像閻連科這樣有世界影響力的中國當代作家仍然堅持這種對拉美「魔幻現實主義」的敬意：「其影響之劇，可能超出世界上任何一個時期的任何一個流派、主義和文學團體，對中國文學造成的振動基本和地震或火山爆發一樣。這兒，最有代表性的作家自然是馬爾克斯，對中國文壇影響最大的作品自然是《百年孤獨》。」〔註37〕閻連科提到，至少有10部中國小說，開篇便是《百年孤獨》的第一句話：「許多年之後，面對行刑隊，奧雷里奧諾·布恩迪亞上校會回想起，他父親帶他去見識冰塊的那個遙遠的下午。」他將拉美「魔幻現實主義」文學對中國的影響與歐洲、俄羅斯文學對中國的影響等重要文學進行了比較，指出拉美文學是最適合中國作家寫作的模式，「無論是俄羅斯文學還是歐美文學，比起拉美文學來，都沒有中國作家更容易理解、消化和那麼巧妙地本土化、個人化的借鑒與整合，並使之完全的中國化、個性化地成為中國土地中的種子與花果」〔註38〕。

在閻連科的分析中，「魔幻現實主義」的文學價值是與特定的現實相聯繫的。從這個意義上說，中國對「魔幻現實主義」的詮釋始終是對「魔幻現實主義」中「現實主義」成分的修正；換言之，「現實主義」始終是中國作家理解拉美「魔幻現實主義」的出發點。在中國作家的理解中，拉美「魔幻現實主義」試圖對拉丁美洲現實的不同特徵進行詳細的描述。例如，它代表了拉丁

〔註36〕陳忠實：《打開自己》//邱華棟：《我與加西亞·馬爾克斯》，北京：華文出版社，2014年，第44頁。

〔註37〕閻連科：《重新認識拉美文學》//邱華棟：《我與加西亞·馬爾克斯》，北京：華文出版社，2014年，第62頁。

〔註38〕閻連科：《重新認識拉美文學》//邱華棟：《我與加西亞·馬爾克斯》，北京：華文出版社，2014年，第63頁。

美洲歷史的多個階段；它試圖分析不同的拉丁美洲國家的政治鬥爭；它提供了對拉丁美洲地理和自然的詳細描述；從社會學的角度來看，它代表了拉丁美洲社會的多民族構成和這些不同群體之間的矛盾；它提供了一種融合著口語、方言和地方語言的模式。所有這些元素都表明，拉美「魔幻現實主義」從未放棄拉美的「現實」。中國作家一直深知「魔幻現實主義」的這一方面，「無論是魔幻現實主義，還是神奇的現實，他們的出發點和立足點也都絕不脫離作家生存的土地、社會和現實。興起於中國文學 80 年代中期那一浪潮的新探索小說，無論是作為文學史的意義，還是作為每個作家的文學意義，都是有著相當的價值，但之後余華、格非、蘇童的寫作轉向，大約與他們所處的現實的思考不無關係」〔註39〕。也就是說，「魔幻現實主義」作品對社會、土地和現實之間錯綜複雜關係的描寫是打動中國作家的地方，也是中國接受「魔幻現實主義」的基本前提。

　　閻連科認為，拉美「魔幻現實主義」已成為幾乎每一位中國作家文學形態的一部分。拉美「魔幻現實主義」在中國當代文學中具有如此大的關聯性，這一點令人驚歎，直到今天，「魔幻現實主義」仍未喪失其影響力同樣是令人驚異的，「而帶來震撼的原爆力，自然是莫言的創作，但給莫言的寫作帶來啟悟的，正是拉美文學，正是馬爾克斯和他的《百年孤獨》及他的一系列創作。在之後的許多年裏，無論是莫言的創作，無論是拉美文學，一直對中國文學，保持著旺盛的影響。直到今天，我們從任何一位優秀的當代作家中，無論是正當年輕力壯的中年作家，還是風頭強勁的青年作家，幾乎我們從任何一個人的口中，都可以聽到大家對馬爾克斯和他的《百年孤獨》的尊重和崇敬，這種情況頗似於我們大家對《紅樓夢》和曹雪芹的敬重樣」〔註40〕。

第二節　評論界與學界的相關研究成果

　　與上述中國作家有關「拉美魔幻現實主義」的觀點相映成趣的，是同時期的中國理論家對「拉美魔幻現實主義」的認知。與中國作家大多將「拉美魔幻現實主義」理解為一種藝術風格或寫作方法不同，中國理論家們則在介

〔註39〕閻連科：《重新認識拉美文學》//邱華棟：《我與加西亞・馬爾克斯》，北京：
　　　　華文出版社，2014 年，第 67 頁。
〔註40〕閻連科：《重新認識拉美文學》//邱華棟：《我與加西亞・馬爾克斯》，北京：
　　　　華文出版社，2014 年，第 64 頁。

紹「拉美魔幻現實主義」的美學特徵的同時，提醒我們關注「拉美魔幻現實主義」的政治性。

從上世紀 70 年代末至今，中國的理論家和文學評論家對拉美「魔幻現實主義」這一概念進行了專門的、富有獨創性質的研究。在整個 80 和 90 年代，第一代「魔幻現實主義」理論家的地位得到了鞏固，他們也是最傑出的一代。在這一時期的評論家和理論家中，有四位傑出的代表人物，他們分別是陳光孚、陳眾議、林一安和段若川。

陳光孚對拉美「魔幻現實主義」的研究始於 80 年代初，並在其 80 年代寫作的文章和書籍中創立了自己的理論，後來又進行了改進。在 1980 年發表的一篇文章《「魔幻現實主義」評介》中，他開啟了「拉美現實主義」研究的先河。文章從拉美「魔幻現實主義」的起源與發展、「魔幻現實主義」手法的多樣性、「魔幻現實主義」的一些思想特徵等方面進行了論述。陳光孚指出「魔幻現實主義」本源觀的三個基本特徵。首先，「魔幻現實主義」體現為拉丁美洲團體（印第安人和阿拉伯人）的神話傳說和現代西方現代派（卡夫卡和福克納）的綜合：「拉丁美洲的魔幻現實主義的形成來自兩方面的影響：一方面是印第安人古老的神話傳說和東方阿拉伯的神話故事；另一方面則來自西方卡夫卡和福克納的現代派文學。簡而言之，它是在繼承印第安古典文學的基礎上，兼收並蓄東、西方的古典神話、某些創作方法，以及西方現代派的異化、荒誕、夢魘等手法，藉以反映或影射拉丁美洲的現實，達到對社會事態的挪揄、譴責、揭露、諷刺和抨擊的目的。」〔註41〕其次，「魔幻現實主義」一詞起源於德國的羅。最後，米格爾·安赫爾·阿斯圖里亞斯（Miguel Ángel Asturias）被認為是第一位拉美「魔幻現實主義」作家，這主要是因為他大量運用了當地神話的內容和技巧。此外，《百年孤獨》（加西亞·馬爾克斯）和《佩德羅·帕拉莫》（魯爾福）均被認為是拉美「魔幻現實主義」的經典作品。

陳光孚通過對《佩德羅·帕拉莫》（Pedro Paramo）的分析，確定了「魔幻現實主義」的三種基本技法：（1）打破了生與死，人與鬼的界限；（2）打破了時空界限；（3）西方現代派手法的妙用。對生者與死者之間關係的扭曲是多元文化的本質特徵，這個特徵在阿茲特克文明的神話、《聊齋誌異》的故事、希臘悲劇和《聖經》中均有所體現。它旨在扭曲自然法則（人與鬼）、傳統文學的不同類別（現實與虛構），將讀者帶入夢幻世界或靈異世界。扭曲時間和

〔註41〕陳光孚：《「魔幻現實主義」評介》，文藝研究，1980 年，（05），第 131 頁。

空間的界限是對線性時間的一種質疑和對現實空間邊界的一種拓展。陳光孚認為，這兩種機制都是將讀者從時間和空間的障礙中解放出來的方法。與此不同的是，現代派傾向於採用意識流和留白旨在喚起讀者參與感，還有一些電影的表現手法也得到了使用如平行蒙太奇。在對《百年孤獨》的分析中，陳光孚指出了另外兩種敘事手法。首先，「魔幻現實主義」小說中大量存在了與活人共存的鬼魂這一類角色。而鬼魂沒有邪惡行為的特徵，他們表現得和正常人一樣。其次，在「魔幻現實主義」中存在大量的象徵表達，其中最為明顯的是，某些角色便直接代表了某一種概念，如「美」和「帝國主義」等等。

陳光孚在「魔幻現實主義」的思想方面進行了開拓性的分析，用馬克思主義的方法確定了「魔幻現實主義」與現實的關係。「魔幻現實主義」被認為是一種表現現實的創造性機制。為什麼「魔幻現實主義」中鬼魂的形象同西方文學有差別？陳光孚認為，在「魔幻現實主義」文學中，鬼魂象徵著同拉美現實的對抗，如帝國主義、封建主義和社會現實。鬼魂也是「魔幻現實主義」作家（小資產階級）用以表達對拉美寡頭政治的不滿的主要機制。陳光孚通過大量事實來論證，「魔幻現實主義」的意識形態存在一種矛盾，一方面，存在一種對封建制度、帝國主義、獨裁的受害者表示同情的機制，另一方面，馬克思主義術語中並不能提供一個對於拉美歷史問題的根本解決方案。

在 1983 年發表的《關於魔幻現實主義》一文中，陳光孚提出的對於「魔幻現實主義」作家的分類方法引起了爭議。他只把那些情節由拉美印第安人神話構成的作品歸類為「魔幻現實主義」，這樣就將那些運用其他神話（如黑人神話）的作者排除在外。這種分類把像阿列霍‧卡彭鐵爾（Alejo Carpentier）這樣的作家從「魔幻現實主義」作家的名單中剔除了，因為卡彭鐵爾的小說更關注的是加勒比黑人文化。「據我們所看到的拉丁美洲一些評論家的論文，魔幻現實主義最根本的特點是以印第安人傳統的觀念反應拉丁美洲大陸的現實。脫離了印第安的傳統觀念，即便情節再離奇，鬼怪和幻景的描述再多，也不是魔幻現實主義的作品。換言之，魔幻現實主義具有強烈的民族性。遺憾的是這個根本原則卻被忽略了，以致給讀者一種錯覺，覺得『魔幻現實主義』是汲取西方現代派手法所形成的。」〔註42〕

1984 年，陳光孚發表了他的第三篇文章《拉丁美洲當代小說創作的特點及趨勢》。在這篇文章中，陳光孚解釋了「拉美文學爆炸」這一現象，拉美文

〔註42〕陳光孚：《關於「魔幻現實主義」》，讀書，1983 年，（02），第 150 頁。

學成功獲得了西方的認可，還贏得了幾個舉足輕重的文學獎項。「魔幻現實主義」作為其中最重要的組成部分之一，在這篇從宏觀層面介紹當代拉美小說的文章中佔有主體地位。為什麼拉丁美洲的「魔幻現實主義」是成功的？陳光孚指出了四個方面的特徵。其中三個同拉丁美洲文化、文學或意識形態的固有特徵有關，另外一個則是外在特徵。第一，「魔幻現實主義」的題材與拉丁美洲的現實有著深刻的聯繫。這個特徵在「魔幻現實主義」表現國家文化的方式或對拉丁美洲特色的探索中尤為明顯。卡彭鐵爾在拉美文化中（在夢中或無意識的）發現神奇元素的方式，加西亞‧馬爾克斯描述拉美歷史和其本質的方式，以及小說中的政治表達方式，這一切都表明「魔幻現實主義」努力使拉丁美洲的現實成為一種新的小說形式的基礎。第二，「魔幻現實主義」具有強烈的正義感，它強烈反對西方對拉美人民的剝削和統治。因此，小說的特點是反帝國主義、反殖民主義、反寡頭政治，同時推動民主和民族主義的政治運動。第三，印第安人和黑人神話（陳光孚已經將黑人文化作為「魔幻現實主義」材料的一部分）提供了一套新的技巧，使得拉丁美洲原始人的宗教信仰能夠作為一種全新的材料能夠在小說中得到體現。小說中最重要的技巧是對死者與生者之間關係的扭曲和高度的符號化。

「魔幻現實主義」的最後一個外在特徵是成功地借鑒了適應拉美現實審美需要的西方文學技巧。陳光孚強調了薩特、福克納，波伏娃、加繆、多斯‧帕索斯等現代作家對「魔幻現實主義」發展的影響。西方現實主義在小說內容與形式之間建立新的關係方面尤為重要。

在《拉丁美洲當代文學論評》一書的前言中，陳光孚（1988）強調不同文化的融合是拉丁美洲文化的精髓，同時也分析了新拉丁美洲小說通過借鑒西方的手法試圖消解過去殖民主義的包袱。陳光孚〔註43〕敏銳地觀察到「魔幻現實主義」研究的關鍵就在於探究拉美人對西方世界模糊而矛盾的態度，「當代拉丁美洲的繁榮並不是偶然的現象。其中匯聚著驚人的爆炸力，因此，才形成了本世紀六十年代的『文學爆炸』。從歷史來看，拉丁美洲是世界各種文化的匯合點。最早有古印第安文化——至今仍是拉美魔幻現實主義作家的尋根之處。後來，西班牙殖民主義者入侵，帶來了西方文化，而剛剛受過摩爾人侵襲的宗主國——西班牙，同時把阿拉伯文化帶入拉丁美洲。嗣後，非洲大量的黑奴販進美洲，又帶來了非洲的黑人文化，這種文化影響尤以巴西、

〔註43〕陳光孚：《拉丁美洲當代文學論評》，桂林：灕江出版社，1988年，第1頁。

古巴等加勒比地區更為濃重。隨著西班牙殖民主義者被逐出拉丁美洲，大批作家為了消除宗主國文化長期的影響，借鑒法國、美國和德國的文學，產生了多次的文學運動和多種的文學流派。不少知名作家長期寄居巴黎接受歐洲各種文學思潮的影響」。

　　1986 年，陳光孚在《魔幻現實主義》一書中將他先前的研究系統化了。這本書分成三個部分，提供了對於拉美「魔幻現實主義」作品的歷史性分析，書中他將拉美作者分為兩組：早期的三位先驅和成熟期的兩位中流砥柱。不同作者在「魔幻現實主義」特定階段的地位，是中國理論家關注的根本問題。第一部分分析了作為拉美「魔幻現實主義」三位先驅的米格爾‧安吉爾‧阿斯圖里亞斯、阿圖羅‧烏斯拉爾‧彼特里（Arturo Uslar Pietri）和卡彭鐵爾。與他的前幾篇文章相比，陳光孚擴展了「魔幻現實主義」的定義，在其中囊括了一些他曾經排除在外的作家，如卡彭鐵爾等。這一部分最重要的是對「魔幻現實主義」和「超現實主義」之間關係的分析。陳光孚認為「超現實主義」在阿斯圖里亞斯、彼特里和卡彭鐵爾的美學中佔有重要地位，因為他們二、三十年代都生活在法國。在「超現實主義」的影響下，卡彭鐵爾闡述了他眼中的拉美神奇的現實。受其影響，阿斯圖里亞斯從一個新的角度研究了印第安文化在拉丁美洲文化中的重要性。「超現實主義」使「夢」與「潛意識」成為重新評價拉美現實的新概念。

　　在書的第二部分，陳光孚分析了加西亞‧馬爾克斯和魯爾福的作品，主要是《百年孤獨》和《佩德羅‧帕拉莫》。與此前的文章相比，陳光孚引入了「魔幻現實主義」的兩個新元素。他指出，「魔幻現實主義」是一種不同矛盾在複雜關係中並存的文學形式，「『對西方意識（如生與死的二元論）而言，他的小說在許多時候都產生了不同於常規價值的意義。盧爾福作品中的『魔幻』是由於兩種一系列的文化價值（指西方和印第安文化）的並列出現而產生的』……『魔幻現實主義』作品本身即是對立和矛盾的統一體，這裡有兩種文化觀念的對立，也有生與死、現實與過去、時間與非時間的並列與對立。……對立的並列是『魔幻現實主義』的精髓。對立的並列反映在作品的各個方面，當然也反映到語言方面」〔註 44〕。他還認識到時間的建構是「魔幻現實主義」小說中最重要的方面之一。「魔幻現實主義」的複雜的時間結構是成功地借鑒了多斯‧帕索斯、勞倫斯和福克納等現代主義手法才得以形成

〔註44〕陳光孚：《魔幻現實主義》，廣州：花城出版社，1987 年，第 76〜77 頁。

的。在陳光孚看來,「魔幻現實主義」小說中最重要的時間特徵是循環性。由於這一特點,在情節、人物、姓名上的重複非常普遍。這種循環和重複貫穿整部小說。「無論是情節、人物的名字和性格以及作品的結構,循環、反覆的現象比比皆是,不勝枚舉。這是讀懂這本小說的一個綱,不然則不好弄懂。無論是大循環,還是小循環,在交接點的當口,往往有一次嘎然而止的收筆。這種現象被拉美一些評論家稱之為『轟毀』或『頓悟』。這也是魔幻現實主義作品中往往出現的特殊現象。」〔註45〕

　　在書的最後一部分,陳光孚分析了「魔幻現實主義」創作的各個方面。這些方面可以大致歸結為使這種新文學形式在拉丁美洲成為可能的意識形態因素。首先是不同文化的融合,拉丁美洲文化受到不同文化的影響,如印第安人文化、非洲文化、西班牙文化等。在這些文化中,印第安文化同「魔幻現實主義」的相關性最大。第二個因素是拉丁美洲對表達方式的不斷探索和獨立文學的發展。這種探索一直與對西方文學的研究和借鑒聯繫在一起。與此同時通過對本土文化的關注,「魔幻現實主義」找到了一種真實的方式來表達拉丁美洲的現實。陳光孚認為,對拉丁美洲人民的壓迫(特別是獨裁和寡頭政治等政府形式)觸發了「魔幻現實主義」的形成。換句話說,「魔幻現實主義」試圖用自己的方式來避免拉丁美洲寡頭統治階級對其進行的審查。「魔幻現實主義」也的確總是把獨裁作為其最常見的話題之一。最後,陳光孚解釋了「魔幻現實主義」是如何表達拉美小資產階級對變革的渴望,從而使他們的作品表現出明顯的意識形態矛盾。換句話說,這些作品表達的是人道主義情感,而不是拉美的歷史解決方案。「這種虛無主義的答案證明作者感到了社會的弊病,但對弊病的根源及社會的前途還處於迷惘的狀態。這一點正像古代希臘人,由於知識不足,對自然現象感覺到了,但無法正確解釋和對其控制,於是『用想像和借助想像以征服自然力,支配自然力,把自然力加以形象化』(《馬克思恩格斯選集》第二卷 113 頁),從而產生了神話一樣。」〔註46〕

　　陳光孚的理論著作對後來的拉美「魔幻現實主義」在中國的研究產生了深遠的影響。他最重要的貢獻是闡述了「魔幻現實主義」從早期「魔幻現實主義」作家到成熟作家的歷史演變。他以印第安人文化為核心的「魔幻現實

〔註45〕陳光孚:《魔幻現實主義》,廣州:花城出版社,1987 年,第 114 頁。
〔註46〕陳光孚:《「魔幻現實主義」評介》,文藝研究,1980 年,(05),第 137 頁。

主義」美學，以及他對其他文化（歐洲、阿拉伯、非洲）在「魔幻現實主義」中的關聯性的分析，決定了中國理論家將「魔幻現實主義」視為一種民族鬥爭形式的傾向。他的作品也表明了西方現代主義對現代「魔幻現實主義」技巧上的影響。陳光孚的作品還體現了中國學界對「魔幻現實主義」意識形態方面的根本關注，尤其是在反對西方文化政治統治的同時，拉美文學尋找原創和民族文學的必要性。

　　他運用了馬克思主義來分析拉美社會矛盾，作者的社會根源以及這些因素對「魔幻現實主義」內容的制約，使得人們對「魔幻現實主義」內在矛盾的認識成為可能。陳光孚觀察到，人道主義（及其所有的矛盾）是拉丁美洲作家最本質的意識形態特徵。

　　第二位關於「魔幻現實主義」的理論解釋的重要人物是陳眾議。在其著作《南美的輝煌——魔幻現實主義文學》中，陳眾議拓展了陳光孚的研究結果，提出了理解「魔幻現實主義」的新概念。首先，陳眾議糾正了陳光孚將「魔幻現實主義」分為三個階段的歷史解釋，這三個階段為早期「魔幻現實主義」，中期「魔幻現實主義」和後期「魔幻現實主義」。他對伊莎貝爾・阿連德（Isabel Allende）等拉丁美洲文學爆炸之後出現的一些拉美「魔幻現實主義」作品和作家進行了分析。因此，同陳光孚不同，陳眾議進行的歷史分析涵蓋了「魔幻現實主義」從起源到衰落的所有階段。其次，陳眾議分析了當時的文學條件和政治條件，特別是 40 年代以後的文學和政治因素是如何催生拉美文學爆炸和拉美「魔幻現實主義」的。在這種新環境中，一方面博爾赫斯等作家在其作品中不斷進行新的敘事實驗，同時也存在著拉丁美洲文學在西方世界的「商品化」。陳眾議還提到了拉丁美洲的經濟發展、歐洲移民到拉丁美洲以及本土文化的重新發現，這些都是「魔幻現實主義」產生的因素。另外一個重要因素是新的文學理論家的出現，以及古巴革命所創造的新的政治條件。陳眾議是眾多強調拉美文化繁榮和經濟落後這種落差的學者之一，他使用馬克思主義的「經濟基礎」和「上層建築」的概念來理解拉美的矛盾現實。鑒於拉丁美洲被視為一個非常落後的社會，其文學的非凡發展被認為是一個奇蹟。「當中國文人正在戰爭和運動的漩渦中艱難掙扎的時候，拉丁美洲文學轟然『炸』開了。它以磅礴的氣勢、令人眼花繚亂的姿態，使所有文學愛好者為之慨歎：一個經濟相對落後的地區，一夜之間將其文學推向了世界，這不

能不說是一種奇蹟」，許多中國學者也這樣認為，陳眾議〔註47〕就如是描述道。在他看來，「魔幻現實主義」的悲觀主義來自於拉美國家的社會經濟狀況。他沒有將「魔幻現實主義」作為全球當代小說的一部分進行評價，而是認為拉丁美洲的情況與西方不同。因此，加西亞·馬爾克斯決定在小說結尾表現馬孔多的毀滅，這與消費主義社會的問題無關，而是與拉丁美洲作為「第三世界」一部分的特殊特徵有關：「也正是因為這一文化歷史淵源，拉美魔幻現實主義才如此充滿了對帝國主義、殖民主義的譴責，表現了專制制度重壓下拉丁美洲各色人等的反抗情緒、批判精神甚而悲涼心境、絕望心理；在暴露現實社會愚昧、落後、貧窮和孤獨的同時，流露出了對土著民族及其文化的欣賞與闡揚。」〔註48〕

　　陳眾議引入的一個新元素是「魔幻現實主義」與「神奇現實主義」的區別。他分析的目的是找出「魔幻現實主義」作家之間的差異，特別是強調卡彭鐵爾（他首先提出了「神奇現實主義」這個概念）的作品存在其他作家所沒有的特點。何為魔幻？何為神奇？拉美「魔幻現實主義」作家描繪的拉美現實是魔幻的、神奇的。陳眾議還試圖通過分析超現實主義與拉美「魔幻現實主義」之間的聯繫來解決什麼是「魔幻現實主義」的根本問題。他展示了拉丁美洲獨特的歷史、神話和文化元素。對於「魔幻現實主義」這一概念本身，陳眾議引入了一些新的分析元素，如馬西莫·邦坦佩里在歐洲「魔幻現實主義」理論化中的作用，以及安赫爾·弗洛雷斯（Ángel Flores）關於拉美「魔幻現實主義」的理論著作。在陳眾議看來，拉美「魔幻現實主義」既是現實、神話、社會狀況、愚昧的表現，又是對現實的變形。

　　在對「魔幻現實主義」小說的分析中，陳眾議將印第安人和黑人的文化與神話的關聯作為「魔幻現實主義」的基本元素。他分析了小說情節的原型及其與拉美歷史的關係。在他看來，「魔幻現實主義」的意識形態衝突與西方世界與印第安人世界的文化鬥爭有關。原始神話成為拉美各國不同歷史鬥爭的隱喻。「難說魔幻現實主義與神話—原型批評有什麼關聯瓜葛，但魔幻現實主義所展示的種種現象又無不印證了神話—原型批評家門的想像和推斷。眾所周知，神話—原型批評實際上是一種文學人類學，在那裡，文學不再是新批評派眼裏的孤獨的文本，而是整個人類文化創造的有機組成部

〔註47〕陳眾議：《南美的輝煌》，海口：海南出版社，1993年，第1頁。
〔註48〕陳眾議：《南美的輝煌》，海口：海南出版社，1993年，第111頁。

分，它同古老的神話傳說、宗教信仰、民間習俗乃至巫術迷信等有著密不可分的血緣關係。」〔註49〕他用一種獨特的視角來理解「魔幻現實主義」，這種視角與人類學有著特殊的聯繫。他的分析還體現了一種新的理解視角，即把神話理解為一種原始的敘述形式。原始神話改變了時間、空間、自然規律的邏輯，改變了生與死的對立，體現了拉美文化與西方文化的明顯差異。對於加西亞‧馬爾克斯作品的解釋，陳眾議將集體無意識視為「魔幻現實主義」的一個重要方面。因此，在與西方文化的對抗中，「魔幻現實主義」以大眾文化和集體文化為主要內容來源。他論證了拉丁美洲文化的魔幻元素也與拉丁美洲的野蠻與無知和不發達的條件有關。他還指出「魔幻」的邏輯是如何用一整套系統來代表整個世界的，在這種邏輯下，自然界的每一個元素都被賦予了一個特定的意義，創造了一個豐富的隱喻和符號網絡（動物、植物、物體）。對於「魔幻現實主義」的研究，陳眾議是對某些人類學概念與神話內容聯繫的研究最為深入的中國評論家。他探討了拉丁美洲原始人的宗教信仰和「魔幻現實主義」小說的內容，認為印第安人文化只有在與殖民勢力的對抗中才能被理解。正如陳眾議〔註50〕在《拉美當代小說流派》一書中所說：「此外，與世隔絕使印第安文化傳統、宗教信仰和風俗習慣與舊世界大相徑庭。因而，對於舊世界說來，美洲文化充滿了神奇色彩。反之，對印第安人而言，歐洲文化更有其不可思議之處。他們的帆船、騎兵、火槍、盜甲等等，無不使印第安人望而生畏、不知所措。譬如西班牙騎兵，所到之處，不是被奉若神明，便是被當作妖魔。因為在印第安人看來，他們『可分可合』（指騎手與座騎），法力無邊。當然，真正神奇的還是印歐兩種截然不同的文化的並存與混合。」

從形式上看，陳眾議強調了「魔幻現實主義」的兩個基本方面。首先，他論證了這種神話內容對於現代讀者來說產生了陌生法的效果，他們並不習慣原始神話豐富而且複雜的隱喻表達。「正因為這樣，魔幻現實主義作品彷彿插上了神話的翅膀；一旦進入它的境界，我們似乎感到自己久已麻木的童心之弦被重重的彈撥了一下。我們從他們（如馬孔多人）對冰塊對磁鐵對火車對電燈或電影等曾經激蕩過我們童心但早已淡忘的或驚訝或恐懼或興奮或疑

〔註49〕陳眾議：《南美的輝煌》，海口：海南出版社，1993年，第91頁。
〔註50〕陳眾議：《拉美當代小說流派》，北京：社會科學文獻出版社，1995年，第55頁。

惑的情態中重新體味童年的感受（而不僅僅是理性認識）。」〔註51〕正是這種陌生感讓現實變得「不可思議」。第二個特徵是則體現為複雜的符號結構，它利用了魔幻邏輯的不同原理，如預言、夢境、循環等。他重點解釋了《百年孤獨》的封閉循環是如何基於這些原則，在過去、現在和未來之間建立起錯綜複雜的關係。陳眾議對《百年孤獨》的時間結構進行了非常精確的分析，突出了人物角色、章節的劃分、不同的視角是如何影響讀者對時間的感知的：

「在《百年孤獨》的特殊時序中，馬孔多既是現實（對於人物），又是過去（對於敘述者），也是將來（對於預言者梅爾加德斯），因而是過去、現在和將來三個時空並存並最終合為一體的完全自在的、形而上的世界——最後，三個時態在小說終端打了個結並把所有的連環捏在了一起。」〔註52〕

在《南美的輝煌——魔幻現實主義文學》的最後一章中，陳眾議比較了拉美「魔幻現實主義」與「尋根」文化，發現了兩種文化或者文學擁有共同的路徑。拉丁美洲和中國都有著悠久而豐富的神話歷史，都受到殖民進程的嚴重影響，造成了貧窮和落後。拉美「魔幻現實主義」和「尋根」的目的都是重新發現拉丁美洲和中國文化的精髓，以區別於西方世界。因此，無論是拉美「魔幻現實主義」還是「尋根」，都試圖通過尋找過去文化的本質來重建身份。

關於「魔幻現實主義」在中國的理論發展，還有一位重要的學者是林一安。林一安對於中國的外國文學翻譯政策非常感興趣，在70年代末和80年代初，他對拉丁美洲文學的認識得到了加強。80年代中國文學的意識形態與拉美文學有許多相似之處。「用中國作家自己的話來講，形成了『拉美文學熱』。中國作家對拉美文學感到親切，貼近，很重要的一個原因是，解放前的中國在遭受殖民統治以及外國的滲透和掠奪方面，和今天的拉丁美洲各國有著幾乎相同的命運。在反對外來壓迫和剝削、維護民族權益的鬥爭中，中國和拉丁美洲人民有著共同的語言。因此，中國作家和拉丁美洲作家對文學所起的作用以及作家的使命的認識，觀點很容易接近，甚至完全一致。」〔註53〕林一安強調，瞭解拉美作家的政治承諾是解讀「魔幻現實主義」非常重要的一點。他認為，拉美「魔幻現實主義」以一種獨特的形式描述現實，真實與想像

〔註51〕陳眾議：《南美的輝煌》，海口：海南出版社，1993年，第103頁。

〔註52〕陳眾議：《南美的輝煌》，海口：海南出版社，1993年，第106頁。

〔註53〕林一安：《拉丁美洲當代文學與中國作家》，中國翻譯，1987年，（05），第49頁。

不斷交織在一起，這代表著拉美的民族特色。對於他來說，「魔幻現實主義」帶來了一種新的歷史態度。「魔幻現實主義」作家不斷審視歷史的參照點，以突出歷史的矛盾和新的觀點。「可以說，拉丁美洲作家在中國的同行中找到了真正的知音，兩者都深切地意識到歷史賦予自己的嚴重責任。確實，加西亞‧馬爾克斯的《百年孤獨》中浸淫著的孤獨感，其主要內涵是整個苦難的拉丁美洲被排斥於現代文明世界的進程之外的憤懣和抗議，是作家在對拉丁美洲近百年的歷史，以及這塊大陸上人民獨特的生命強力、生存狀態、想像力進行獨特的研究之後形成的倔強的自信。」〔註54〕

　　林一安還分析了拉美「魔幻現實主義」對於中國少數民族文學的影響，尤其是西藏文學。拉美「魔幻現實主義」文學的目標與中國邊緣文學的目標有著特殊的聯繫：一是傳統文化，二是國家歷史中民族元素的意義。「值得注意的是，拉丁美洲這一文學流派還打破了外國文學歷來只在中國內地傳播的保守局面，居然穿過了西藏高原的霧屏雲障，降臨這塊與拉丁美洲同樣有著魔幻氛圍的神奇的土地。以扎西達娃為代表的一批青年藏族作家對本民族歷史文化和現實的思考為他們對拉美『魔幻現實主義』的直接借鑒提供了可能。」〔註55〕林一安從80年代中國文學和拉美文學共同面臨的新挑戰，如國家觀念等方面，探索了其中的思想因素。對於拉美「魔幻現實主義」的作家歸屬問題，他始終堅持博爾赫斯屬於「魔幻現實主義」的觀點。——中國學界的普遍觀點是把博爾赫斯看作是「魔幻現實主義」作家的一員。不過陳眾議和段若川似乎是其中少有的例外。

　　段若川的著作《安第斯山上的神鷹——諾貝爾獎與魔幻現實主義》（2000）提供了一種對於拉美歷史中不同意識形態元素的理解。這種意識形態因素與拉丁美洲人民的特性有關，但是一度是由歐洲人建構的。在被發現和被殖民期間，歐洲以一種通過一套特定概念形成其自身身份的方式來認識它。這種觀念構成了拉丁美洲「魔幻現實主義」形成的文化背景。拉美「魔幻現實主義」既是對拉美歷史的重構，也是對拉美過去形象的強調或反駁。段若川指出了歐洲人對於拉丁美洲建構的一些積極形象，這些形象在「魔幻現實主義」

〔註54〕林一安：《拉丁美洲當代文學與中國作家》，中國翻譯，1987年，（05），第49頁。

〔註55〕林一安：《拉丁美洲當代文學與中國作家》，中國翻譯，1987年，（05），第50頁。

小說中被大量使用。古代印第安文明（印加文明、瑪雅文明和阿茲特克文明）曾經非常輝煌，在不同領域（天文學、建築、數學等）有著驚人的發展。為了解釋美洲的發現，歐洲創造了一個神話，認為新美洲大陸是「黃金國」或「青春之泉」的所在地。美洲大陸被視為一片神秘之地，一片全新之地，一片無名之地。由於其自身特點，包括地理、動植物上的特徵，拉美的自然環境最初就被認為是神秘莫測的。「拉丁美洲是一塊充滿歷史的大地，在西班牙、葡萄牙征服者到來之前，那裡就有了如此燦爛多彩的文明，這是值得阿茲臺克人、瑪雅人、印加人、阿勞烏加人驕傲的。拉丁美洲又是一塊富饒的、充滿生機與活力的大地，那裡的土地肥沃得令人難以置信。」〔註 56〕

　　另一方面，段若川揭示了地理發現和歐洲殖民如何定義了拉美身份中的意識形態，這些意識形態成分與其對西方世界的態度有關。征服過程中印第安文明的毀滅成為「魔幻現實主義」最重要的主題之一。印第安文明的湮滅在拉丁美洲產生了兩種主要影響。首先，它加劇了人們對西方世界的牴觸情緒，而拉美人則一直在尋找一種自主的身份認同。這種抵抗情緒導致拉丁美洲文化先後產生對西班牙文化和美國文化的排斥。第二，印第安文明的湮滅導致了印第安人和歐洲人之間的大規模種族通婚。新的價值體系、新的語言、新的宗教（都與西班牙、葡萄牙和法國文化有關）取代了原始的印第安世界。對於歷史和意識形態因素如何影響了拉丁美洲的身份認同，段若川在這一方面研究頗多。「自從 1492 年西班牙征服者登上美洲大陸以來，500 多年過去了，他們的後代，有的是歐洲人的後裔，是與來自歐洲的白人婦女結合的產兒，這種人稱為克里奧約，是土生白人的意思。不少征服者與土著婦女結合，他們的後代稱為梅斯蒂索，意為印歐混血人。幾百年的混血，一個拉丁美洲人已經很難保證自己純正的歐洲血統了。梅斯蒂索人應占拉美人口中很大比例。」〔註 57〕

　　段若川本人的作品也因其對於和「魔幻」相關的兩個元素的歷史分析而脫穎而出。首先，從美洲大陸的發現到後拉丁美洲「文學爆炸」這段時期，段若川對拉丁美洲小說的發展提供了精彩的分析。拉丁美洲小說的發展與建立

〔註 56〕段若川：《安第斯山上的神鷹：諾貝爾獎與魔幻現實主義》，武漢：武漢出版社，2000 年，第 86 頁。

〔註 57〕段若川：《安第斯山上的神鷹：諾貝爾獎與魔幻現實主義》，武漢：武漢出版社，2000 年，第 93 頁。

一種同西方世界迥異的原始文學形式的必要性有關。這種矛盾只有在 20 世紀通過博爾赫斯的新敘事、「魔幻現實主義」小說以及與拉丁美洲「繁榮」相關的文學等新現象才能得到解決。其次，段若川認為「超現實主義」是「魔幻現實主義」的起源，並強調了歐洲超現實主義運動對拉美文學的深遠影響。「有的評論家認為，來源於歐洲——主要是法國，還有西班牙——的超現實主義流傳到西班牙美洲，與拉丁美洲的神奇結合起來，產生了魔幻現實主義。還有人認為，拉美的神奇歷來有之，魔幻現實主義的淵源可以從自己的土壤中追溯到上世紀末。然而，在拉丁美洲小說史中，超現實主義的功勞是不可否定、不可低估、不可磨滅的。」〔註 58〕

　　最後，通過對拉美印第安神話的深刻理解，段若川強調了拉美「魔幻現實主義」的宗教元素。在《神話傳說與拉丁美洲魔幻現實主義》一文中，他分析了墨西哥和中美洲神話的不同方面，如夢、預言、名字、預言、神奇植物、鬼魂等內容是如何對「魔幻現實主義」的內容和形式產生巨大影響的。「然而人們也注意到《總統先生》開始具有魔幻現實主義的特點，理由有三：第一，印第安人的傳統觀點，其中預感和預示是這種觀念的重要組成部分；第二，夢魘、幻想和幻覺是印第安人的現實的重要因素，它與歷史的現實同樣真實；第三，在作品中『死亡』這個題材十分重要，在書中扮演了主人公的角色。」〔註 59〕

　　2000 年後，新一代中國評論家帶著對拉美「魔幻現實主義」的新興趣登上了舞臺。他們更關注拉美「魔幻現實主義」與中國當代文學的關係。2007 年曾利君出版了《魔幻現實主義在中國的影響與接受》一書，這本書對全球「魔幻現實主義」的研究以及拉美「魔幻現實主義」作品在中國的翻譯和研究進行了總體評價。曾利君提出了一些有意思的問題：為什麼有些作家認可「魔幻現實主義」的影響，而有些作家卻不認可？有必要給「魔幻現實主義」下個定義嗎？「魔幻現實主義」是拉丁美洲獨有的現象嗎？此外，曾利君試圖對幻想文學和「魔幻現實主義」的區別提供一種解釋，對於兩種文學在主題和現實的處理上進行了區分。「在神奇文學作品中，人物，情節與背景大多

〔註 58〕段若川：《安第斯山上的神鷹：諾貝爾獎與魔幻現實主義》，武漢：武漢出版　　　　社，2000 年，第 55 頁。
〔註 59〕段若川：《神話傳說與拉丁美洲魔幻現實主義》，歐美文學論叢，2007 年，（00），　　　　第 11 頁。

與現實脫離，作者常常利用魔幻、巫術、精靈、古堡、吸血鬼等素材來建構奇異的藝術世界（《哈利・波特》就十分典型），神奇的想像則更為自由和不受限制，故事往往不具有寫實的性質（神奇故事必須發生在另一個空間，排除在我們習以為常的生活場景之外）。所以，魔幻現實主義文學與神奇文學雖然都有奇異的特徵，二者卻是不能畫等號的。」〔註60〕曾利君同時還強調了在不同的歷史時期，中國文學中始終存在魔幻元素。

此外，她還考察了中國接受「魔幻現實主義」的特殊歷史背景，分析了80年代中國產生的新形式的「主體」，與此同時拉丁美洲文學在世界上獲得的聲譽，還介紹了一套將拉美「魔幻現實主義」和中國作家聯繫起來的共同的文學價值觀。曾利君提出的一個有趣的觀點是，非理性是拉美文學與中國文學中的一個共同點。「在中國魔幻文學的漫長發展歷程中，由《山海經》所激發起的那種超乎尋常的想像力得到了淋漓盡致的發揮，這使得志怪、神魔小說成為中國小說中非理性描寫最多亦最具幻想力的作品。拉美魔幻現實主義的一個重要的資源，也是神話。在魔幻現實主義作品中，神話素材的吸納和神話思維的融入帶給作品極富創造性和想像力的藝術表現，同時也在一定程度上使作品帶上了非理性色彩。」〔註61〕「魔幻現實主義」能夠將神話融入現代性，這是中國多年來無法解決的問題。但不同的是，拉美作家對自己的傳統文化非常自豪，而中國作家對自己的傳統文化卻持批判態度。

曾利君的另一個貢獻是她對「魔幻現實主義」對於中國當代文學影響展開的分析。首先，她肯定了拉美「魔幻現實主義」和一些文學現象之間的聯繫，如「尋根文學」，西藏的文學和「新筆記小說」。在更具體的層面上，她還研究了「魔幻現實主義」與一些中國作家之間的關係，如莫言，扎西達娃，賈平凹等。這些聯繫部分與作品的某種特定特徵有關，體現為80年代「尋根文學」和其他類型中國小說中出現的非理性元素（傳說、神話、民間傳說和宗教信仰）。最後，曾利君認為中國作家通過建立一套新同中國文化相關的新隱喻，以自己的方式突破了拉美「魔幻現實主義」。

〔註60〕曾利君：《魔幻現實主義在中國的影響與接受》，北京：中國社會科學出版社，2007年，第34頁。

〔註61〕曾利君：《魔幻現實主義在中國的影響與接受》，北京：中國社會科學出版社，2007年，第105頁。

　　2008 年，河北大學出版社出版了陳黎明的博士論文《魔幻現實主義與新時期中國小說》。陳黎明分析了一些文學評論家或作家對於「魔幻現實主義」的定義，如羅，彼特里，路易斯·萊阿爾（Luis Leal），弗洛雷斯。陳黎明否認了最初由羅提出的「魔幻現實主義」的概念同隨後其他評論界之間提出的其他概念之間存在的關聯。他認為萊阿爾對於「魔幻現實主義」的定義是最準確的。從這個意義上說，這是中國首部嘗試從歷史的角度來將「魔幻現實主義」的定義系統化的作品。這部作品還介紹了分析「魔幻現實主義」的新的理論方法，如將「魔幻現實主義」解釋為第三世界和西方世界之間的鬥爭的後殖民主義，並指出全球化與本土文化互動的關聯性是拉美「魔幻現實主義」發展的根本因素。陳黎明認為，由於拉美歷史的特點，「魔幻現實主義」，尤其是加西亞·馬爾克斯的作品往往側重於孤獨和反抗等概念。「魔幻現實主義文學孤獨母題的特殊性主要體現在以下幾個方面。首先，魔幻現實主義文學中的孤獨意識無處不在，無時不在。由於地理位置的特殊性，在哥倫布尚未登臨這塊神秘而古老的大陸之前拉丁美洲一直處於同外在大陸的隔絕狀態，從總體上來說這塊大陸連同生活在其中人民一起都處於一種孤獨與封閉的狀態。近代以降，伴隨著西方殖民者的入侵而出現的各色人種與各種文化的進人，拉丁美洲陷人了長期的獨裁統治與西方殖民者政治、經濟、文化多重侵略的不斷循環。」〔註62〕。另一方面，孤獨作為一種民族、文化和道德元素也常常出現在中國文學中。

　　對於中國當代文學與拉美「魔幻現實主義」的關係，陳黎明強調了兩個重要的方面。首先是新的「人」的概念取代了 80 年代以前的「階級」觀念。拉美現實主義通過對民族文化和傳統文化的再發現，提供了一個全新的「人」的概念。「人」與「文化」的概念可以調節拉美與中國傳統中理性與非理性的關係，也可以解決客觀世界與主觀世界的矛盾引發的問題。「這種『人』的觀念，推動了文學從內容到形式的革新，人、主體、自我、內心世界成了現代主義文學關注的中心。與歐美現實主義文學和現代主義文學所體現出來的『人』的現念不同，魔幻現實主義在對人的認識上並沒有走向理性主義與非理性主義的兩極，從而避免了一種顧此失彼的缺憾。魔幻現實主義文學體現出的『人』的觀念是一種『全人』的觀念，即對『人』的內涵的理性主義層面與非理性主

〔註62〕陳黎明：《魔幻現實主義與新時期中國小說》，保定：河北大學出版社，2008年，第 87 頁。

義層面的雙重揭示。」〔註63〕

陳黎明對「魔幻現實主義」分析讓人印象深刻的是對文學形象的評價。「魔幻現實主義」的文學形象來自自然與宗教，是真實與奇蹟之間新關係的典範。這些形象也存在於80年代的中國文學中。這些形象還來自作家的個人經歷，作家家鄉的文化元素，並且在大多數情況下，還與拉丁美洲和中國文化的古老傳統有關。在陳黎明看來，這些形象（雨、蝴蝶、花、特定的色彩）在情節的闡述中起著核心作用。這些形象具有深刻的象徵意義和哲學意義。它們不僅改變了空間和時間，改變了現實和虛構之間的侷限，也改變了歷史的意義。形象的複雜性旨在感動讀者，因為形象同時也是一種文化和民族的建構。陳黎明提到了對讀者的另一種影響：「魔幻現實主義」使讀者通過分離、冷淡、客觀的描述來相信「魔幻」。陳黎明總結道，《魔幻現實主義》打破了全球化與大眾文化的矛盾，將全球化與地方文化的衝突界定為創新小說形式的機會。

2011年，滕威根據她在北京大學的博士論文出版了《「邊境」之南拉丁美洲文學漢譯與中國當代文學》一書，她的作品從新的視角研究了拉美文學與中國當代文學的關係。它的聚焦點在於：在二十世紀不同時刻，拉美文學的翻譯是與中國的某些特殊價值觀和期望相聯繫的。本書的第一部分講述了50年代至70年代之間，拉丁美洲作品的選擇和翻譯受到了每個作家政治立場的深刻影響，因此有利於那些拉丁美洲的左派作家。在此背景下，拉丁美洲與亞洲和非洲一起被視為第三世界的重要組成部分，中國與拉丁美洲發展了重要的意識形態和外交關係。顯然，在這一時期，拉丁美洲作者的譯本體現出一種「翻譯的政治」。相反，在80年代的中國，對拉美文學的翻譯和接受程度以一個全新的框架呈現出來。「1980年陳光孚撰文專論『魔幻現實主義』，強調魔幻現實主義是在『繼承印第安古典文學的基礎上』，『兼收並蓄東、西方的古典神話的某些創作方法，以及西方現代派的異化、荒誕、夢魘等手法，藉以反映或影射拉丁美洲的現實，達到對社會事態的揶揄、譴責、揭露、諷刺或抨擊的目的』。這就賦予了『魔幻現實主義』某種接近『批判現實主義』的特質，使之成為借鑒了西方現代派文學手法的、某種深化了的現實主義，既使它與『現代主義』保持一定距離，也應合了當時中國大陸對批判現實主

〔註63〕陳黎明：《魔幻現實主義與新時期中國小說》，保定：河北大學出版社，2008年，第52頁。

義的呼喚。」〔註64〕拉美文學是在中國文學渴望獲得諾貝爾獎、參與世界文學（西方文學）並成為現代文學的框架內被評價的。確立一個具有民族特色的文化和重新評估傳統文化的願望抵消了這些面向外部世界的價值觀。在 90 年代文學的全球化和商業化達到頂峰時，大多數拉美作家失去了在中國的影響力。有趣的是，在 90 年代，中國人對博爾赫斯的興趣不降反升，並最終使博爾赫斯成為了超越民族或文化的特殊性的後現代主義文學的象徵。

滕威對分析拉美「魔幻現實主義」的貢獻涉及了許多不同的方面。首先，在 70 年代到 80 年代，她因認為「魔幻現實主義」是資產階級文學或受蘇聯人道主義影響，受到了中國人的譴責，但同時她又從美學分析的角度讚揚了「魔幻現實主義」運用現代和複雜的寫作技術描繪現實的能力，這種相互衝突的立場顯示出她的這些對「魔幻現實主義」的不同理解與政治的關係。滕威也說明了拉美「魔幻現實主義」與「尋根」作家之間的關係是十分有問題的，因為一些像李陀一樣的作家公開承認「魔幻現實主義」對中國作家的覆蓋性影響，而另一些作家比如韓少功等，則幾乎完全否認了「魔幻現實主義」在他們作品中的重要性。

「不過，對於『尋根』與魔幻現實主義之間的關聯，當事人在後來卻出現了不同的講述。關於後來被視為尋根文學肇始的 1984 年的『杭州會議』，組織者之一蔡翔說，『其時，拉美『文學爆炸』，尤其是馬爾克斯的《百年孤獨》對中國當代文學刺激極深』」，它「給我們剛剛復興的文學這樣一個啟發：要立足本土文化』。而韓少功 2004 年在接受訪談時卻斷然否認『杭州會議『上有過』拉美熱』，否認參加會議的作家在會議之前讀過加西亞‧馬爾克斯的作品」〔註65〕。滕威還指出了對「魔幻現實主義」解釋的重要問題：西方的解讀拋棄了加西亞‧馬爾克斯作品中描述現實的政治因素和描述現實的能力；「尋根文學」也忽視了「魔幻現實主義」的政治元素，只突出文化方面。此外，由於拉丁美洲文化（種族和文化的融合）屬於西方世界，滕威也質疑「魔幻現實主義」的文學模式是否可以應用於中國。她認為，中國人對 80 年代的解釋缺乏批判的態度。滕威指出，所謂的拉美「魔幻現實主義」在西方世界

〔註64〕滕威：《「邊境」之南拉丁美洲文學漢譯與中國當代文學》，北京：北京大學出版社，2011 年，第 77 頁。
〔註65〕滕威：《「邊境」之南拉丁美洲文學漢譯與中國當代文學》，北京：北京大學出版社，2011 年，第 80 頁。

的成功（包括諾貝爾獎）很可能由於兩個基本矛盾：（1）以西方價值觀的形式去解釋的「魔幻現實主義」，因此失去了其政治意義；（2）通過成為主流產品，「魔幻現實主義」無法保持自主性為自己說話。

「一種第三世界文學如何面對『後殖民』的世界？這也許是魔幻現實主義留給我們的又一重要課題。當我們羨慕拉美文學『成功』走向世界的時候，沒有看到『成功』的背後失去的是什麼，沒有反思獲得西方承認的代價是什麼。尤其是拉美文學雖然同時藉重本土文化資源與西方現代文學傳統完成文學現代化，但最終只是被書寫為『融入主流』。」〔註66〕

與上述博士論文相似，中國大學的研究生論文對「拉美魔幻現實主義」的關注，大多集中於「魔幻現實主義」與80年代中國文學的關係，特別是「尋根文學」。例如，劉歡〔註67〕在《中國尋根文學對魔幻現實主義的接受研究》一文中評估了80年代中國允許接受「魔幻現實主義」的政治、社會和文化條件。劉歡著眼於中國作家對「魔幻現實主義」的解讀、改編和誤讀的不同方式，以便將中國文化的幾個方面融入小說中，如鬼、轉世、風水、宗教實踐等。他介紹了拉美和中國之間的相似性如何對中國的「魔幻現實主義」的接受產生至關重要的作用。這些特徵是共同的社會現實（殖民主義）、相似的文學美學，尤其是兩種文化都具有偉大的神話內容。劉現法在他的碩士論文《1985年尋根文學與拉美魔幻現實主義》中分析了「尋根文學」的藝術文化目標，以及1985年出版的中國小說和《百年孤獨》的共同特點。劉現法引入的一個有趣的論點是拉美「魔幻現實主義」傾向與「尋根文學」傾向之間的區別，前者處於衰落的過程中，而後者持續獲得西方世界的認可。劉現法強調拉美「魔幻現實主義」對「尋根文學」的影響是一個存在若干誤解的過程，而且這兩種文學之間很少存在共同點。肖凡〔註69〕在論文《本土與世界的貫通——拉美魔幻現實主義文學與中國尋根文學的共相》中從不同的角度分析了拉丁美洲「魔幻現實主義」與「尋根」文學之間的關係。通過把民族認同建設作為根本聯繫，肖凡指出可以通過三個共同概念理解兩種文學之間的關係：

〔註66〕滕威：《「邊境」之南拉丁美洲文學漢譯與中國當代文學》，北京：北京大學出版社，2011年，第89頁。

〔註67〕劉歡：《中國尋根文學對魔幻現實主義的接受研究》〔碩士學位論文〕，吉首大學碩士學位論文，2015年。

〔註69〕肖凡：《本土與世界的貫通——拉美魔幻現實主義文學與中國尋根文學的共相》〔碩士學位論文〕，湖南師範大學碩士學位論文，2011年。

（1）農村生活；（2）家庭生活和（3）宗教生活。通過發展比較分析，肖凡指出，其他話題決定了「尋根文學」與世界文學的拉美「魔幻現實主義」之間的關係。這些主題是「死亡」、「孤獨」和「荒謬」。

　　值得深思的是，上述中國理論家對「拉美魔幻現實主義」政治性的認知，幾乎很少出現在 80 年代中國作家的視野中。這種差異決定於中國作家和理論家接受「拉美魔幻現實主義」的不同途徑：與中國作家主要從諾貝爾文學獎以及加西亞‧馬爾克斯的《百年孤獨》這樣的作品理解「拉美魔幻現實主義」不同，中國的理論家大都是翻譯家，不僅熟悉西語，許多人還曾有過在拉美學習、工作和生活的經歷，他們不僅理解拉美的文學，同時還能對拉美的歷史、現實乃至文化政治感同身受。因此，他們對「拉美魔幻現實主義」的介紹和分析會比作家要深入和全面得多。但遺憾的是，理論家的社會影響力遠在作家之下，尤其是在 80 年代這個現代史上少有的文學的繁榮時代。理論家的工作，不僅被作家掩蓋，更被忽略，他們的見解也很少被專業以外的社會大眾看見和聽見。這也是我在閱讀這些中國理論家的著作時被深深打動並深以為憾的事。

第三節　本書的主要角度對相關研究的推進

　　雖然不少中國研究者都將拉美「魔幻現實主義」的興起歸因為西方世界和第三世界的文化對抗，但相關研究未能充分解釋這種對抗如何塑造小說的意識形態元素，以及這種意識形態元素與「魔幻現實主義」寫作技巧之間的關係。這正是本人努力的方向。本文嘗試借用「政治無意識」理論，揭示拉丁美洲人超越西方的願望，這不僅是「魔幻現實主義」的主要動因，同時也是理解「魔幻現實主義」文學特徵的基本要素。

　　弗雷德里克‧傑姆遜（Fredric R. Jameson）〔註 70〕在 1983 年出版的《政治無意識》一書中闡述了「政治無意識」的概念。傑姆遜提出了「永遠歷史化」的觀點，目的是重建歷史實踐，這種歷史實踐限制了一個作家的文學選擇。傑姆遜將文學視為一種歷史實踐。在「論闡釋：文學是社會的象徵性行為」一章中，傑姆遜從三個層面論述了這種研究方法：首先，從人類學的觀點來看，在原始社會，藝術的目標是解決那些在日常生活中無法解決的矛盾；

〔註 70〕Jameson F: *The Political Unconscious*, London: Cornell University Press, 1983.

其次，從馬克思主義的角度看，每一部文學作品都體現了不同階級或社會群體之間的鬥爭；第三，從馬克思主義的角度看，它主張在每一個文學作品中，生產方式之間存在著對抗。這三個方面的解釋定義了文學作品的「政治無意識」。在文學術語中，第一個方面是傑姆遜所說的象徵的行為：文學作品為日常現實的矛盾提供了一個虛擬的解決方案；第二個方面是小說中的不同聲音——巴赫金的眾聲喧嘩或意識形態的對抗；第三個方面，決定劇情在人類發展階段的位置的元素只有一個，那就是「歷史」。

以往關於「魔幻現實主義」的研究經常側重於小說的藝術技巧，強調借鑒印第安人神話、通俗文化或西方文學。50 年代和 60 年代，弗洛雷斯和萊阿爾在拉丁美洲關於靈感來源和「魔幻現實主義」敘事技巧的爭論是這一趨勢的重要表徵。許多中國作家對「魔幻現實主義」也採取了類似的方法，這並不難理解。這種方法最明顯的失敗之一是，它傾向於指出「魔幻現實主義」與其他文學形式（神話或現代主義）的相似性，但它不能解釋什麼是「魔幻現實主義」的獨特性。

意圖超越西方文學的「政治無意識」也是理解中國當代文學的基本概念。我們可以觀察中國 80 年代文學是否具有拉美文學類似的「政治無意識」。如果答案是肯定的，我們將思考這種共同的「政治無意識」如何成為了拉美「魔幻現實主義」與中國當代文學之間的重要紐帶。從這個角度認識中國當代文學，可以為「尋根文學」、「先鋒小說」以及更多像陳忠實或閻連科這樣的作家提供新的詮釋。

第四節 研究方法

本文採用的研究方法主要有三種。第一種是比較文學的「影響研究法」。「影響研究」與「平行研究」是比較文學研究的兩種基本方法。「平行研究」注重研究對象的空間關係，「影響研究」注重於研究對象的時間關係。兩種研究成為區分「比較文學」兩大學派——「法國學派」與「美國學派」的標誌。「法國學派」以「影響研究」建構出學科的初始輪廓，稱其為「國際文學關係史」。二戰後，「美國學派」對其進行了重新定義，將平行研究和跨學科研究囊括其中。「影響研究」的對象是存在著事實聯繫的不同國家的文學，其理論支柱是媒介學、流傳學和淵源學；它的研究目標是通過清理「影響」得以發

生的「經過路線」，尋找兩種或多種文學間的同源性關係。本文即是在這種「影響研究「視域中展開的淵源學追蹤：首先，從中國「尋根文學」等 80 年代文學思潮溯源到「拉美魔幻現實主義」，既而，尋找歐洲先鋒派中「魔幻現實主義」概念的起源，指出其中的「魔幻」和「神奇」的概念確立了「魔幻現實主義」的基礎。「魔幻現實主義」的起源與三個先鋒派運動有關：（1）德國「魔幻現實主義」（繪畫作品）；（2）意大利「魔幻現實主義」（文學作品）；（3）超現實主義（文學作品）。釐清這三個概念在歐洲文學中的意義對理解拉美「魔幻現實主義」至關重要，只有在此基礎上我們才可能解釋歐洲先鋒派小說與拉美小說之間的互文關係。也由此幫助我們理解「拉美魔幻現實主義」在中國的「跨語際實踐」。

　　與「影響研究」不同，「美國學派」主張的「平行研究」，更有興趣尋找普遍的真理和原型，它強調這些共同的原型在不同的時代和空間中產生意義的可能性。「平行研究」的對象是沒有直接影響和親緣聯繫的不同國家或民族間的文學；研究目的是尋找各國文學之間的功能性規律，並上升為理論認識。埃里希・奧爾巴赫（Erich Auerbach）《摹仿論：西方文學中現實的再現》（*Mimesis: The Representation of Reality in Western Literature*）表明，在許多沒有任何接觸的文化中，我們可以通過文學閱讀，發現共同的規律。將這一方法用於「魔幻現實主義」的中國實踐，無疑同樣有效。中國當代文學和拉美文學雖然沒有分享語言或文化特徵，但卻因為在世界政治經濟秩序中的特殊位置，分享了共同的意識形態因素，從而產生出令人驚訝的相關性以及意義。

　　本文使用的第二種方法是傑姆遜的「政治無意識」理論，尤其是其中包含的「第三世界」理論。在他的作品《政治無意識》中，傑姆遜將「第三世界」視為無意識的卓越領地。「第三世界」也被定性為自然在「客觀和主觀上持續」存在的地方。從這個意義上，「第三世界」不斷受到佔領和規訓的威脅，這種願望是所有殖民化進程的特點。此外，「第三世界」代表了西方價值觀對立的對立面。傑姆遜還認為，就在拉丁美洲文學能夠描述自己的世界之後，我們可以看到西方文學關於「第三世界」的「攻擊性和聽覺」表現（例如約瑟夫・康拉德（Joseph Conrad）的作品）。將本理論運用到對拉美「魔幻現實主義」以及中國當代文學的分析，我們會加深對於這種「第三世界」「他者性」的認知。一方面，「第三世界文學」旨在解構西方文學所闡述的他者形象，另

一方面,「第三世界文學」通過創造傳統文化的「浪漫」或「懷舊」理念,又使其在無意識中返歸西方文學,成為世界文學——西方文學的重要組成部分。傑姆遜〔註71〕還指出,「魔幻現實主義」藝術的一個重要特點就是其表現方式,即對時間——歷史的重疊。這在西方文學中是很難實現的,「因此,不是美國1950年代的『失去了的欲望對象』,而是目前整個過去時代的明確疊加(印度或前哥倫布現實、殖民時代、獨立戰爭、克勞迪斯莫、美國統治時期——如在危地馬拉的阿斯圖里亞斯週末,關於1954年的政變)是出現這種新敘事風格的正式前提。」這種分析為本文理解「魔幻現實主義」表現歷史的方式提供了重要啟示。

《政治無意識》中的「歷史化」概念也為評價拉丁美洲文化政治提供了一個新的視角。傑姆遜把「歷史化」定義為文學分析的終極視域,他的注意力不在文學文本中,而是在所構建的解釋框架中。此外,傑姆遜還強調了作者在形式和主題維度上做出的明確選擇,以及這些選擇是如何由一個無意識的框架指導的。藝術家總是受到歷史因素的制約,這些因素決定著他的工作性質。在其他學者看到審美選擇的地方,傑姆遜看到了受歷史制約的政治實踐。「歷史化」的概念要求對拉丁美洲的文化政治採取新的方法。通過分析影響拉丁美洲作家主題和形式的歷史因素,可以理解的是,拉美「魔幻現實主義」深刻受制於與西方文化的對抗。本文對拉美「魔幻現實主義」的意識形態的分析,揭示了拉美文化的「矛盾性」與「建構性」,而在以前的研究中,一種具有代表性的傾向卻認為「魔幻現實主義」代表拉丁美洲文化本處於和諧與自然的狀態(例如俄勒瑪‧薔彼 Irlemar Chiampi)。

為了確定一套既代表拉丁美洲世界又代表第三世界的共同價值觀,本文應用了傑姆遜所提出的第三世界文學概念。根據傑姆遜的說法,第三世界文學應該從政治和社會的角度來閱讀和分析。在西方文學中,政治和社會問題停留在無意識領域,而在第三世界文學中,政治和社會問題則出現在文學作品的意識形態方面。每個文化中,意識形態鬥爭表現的意識程度均不相同。例如,拉美文學似乎比「尋根文學」更加意識到了對西方理性主義的反抗,但兩者都強調有必要在文學材料和文學形式上明顯區別於西方文學。文學材料和形式的差異往往成為意在帶有政治意義的寓言:一些不可能用非文學的

〔註71〕Jameson F: *On Magic Realism in Film*, Critical Inquiry, 1986, 12(2), p311.

其他形式來表達的東西。傑姆遜在《跨國資本主義時代的第三世界文學》（*Third-World Literature in the Era of Multinational Capitalism*）〔註72〕一文中強調，必須找到這些能夠發展第三世界文學理論的要素。拉丁美洲和中國的魔幻現實主義的某些方面無疑有助於更好地瞭解第三世界文學的「政治無意識」。

本文採用的第三種方法論是米歇爾·福柯（Michel Foucault）〔註73〕的「知識考古／譜系學」。鑒於本篇論文不僅關注「魔幻現實主義」的美學特徵，而且還特別關注文學背後的政治（無意識），福柯的「話語」和權力的概念尤其重要。從某種意義上說，福柯的知識考古／譜系學也是傑姆遜理論的重要基石。福柯的理論表明，分析意識形態的起源和發展總是很重要的，而且最重要的是意識形態的不連續性。本文指出，「魔幻現實主義」為拉丁美洲的歷史和政治問題創造了想像的解決方案。通過從新的角度描述西方世界和「第三世界」之間的矛盾，「魔幻現實主義」成為試圖改變殖民主義和資本主義創造的權力結構的論述。「魔幻現實主義」質疑西方世界創造的「第三世界」形象，表明這一形象的功能就是使西方文明的優越性合法化。在西方殖民過程中，拉丁美洲一直被視為一個客體。「魔幻現實主義」致力於重塑「第三世界」的文化主體性。通過讓「第三世界」發聲，「魔幻現實主義」成功地改變了「第三世界」的定義。福柯在「知識考古／譜系學」的精彩分析為本文討論殖民化與文化獨立的關係提供了重要的方法論啟示。

本文將「魔幻現實主義」視為出現於20世紀的一種出現於歐洲、拉丁美洲和中國的一種世界性思潮，涉及審美以及文化政治多個層面，儘管在不同地域，「魔幻現實主義」表現為不同的形式，但它有著共同的主題，即是對全球化的最新應答。「魔幻現實主義」揭示出現代性進程的本質矛盾，即「現代」對人類心靈非理性元素的壓迫。在福柯的視域中，「魔幻現實主義」當然是一種話語（discourse），它對「人」的定義是雙向的，即人應該同時生活在「理性」和「非理性」組成的平行世界，因此非理性元素（與「魔幻」思想和古代神話緊密相連）的缺失代表了西方現代主義的失敗。正如福柯所言，話語不僅僅是一種表達方式，而是一套賦予表達意義的規則。正是在這一意義上，

〔註72〕 Jameson F: *Third-World Literature in the Era of Multinational Capitalism*, Social Text, Autumn, 1986, No.15, p65~88.

〔註73〕 Foucault M: *The Archaeology of Knowledge*, London: Routledge, 2004.

「魔幻」與「現實主義」的結合，就不能不體現出一種新的政治理解與權力關係。由於「魔幻現實主義」在不同的歷史時代和不同的文化中的顯影，因此完全應該明確地將這一概念作為世界史的一部分來把握和研究。正是基於這一點，福柯由早期的「知識考古學」轉向後期的「知識譜系學」，他變得非常關注歷史，從哲學和心理學轉向歷史分析，或者說他試圖在哲學、心理學乃至文學分析中融入歷史分析。對應到我們的研究中，一方面，福柯的「知識考古／譜系學」能夠幫助我們理解「魔幻現實主義」的複雜性，這是一種在藝術和文學史上具有敘事連續性的現象，另一方面，它允許將這一概念的「不連續性」視為理解不同空間的思想和文化的座標。

從 20 世紀 20 年代開始，一些西方知識分子開始通過精神分析的發現來解釋無意識，而另一些人則用「魔幻現實主義」作為一種藝術，將神話作為人類無意識的獨特表現。也是從這個時候開始，人類學成為歐洲人文學的一門新學科，而魔幻和神話成為了重要的關注對象。最重要的是，人類學將「他者性」（otherness）這一全新的概念作為研究的核心概念。魔幻思想、神話、無意識以及人類學等新學科的出現，顯示了西方理性主義的斷裂。以「知識考古／譜系學」的認知，「魔幻現實主義」作為一種藝術表現，表達一種政治意義，因為它向「現代性」本身發出了挑戰。借用福柯的話，「魔幻現實主義」嘗試通過改變知識規則來取消理性的合法性。在這一意義上，「魔幻現實主義」之所以具有政治意義，是因為它始終處於與西方理性主義的意識形態的鬥爭中，同時它在為一種新的文化政治形式奠基。

「知識考古／譜系學」突出了權力和話語的互文性，特別體現於一個話語總是通過壓制其他話語來建立自身的統治。從這個意義上，譴責對方是「錯誤的」或「不道德的」是任何話語建構自身合法性的一個基本方式。這在《瘋癲與文明：理性時代的瘋狂史》（*A history of insanity in the Age of reason*）中尤為明顯，福柯令人信服地表明，理性通過不斷壓迫異己來確立其合法性和權威性，也就是說，將其定性為「瘋狂」將其放逐。到 19 世紀，「理性」和「瘋狂」的概念已經完全分離，瘋狂的人注定要被限制和被視為病態。拉美「魔幻現實主義」可以視為這種「瘋狂」對「理性」的反抗。拉丁美洲作家把拉美文化這種歐洲文化的「他者性」當成一個新的拉丁美洲身份的中心，使得「魔幻現實主義」概念產生了最重大的改變。在 18 世紀和 19 世紀，雖然理性霸權譴責拉丁美洲的「他者性」是一種落後的表現，但拉美「魔幻現實

主義」概念仍在 20 世紀把「他者性」當成一個豐富文學的方式。這種「不連續性」是至關重要的，因為拉美「魔幻現實主義」指出了一種新的意識形態鬥爭或一系列獲取知識的新規則的同時，還成為了拉丁美洲新身份的前提。

第二章 歐洲「魔幻現實主義」

第一節 弗朗茨・羅與「魔幻現實主義」

在中國讀者的理解中,「魔幻現實主義」指的就是拉美「魔幻現實主義」。很少有人知道——或意識到的一個事實,就是「魔幻現實主義」這一概念的最早誕生地其實是歐洲。釐清這一概念,對瞭解這一概念的生產與傳播,尤其是對於瞭解和認知全球化乃至殖民主義時代、帝國主義時代的「反現代的現代性」——包括「非西方」的「西方性」都有著至關重要的意義。

1925 年,德國評論家、歷史學家弗朗茨・羅首次提出了「魔幻現實主義」一詞。這個概念旨在描述德國的後表現主義運動,尤其是繪畫作品。這一節的首要目標,旨在確定這一概念被冠於繪畫作品的過程,以及它對我們理解拉美「魔幻現實主義」的影響有何幫助。對這一「起源」的確認,將使我們有關這一概念的常識面臨至少三個層面的挑戰:(1)「魔幻現實主義」並不是誕生於拉丁美洲的,它最初的發展與歐洲的先鋒思想有關,特別是「表現主義」和「超現實主義」。(2)儘管該概念的最初含義影響了拉美「魔幻現實主義」文學的理解,但該原始概念和隨後在拉丁美洲的概念闡述實際上是完全不同的。(3)值得注意的是,「魔幻現實主義」從一開始就不是文學流派,甚至不是作家創造的文學團體。它是作為一種藝術的理論概念而產生的。

認識這些事實可以使我們更好地理解「魔幻現實主義」概念發展的不同階段,包括其在歐洲的起源以及在拉丁美洲的發展。此外,我們還可以區分在不同特定歷史時期對這一概念的解釋以及在文學理論和文學作品中來證明

「魔幻現實主義」的不平衡發展。實際上，不難發現，在 20 世紀 70 年代之前，儘管大多數拉丁美洲的「魔幻現實主義」傑作已經出版，「魔幻現實主義」的理論卻還不能完全解釋其思想和藝術形式的複雜性。此外，儘管那些在 70 年代之前出現的理論性的作品差異明顯，而且不夠完善，它們卻「矛盾」地成為了研究「魔術現實主義」的最有影響力的作品。這種情況不僅對拉丁美洲學者理解「魔幻現實主義」文學的方式產生了負面影響，而且還對來自其他國家（例如中國）的學者對「魔幻現實主義」的理解產生了誤導。為了澄清與以上三個事實有關的一些誤解，我們必須首先分析「魔幻現實主義」作為一種理論概念的歷史發展。

1925 年，羅在德國出版了《魔幻現實主義：當前歐洲繪畫的若干問題》（ *Nach Expessionismus: Magischer Realismus. Probleme der neuesten europäischen Malerei* ），闡述這種取代了表現主義運動的新繪畫風格。儘管羅的書是「魔幻現實主義」研究中最常被提及的作品之一，但他的想法並沒有得到很好的理解。許多學者傾向於在不分析該概念的理論體系的情況下分析這本書。值得一提的是，羅對「魔幻現實主義」一詞的採用並不是人們想像的那樣是經過預先考慮的。實際上，羅〔註1〕並沒有以「魔幻現實主義」作為該書唯一的稱呼，這一概念的確定是在他寫完書之後才做出的：「我並沒有賦予『魔幻現實主義』這一標題以特殊的意涵。考慮到『後表現主義』從字面上（相較表現主義）只是一種時間上的承續關係而不含任何本質界定意義，所以在作品完稿許久之後，我加上這個令人矚目的名詞。對於我來說，這個詞相較『理想現實主義』或『現實主義』或『古典主義』這些只說明這場運動的一個方面的概念更為準確。『超現實主義』在現在已經有他用了。『魔幻』這一詞不同於『神秘』，我想要顯示神秘並非陷入表現的世界中，而是隱藏並跳躍其間。」這段話引用自西班牙語版本的前幾頁，表明標題原本不是以「魔幻現實主義」為基礎的，而且羅所理解的新歐洲繪畫風格實際上還具有另外兩個名稱：（1）「後表現主義」和（2）「新古典主義」。因此，羅在他的書中使用這三個名稱來稱呼同一現象。這一特徵表明，在羅的理論中，「魔幻現實主義」並非像後人理解的那樣一開始就具有了清晰和不同凡響的意義。正如我們稍後將看到的那樣，羅本人也並不青睞「魔幻」一詞。這

〔註1〕Roh F: *Realismo Mágico: Problemas de la pintura europea más reciente*, translated by Fernando Vela, Madrid: Revista de occidente, 1927.

種情況實際上也得到了證實：1958 年，羅〔註2〕通過將 Magischer Realismus（魔幻現實主義）更改為 Neue Sachlichkeit，後者被解釋為「新客觀性」：

> 在 1924 年發表的一篇文章中，我創造了魔幻現實主義（Magischer Realismus）這個短語——當然，魔幻不是指人類宗教心理學意義上的魔幻。1925 年，它成為了我的《後表現主義》（Nach expressionismus）一書的副標題。同年，哈特勞布（Hartlaub）在他位於曼海姆的畫廊組織了一場重要的展覽，展覽的標題是「新現實主義的新客觀性」（Neue Sachlichkeit），這是我一直迴避的說法，這意味著我們在這裡不打算重複庫爾貝（Courbet）或萊布（Leibl）更為中性的現實主義。這個新方向的最初特徵來自於意大利形而上學的藝術或與建構主義有關的方面，這些方面有時會利用客觀性。然而，一旦這些前提被拋棄，平庸現實主義很快在第三帝國蓬勃發展。」

顯然，羅自始至終並不熱衷於將其理論稱為「魔幻現實主義」，也就是說，「魔幻現實主義」是經由西班牙語的翻譯才成為一個流行的理論術語。

羅的「魔幻現實主義」的基本思想是什麼？簡言之，他以「二元對立」模式定義了人類藝術的整個歷史。這種對立源於兩個方面的爭論：（1）對現實世界的藝術態度；（2）畫家與對象之間誰佔據主導地位。在現代，「印象派」和「表現主義」之間對立的出現，體現了人類藝術表達的根本矛盾。過去也有過著名的先例，如文藝復興藝術和巴洛克藝術之間的鬥爭。在「印象派」中，對現實世界的藝術態度是忠於對象的本質並忠實於現實世界；而「表現主義」則將現實世界的形式屈服於人類的精神，忽略對象的本質，創造出不存在或被改變的物體。因此，羅〔註3〕認為「印象派」意在通過剝奪空氣和光線的精神特質來表達現實世界，而「表現主義」則通過把圖像立體化來表達現實世界。關於畫家與對象之間誰為主導的第二個特徵是，在「印象派」的技巧中，觀察對象占主導地位且高於畫家，而在「表現主義」中，畫家將主觀視野強加於觀察對象。對於羅來說，新合題（synthesis）辯証地解決了這種矛盾關係（「印象派」代表正題（thesis），「表現主義」代表反題（entithesis）），

〔註 2〕 Roh F: *German Art in the Twentieth Century*, translated by Catherine Hunter, Connecticut: Graphic Society Ltd, 1968, p112.

〔註 3〕 Roh F: *Realismo Mágico: Problemas de la pintura europea más reciente*, translated by Fernando Vela, Madrid: Revista de occidente, 1927, p15.

這也是者「後表現主義」或「魔幻現實主義」。

「魔幻現實主義」，作為「印象主義」和「表現主義」的綜合，旨在調和上述傾向的兩方面的特徵。首先，「魔幻現實主義」對世界的態度是發現可感知的物體（「印象主義」），就好像它們曾經不存在一樣。其次，在「魔幻現實主義」中，畫家與對象之間，畫家占主導地位，因為是他們來主觀地選擇繪畫對象，並且因為重新發現被遺忘的對象這一過程是理性的，因此畫家有權利對對象可以進行特定的觀察或修改。

「在後表現主義中，一個奇蹟展示於我們面前：分子的振動——永恆的流動性——現存事物持續的此消彼長。後表現主義所推崇並強調的，正是在普遍的變化和瓦解中，一種顯而易見的維持和延續的奇蹟」〔註4〕。在這段引文中，我們可以觀察到羅的「魔幻現實主義」的另外兩個特徵：（1）相較於世界本身，羅更傾向於認為特定對象是「魔幻現實主義」的原材料；（2）這些對象處於自相矛盾的階段，因為它們的形式是永久的，但在結構上卻是可變的。儘管它們每天看起來都一樣，但與此同時又一直處於變化之中。這些物體在日常生活中被認為是永恆的，但是通過細緻的觀察和理性的瞭解，藝術家可以看到它們的可變性。因此，這些對象再次以一種經過重新修整的能量呈現在藝術作品中，就好像它們是今天才被創造和發現一樣。羅把這些現實對象的重新呈現稱為「現實背後的魔力」。正如羅伯托·岡薩雷斯（Roberto González Echavarría）〔註5〕所指出的那樣，羅的目標是創造一種藝術機制，以減少對物體的單調、熟悉的感知。這種形式的藝術機制被俄國形式主義者稱為「疏離」，其主要目的是允許讀者通過新的隱喻來更好地感知這些物體。羅〔註6〕的理論還倡導藝術的「簡單性」和最低程度的使用：「……我們可以感知到一個普遍的回返：從激進走向簡化；從突進的偉大革命到在新征服領土上的穩步安置。平靜的聲音代替了刺耳的尖叫。」對於羅而言，這種「簡單性」不僅決定了藝術家的創作方式，而且還決定了他們所選擇主題的特徵。按照羅的理論，日常生活被視為藝術材料的主要來源。因此，「魔幻現實主義」在日常

〔註4〕Roh F: *Realismo Mágico: Problemas de la pintura europea más reciente*, translated by Fernando Vela, Madrid: Revista de occidente, 1927, p33.
〔註5〕González Echavarría R: *Isla a su vuelo fugitiva: Carpentier y el realismo mágico*, Revista Iberoamericana, 1974, 15(86), p24.
〔註6〕Roh F: *Realismo Mágico: Problemas de la pintura europea más reciente*, translated by Fernando Vela, Madrid: Revista de occidente, 1927, p120.

生活中尋找物體的神秘靈魂，而「超現實主義」則將日常生活視為生活中最可憎的內容，「雖然魔幻現實主義將日常生活變成了令人恐懼的形式，但在短短幾年後發展起來的『超現實主義』卻在『達達主義』的啟發下，徹底摧毀了我們現有的世界。『超現實主義』與『魔幻現實主義』都擁有強烈的感情，即不加任何掩飾，盡可能地把握所有事物。但是它進一步建立了一個我們從未有過的新世界，甚至在我們的想像中也可能沒有」〔註7〕。

　　不過，羅的理論中有一個基本矛盾，這解釋了兩個重要事實：（1）他對使用「魔幻」一詞來命名自己的理論存有疑問；（2）羅的理論不可能被用於描繪拉丁美洲文學。在努力以理想的方式調和「現實主義」（在我們稱之為「印象派」和「表現主義」的和解之前）的同時，羅意識到，「印象派」和「表現主義」這兩種傾向的相遇會創造出奇蹟般或魔術般的現實感，使得畫家可以感知到日常生活現實之外的另一種「現實」。因此，羅似乎使用了「魔幻」一詞來描述這一特殊過程，但他使用該詞是因為他希望避免使用任何超自然的術語。「魔幻」終歸和宗教神秘是不一樣的。換句話說，羅對於把日常生活中的奇蹟歸類於宗教經驗持懷疑態度。不過由於「魔幻」一詞也可能具有超自然的或宗教的含義，羅於 1958 年將其理論的名稱更改為「新客觀性」。

　　這場辯論中所涉及的問題非常簡單：對羅而言，將其理論與任何超自然現象聯繫起來都是不可取的，因為在他的理論中，除了人類的感知和客觀世界之外，沒有任何其他東西存在。羅認為那些被認為是奇蹟的現象總是以理性為導向，並無法超越理性。在他的定義中，奇蹟不是宗教，魔幻也不是超常的。相反，在拉美「魔幻現實主義」中，超自然和宗教元素在畫家與物體之間的關係中至關重要。拉丁美洲作家對於奇蹟的概念超出了理性的範圍，因為他們接受了超自然世界的存在，「羅的理論對拉丁美洲作家並未產生多大影響，因為拉美作家追尋的奇蹟不是中立的，而是渴望通過這種奇蹟融入進一個超自然的秩序——只是這種秩序不再由西方傳統提供。羅必須要訴諸於中立主義，而他無法構想出歐洲傳統之外的另一種超自然秩序，因此他著眼於現象論……」〔註8〕。羅的反宗教和反超自然對「魔幻現實主義」並未產生影響，因為他的理論方法不能放棄歐洲傳統對「現實」的理性理解。

〔註7〕 Roh F: *German Art in the Twentieth Century*, translated by Catherine Hunter, Connecticut: Graphic Society Ltd, 1968, p112.

〔註8〕 González Echavarría R: *Isla a su vuelo fugitiva: Carpentier y el realismo mágico*, Revista Iberoamericana, 1974, 15 (86), p24~p25.

　　我們需要注意，「魔幻現實主義」作為一種理論概念，其發展過程中存在兩種傾向，拉美學者借用了哲學概念來分析這些傾向。一種是「本體論」傾向，以「本體論」說明「魔幻」來源於「現實」，也就是說，「魔幻文學」是魔幻現實的再現，「魔幻」就是 being，即「存在」本身；而以「現象學」來定義「魔幻」的「文學性」，則是將其視為一個非客觀存在的主觀範疇。「現象學」來源於胡塞爾，被人們看成一種典型的笛卡爾主義，即「我思故我在」，強調「思」對於「在」的決定意義，這其實是一種現代主體性形而上學的變種。在另一部分拉美學者眼中，「魔幻」並非是現實的產物，而是作家的創造。即「魔幻現實主義」文本中的「魔幻」是一種主觀的「我思」，羅把這種觀點叫做「現象學」，以區分於將「魔幻」理解為現實魔幻的「本體論」。從這個意義上講，羅是「魔幻現實主義」「現象學」方法的先驅，因為在他看來，「魔幻現實主義」中的「奇蹟般的現實」是由藝術家的特殊感知所決定的。

　　羅的「現象學方法」影響了拉丁美洲的一些理論著作，但他的影響力在文學著作中卻體現得不多。儘管他的書在拉丁美洲特別流行。由於西方雜誌（*Revista de occidente*）在此方面的傑出貢獻，拉丁美洲的讀者在 1927 年（即在德國出版兩年後）便能夠閱讀其著作《魔幻現實主義：當前歐洲繪畫的若干問題》的全譯本。該版本的翻譯是由 Ortega y Gasset 委託進行的，而且在很長一段時間，它似乎是唯一由德語翻譯而來的作品。恩里克·安德森·安伯特（Enrique Anderson Imbert）〔註9〕解釋了「魔幻現實主義」一詞在 20 世紀 30 年代末在阿根廷大為流行的原因：「在我青春時期常常接觸的布宜諾斯艾利斯文學圈中，這個術語廣為人知。我第一次聽說它是在一部小說中，1928 年，當時我的朋友阿尼巴爾·桑切斯·勒特（Anibal Sánches Reulet）向我推薦了讓·科克多（Jean Cocteau）的 *Les enfants terribles*，之後我和我的朋友們就把讓·科克多，吉·切斯特頓，弗朗茨·卡夫卡，馬西莫·邦坦佩利和本傑明·賈內斯等人都看作『魔幻現實主義』派作家。而我，自 1927 年來一直發表反現實主義的短篇小說，那時我便清楚地意識到有的小說逼真性非常低，而有的小說令人深信不疑。」安德森的說法證實了羅提出的「魔幻現實主義」概念在部分拉丁美洲圈子中得到了非常即時的響應。更具體地說，它表明了羅和其他作家的西班牙譯本，如《神廟》（Massimo

---

〔註9〕Imbert E A: *"Magical Realism" in Spanish-American Fiction*, Boston: The International Fiction Review, Harvard University, 1975, p2.

Bontempelli），使得拉丁美洲的人認為在歐洲存在一種稱為「魔幻現實主義」的文學。這也說明了伊姆伯特並沒有將「魔幻現實主義」與拉丁美洲文化聯繫起來，也就是說，在最初，「魔幻現實主義」只具有歐洲文化特徵。

第二節　「超現實主義」

歐洲「魔幻現實主義」發展的第二階段與「超現實主義」運動有關。儘管有人甚至認為，是「超現實主義」而不是羅的「魔幻現實主義」對拉丁美洲的「魔幻現實主義」文學作品產生過重要影響。首要原因是安德烈·布勒東（André Breton）和「超現實主義」詩人提出的「神奇」的這一概念，它在卡彭鐵爾「神奇現實主義」〔註10〕美學中佔有中心地位。再者，因為大多數所謂的早期拉丁美洲「魔幻現實主義」作家，如阿斯圖里亞斯、卡彭鐵爾和彼特里都曾在 20 世紀 20、30 年代的巴黎以藝術家的姿態出現。他們不僅在法國積極推動「超現實主義」運動的發展，還受其影響開始了自己的創作。這三位作家開創了一種新的藝術風格，以嶄新的人類學視角觀察拉丁美洲。另外，從有關三人的傳記中也不難發現，他們相關的文化和文學實踐發生在法國。

阿斯圖里亞斯於 1924 年 7 月 14 日抵達巴黎。起初似乎只是段短暫的文化體驗，後來卻成為持續了六年（1924～1930）的藝術之旅，這對阿斯圖里亞斯後來的文學作品和他對拉丁美洲土著文化的產生的新態度至關重要。在喬治·雷諾德教授的指導下，阿斯圖里亞斯開始研究中美洲宗教和土著文化。雷諾德鼓勵他翻譯基切人的聖書《波波爾·烏》，基切人是居住在危地馬拉一帶的瑪雅部落。此外，阿斯圖里亞斯還翻譯了《卡奇克爾年鑑》，書中講述了卡奇克爾民族———一個位於危地馬拉高地的後古典瑪雅文明的傳說。在巴黎的六年，翻譯工作助力阿斯圖里亞斯完成了自己的第一部作品《危地馬拉傳說》（*Leyendas de Guatemala*）〔註11〕。他也開始了短篇小說《政治乞丐》的創作，這篇小說後來擴展為長篇小說《總統先生》（*El señor presidente*）〔註12〕。原本在 1933 年他便完成了小說全部內容，但出於政治

〔註10〕雖然有些理論家認為「神奇現實主義」不同於「魔幻現實主義」，但本文更傾向於把「神奇現實主義」理解為「魔幻現實主義」一般概念發展的一個階段。

〔註11〕Asturias M Á: *Leyendas de Guatemala* （危地馬拉傳說），Madrid: Cátedra, 2014.

〔註12〕Asturias M Á: *El señor presidente* （總統先生），Madrid: Alianza Editorial, 2018.

原因，直到 1948 年才得以出版〔註 13〕。阿斯圖里亞斯的早期作品明顯受到了「超現實主義」的影響，因為他編造了夢一般的情節，並將詩歌語言運用於散文之中。

「阿斯圖里亞斯預感到這些作家（保羅·埃盧德，安德烈·佈雷頓，羅伯托·德斯諾斯），總有一天這一套洶湧生長的創造性思維會被全世界討論。他受到了激勵，想要繼續學習和研究這種新的知識和審美感受。他還發現超現實主義思維與自己的祖傳文化之間有著驚人的聯繫。於是，他把不同文化結合的原因和意義看作是知識創造力更新的不竭源泉。藝術以及文學廣闊而多變的視野在他自己的印第安人的感知中找到了表達自身可能性的無限場所」〔註 14〕。

至於卡彭鐵爾，他在法國生活了九年（1927～1939 年）。他的大部分時間都致力於在當地雜誌上發表有關音樂和文學的文章。卡彭鐵爾對音樂抱有特別興趣，所以他和法國作曲家達律斯·米約、巴西作曲家維拉·羅伯斯和古巴作曲家亞歷杭德羅·加西亞·卡圖爾拉在不同音樂項目中都有合作。像《西印度群島的詩歌》（卡彭鐵爾作詞，蓋拉德 M.F. Gaillard 譜曲的新歌）便是在這個時期創作的。因為結識了羅伯托·德斯諾斯，卡彭鐵爾開始成為「超現實主義」運動的一員。在這一運動的影響下，卡彭鐵爾用西班牙語寫了他的前兩篇短篇小說《學生》和《電梯的奇蹟》，還用法語創作了《星期一的故事》。更重要的是，他加入《超現實主義革命》雜誌，通過這本雜誌，他認識了一些舉足輕重的「超現實主義」詩人，如路易·阿拉貢、特里斯坦·查拉、保羅·艾呂雅，以及畫家喬治·德·基里科、伊夫·唐吉和巴勃羅·畢加索。1933年，卡彭鐵爾出版了《埃古—揚巴—奧》，他試圖將古巴音樂中的原始主義與「超現實主義」的美學融合在一起。自 1940 年起，卡彭鐵爾〔註 15〕創作的所有文學作品都與「超現實主義」有著極為密切的關係，他「開始將『他所置身的神奇的美洲現實』與他在 1928 年至 1939 年間接觸的超現實主義者的歐洲歷史、藝術現實進行對比，這些超現實主義者的意識形態層面的目的、信仰

〔註 13〕儘管阿斯圖里亞斯在二十世紀三十年代完成小說《總統先生》，由於危地馬拉與西班牙之間複雜的政治形勢，這本書直到 1948 年才出版。

〔註 14〕Lonoël-d'Aussenac A: *El señor presidente*, Madrid: Alianza Editorial, 2018, p32.

〔註 15〕Müller Bergh K: *El prólogo a El reino de este mundo*, de Alejo Carpentier (1904~1980) Apuntes para un centenario. Nueva revista de Filología Hispánica, 2006, (2), p501.

和假設被系統地瓦解了，無論是用尖銳的指控還是責難」。

彼特里是這三人中最年輕的，他在巴黎住了五年（1929～1934年）。作為二人最親密的朋友，他見證了阿斯圖里亞斯的作品《總統先生》的誕生。此外，他參加了「超現實主義者」倡導的各種藝術活動，並讚揚俄國革命等新的政治現象。與卡彭鐵爾和阿斯圖里亞斯一樣，「超現實主義」也改變了彼特里認識和描述拉丁美洲「現實」的方式。「超現實主義」激發了他尋找拉丁美洲文化的魔幻元素的欲望，讓他開始進行文學創造的實驗，他的這類作品集中創作於40年代。20世紀30年代早期，彼特里與活躍於法國的最重要的「超現實主義」藝術家拉法埃爾·阿爾維蒂、路易斯·布努埃爾、薩爾瓦多·達利、布勒東和保爾·瓦雷里關係密切。

儘管許多早期「魔幻現實主義」作家，比如卡彭鐵爾，在言語間並不認可「超現實主義」的理論主張，但他們的藝術實踐仍然迴避不了「超現實主義」思想。是什麼因素讓拉丁美洲的作家們不自覺地以「超現實主義」作為他們作品的靈感來源？「超現實主義」運動在何種意義上預示了拉美「魔幻現實主義」的一些美學和意識形態主張？因為「超現實主義」和拉美「魔幻現實主義」都是對抗歐洲理性主義的顛覆性力量。

從一開始，「超現實主義」就改變了詩歌和藝術最普遍的概念。藝術就不僅是一種簡單的創造性活動，同時還蘊含著解決人類生存矛盾的可能性。詩人由此具有了全新的意義，並因此得以擺脫社會束縛，成為自由這一人類最大理想的追求者。這就是為什麼「超現實主義」把自己視為在生活的各個方面解放人類感知能力的方式。「超現實主義」批判歐洲一切僵化的價值體系，因為他們認為人的欲望才是唯一可以崇尚的權威。「超現實主義」還指出了一種被我們日常生活遮蔽了的更為真實的「現實」，人類應當立志於揭示它。從羅的「魔幻現實主義」視角來看，理性主導下的細緻觀察能夠實現這一理想，但「超現實主義」卻認為，機會和偶然性是實現它的根本方法。確切地說，「超現實主義」是由其最特別的發現——潛意識和夢一般的技巧構成。詩人必須努力尋找一種超越世界理性穩態的隱蔽「現實」，如此才能發現宇宙的秘密秩序。為達到這一目的，詩人理應去探索內心不確定的區域。事實上，整個「超現實主義」都是基於一個假設，即潛意識是人類思維唯一真實的存在。因此，藝術創作必須避免任何心理活動向理性轉變。「實際上，超現實主義通過詩歌考驗人類能力，擴大並豐富它們。人們設想了這樣一個過程：讓詩人

和他的讀者超越人們因傳統和習慣而熟悉的存在形式，達到讓‧路易‧貝都因所說的『真正的生活，終於值得活下去』。」〔註16〕

　　「超現實主義」還宣稱了「神奇」的存在，就是藝術創作的功能與價值所在。「超現實主義」詩人反對在詩人和世界之間建立的機械反映。這與我們之前在羅的理論中分析過的「疏離」概念相似。在這裡，「神奇」實際上並不是對「現實」的否定，而是與現實的一種新的關係，一種升級了的關係。「神奇」不僅解放了已被單調的日常生活遺忘了的「現實」，同時也解放了人類對與日常「現實」相伴的神奇「現實」感到驚歎的能力。稍後還將提及的文章 *Alejo Carpentier y el surrealismo*〔註17〕則向我們提供了一系列「超現實主義」確立的「神奇」與卡彭鐵爾所闡述的「神奇」之間的密切聯繫。但卡彭鐵爾最終超越了這些聯繫，建立了一種人類學的方法，把通俗的、宗教的和魔幻的事物融合成「神奇」的形式。更重要的是，他還通過強調拉丁美洲和歐洲的對立區分了「原始文明」和「現代文明」。

　　總之，歐洲的「先鋒派」運動，尤其是由羅提出的「魔幻現實主義」和「超現實主義」，都為20世紀40年代以來的拉美「魔幻現實主義」奠定了決定性的理論基礎。值得指出的是，羅的理論代表著對「魔幻現實主義」的現象學研究方法，其中的「魔幻」源於畫家或藝術家的認知，而在「超現實主義」視域中，「神奇」或「魔幻」是現實固有的，只是需要詩人或藝術家去發掘它。羅的「魔幻現實主義」理論對「魔幻現實主義」在拉丁美洲理論發展的不同階段都產生了重要影響（如彼特里和萊阿爾）。「超現實主義」對卡彭鐵爾本人的「神奇現實主義」理論化和在他的「魔幻現實主義」思想引領下其他作家發表的學術著作都發揮了更為具體的作用（如岡薩雷斯和薔彼）。我們在接下來的第三章將會看到，拉美「魔幻現實主義」最顯著的矛盾似乎和導致歐洲「先鋒派」運動失敗的原因有著相似的特徵。

第三節　馬西莫‧邦滕佩利與「魔幻現實主義」

　　歐洲「魔幻現實主義」發展的第三個階段出現在1926年的意大利。在羅為解釋後「表現主義」繪畫而創造「魔幻現實主義」這一概念的次年，馬西

〔註16〕Matthews J. H: *Poetic Principles of surrealism*, Chicago Review, 1962, 15 (4), p42.
〔註17〕Chiampi I: *Alejo Carpentier y el surrealismo*, Revista de la Universidad de México, 1981, (5): 1~10.

莫．邦滕佩利開始形成自己的「魔幻現實主義」理論。這一次「魔幻現實主義」概念不再侷限於繪畫，而是轉向了文學作品。與庫爾齊奧．馬拉帕爾特（Curzio Malaparte）一起，邦滕佩利創辦了國際雜誌《900──來自意大利和歐洲的筆記》，這本雜誌直到 1927 年都是用法語出版的，面向他那個時代所有的國際知識分子。

邦滕佩利將「魔幻現實主義」歸結為一種創造新的虛構故事的嘗試，目的是為了解釋並簡化現代社會的複雜性。他相信現代藝術家的重要任務是發現潛意識的魅力，尋求不可預知的冒險，從而揭開隱藏在日常生活背後的神秘「現實」。因此，邦滕佩利的「魔幻現實主義」結合了羅的「魔幻現實主義」發現日常生活背後的神奇「現實」和「超現實主義」與潛意識的關聯的特點。不過，邦滕佩利較這兩者的創新之處在於，他堅持一種觀念，即「魔幻現實主義」必須構建一個虛構體系來簡化現代生活令人窒息的繁冗。那些新的虛構故事會把現代「現實」轉化為寓言和簡單的敘事結構。從這個意義上說，它們都是現代藝術家從日常生活中提煉形成的。

「我們的工作唯一將使用的工具是想像力。我們有必要譴責建築藝術，創作新鮮的虛構故事，讓我們賴以生存的新氛圍得以流通。……虛構的世界將不斷地注入現實世界，以豐富和充實現實世界，因為二十世紀的藝術努力重建和完善存在於人類外部的現實世界並非沒有原因。其目的是要學會支配它，以至於能夠隨心所欲地破壞法律。現在人們對自然的控制充滿了魔幻……」〔註 18〕

邦滕佩利的「魔幻現實主義」與拉丁美洲的「現實主義」的區別主要表現在兩個方面。首先，邦滕佩利拒絕引用任何古代或過去的神話或寓言，他認為那可能是一種違背現代性的落後元素，「想像力，幻想，但都不像童話，沒有像《一千零一夜》〔註 19〕一樣的故事。我們渴望冒險故事，而不是童話故事。生活變得更加普通並且日復一日，我們希望將生活視為冒險的奇蹟：不斷的風險，不斷的英雄式努力，不斷創造新的手段去脫離日常生活」。其次，雖然邦滕佩利提到了潛意識的重要性，但在他的「魔幻現實主義」理論中，

〔註 18〕Bontempelli M: *Realismo magico e altri scritti sull'arte*, Milano: Abscondita, 2006, p16～17.

〔註 19〕值得注意的是，《一千零一夜》對加西亞．馬爾克斯的文學創作至關重要。實際上，《百年孤獨》重新演繹了《一千零一夜》中的一些故事。

理性才是「現實」最高的組織原則。事實上，邦滕佩利自己的一些文學作品就出現了一種分裂，一半是正常的「現實」，另一半是人類只能在特殊情況下才會看到的「現實」〔註20〕。邦滕佩利對「第二現實」的感知是神秘的，不是因為這種經驗是精神的或先驗的，而是因為它已遠非我們平常生活所發生的事件。從他的一些作品中能夠依稀看出，「神奇現實」成為了兩者中最有價值和最豐富的部分，它將自己的影子投射到日常現實之上，並最終聲稱自己是真正的「現實」。現實與經驗之間的緊張關係在邦滕佩利的短篇小說《鏡子前的國際象棋》中表現得尤為明顯，小說中的鏡子連接了兩種「現實」〔註21〕。最後，在故事的結尾，小男孩從夢中醒來，這證實了一個觀點，即人類的理性必須始終在控制敘事材料中佔據上風。這些特點使邦滕佩利的作品更接近於歐洲的「奇幻文學」，而不是拉丁美洲的「魔幻現實主義」。同樣地，《鏡子前的國際象棋》和（歐洲奇幻文學的代表作）《愛麗絲夢遊仙境》的相似之處也印證了這一點。

　　當我們比較邦滕佩利的「魔幻現實主義」和拉丁美洲的「魔幻現實主義」時，我們一定要考慮兩個重要的特點。首先，為了以簡單的敘述框架組織現代世界，邦滕佩利一定要創造新的神話故事。他拒絕使用已經存在的神話故事為原型創作。其次，他繼承了羅的「魔幻現實主義」思想，認為理性在感知神秘的「現實」的藝術創作中扮演了最重要的角色，反對將「魔幻」變成形而上學。拉美文學的「魔幻現實主義」則截然不同，不僅非常重視古老的神話和反理性的創作，甚至認為「魔幻現實」超越了理性。

　　邦滕佩利對「魔幻現實主義」理論的創立做出的真正貢獻體現在兩方面。首先，他是第一個在文學評論中使用「魔幻的現實主義」這個概念的人（羅在繪畫作品中用到這個術語）。其次，針對如何解釋「魔幻現實主義」這一羅沒有解決的問題，邦滕佩利嘗試採用一種新方法，就是創造一個新的神話。他相信每個藝術家都可能創造新的神話故事。當然，個性的創作離不開理性的支持。他提倡創造獨特而理性的新神話，並藉此消解現代理性世界的複雜性。這一自相矛盾的主張也就成為了他失敗的關鍵原因：他不能逃離這個他想要攻擊的理性世界。一方面他從羅身上繼承了對理性的崇尚，認為理性勝

〔註20〕Bajoni M G: *Apuleio e Bontempelli: Alcune note sul reale e sul magico*, Milano: Aevum, 1989, p547.
〔註21〕Bajoni M G: *Apuleio e Bontempelli: Alcune note sul reale e sul magico*, Milano: Aevum, 1989, p547.

於「魔幻」，另一方面他又拒絕採用古老傳說對抗現代的理性。他沒有意識到神話並非來自個人的創作，不能在短時間內被創造，也不能被理性地控制。神話是一個特定文明大眾文化的表達，包含了歷代不斷積累、更改和豐富的宗教儀式、魔幻和神奇的元素。更重要的是，它們代表了特定族群的集體無意識，因此來自不同文化的神話故事會使用相似的主題和素材。羅和邦滕佩利嘗試建立一個理論框架來解決這些問題，但是他們失敗了，因為他們不想找到一個反理性的源泉。事實上，他們反對所有宗教的、神秘的、超自然的題材，因為這些題材違反理性。這就是歐洲的「魔幻現實主義」和拉丁美洲的「魔幻現實主義」的最大差別。

第三章　拉美「魔幻現實主義」

第一節　博爾赫斯：「魔幻」與小說

　　學界通常認為，由羅、邦滕佩利於 20 世紀 20 年代提出的歐洲「魔幻現實主義」，在 40 年代由彼特里、卡彭鐵爾進一步發展出拉美「魔幻現實主義」的第一個理論成果。但是在這個過程中，很多人忽視了博爾赫斯這個重要人物，尤其是他的文章 *El arte narrativo y la magia*《敘事藝術與魔幻》（1932）。與其他流派相比，博爾赫斯指出了構成小說結構的長久以來被忽視的潛在機制，他的文章試圖揭示敘事機制和敘事作品的建構過程。這種對小說技術層面的關注將是「魔幻現實主義」作品的一個基本特徵，從這一角度，博爾赫斯的文章提供了不同於拉丁美洲以往論辯的新角度，這也正是他文章最具突破性的部分。

　　首先，博爾赫斯指出了小說敘事中「逼真性」的問題，即說服讀者相信小說中看似不可能的事實。「它需要有堅強的真實外表，才能有自然而然中斷懷疑的能力。這種能力，柯爾律治把它稱作詩意信仰。莫里斯達到了醒悟這個詩意信仰的目的。我想分析一下他是如何達到的。」[註1] 博爾赫斯關於信仰的看法是他論文中的一個出彩之處，他認為信仰可以幫助讀者接受小說中的「超現實」。不同於歐洲「魔幻現實主義」理論家在理解藝術時避免分析「魔幻」與「超自然」的聯繫。然而，博爾赫斯卻認為信仰是解決敘事藝術真實性

〔註1〕《博爾赫斯全集，散文卷【上】》，王永年、徐鶴林等譯，漢州：浙江文藝出版社，1999 年，第 155 頁。

的核心。「信仰」和「逼真性」在拉美「魔幻現實主義」未來的理論發展過程中也至關重要，比如卡彭鐵爾的理論。根據博爾赫斯的說法，作者是通過使小說從最合理和熟悉的細節逐漸轉移到最不可能的細節而建立這種信任。例如，描述神秘的野獸時，先描述更人性化的特徵，然後突出其超自然特徵，通過這種敘述方式來加強讀者的信任。

其次，對於博爾赫斯而言，敘事藝術仍涉及到因果關係。也就是說，敘述遵循某種邏輯順序發生。博爾赫斯對這個問題的獨特看法再次令人稱奇。對於他來說，敘事藝術的邏輯與「魔幻」的邏輯相同，「古人的這個野心或手法由費雷澤歸結成一條普遍的合適的規律，即通感，即距離相異的事物間有著不可避免的聯繫，或者由於他們的形象相似——模仿巫術、順勢療法——或者由於以前是相鄰的——傳染巫術。表明第二種巫術的例子是凱內倫·迪格比的治療油膏，他不是用在模糊不清的傷口上，而是在造成傷口的那把刀上——與此同時的，傷口不經嚴格的治療就逐步收口結疤。有無數第一種巫術的例子。內布拉斯加的紅種人們身披嗡呼作響的帶角和鬃毛的美洲野牛皮，白天黑夜在荒原上跳著迴旋疾轉的舞蹈，用來吸引野牛的來到。澳洲中部的巫師在前臂劃開一個傷口使鮮血流淌，為的是使天空學他們的樣或同他們相同也血流成雨水降下來」〔註2〕。

對於博爾赫斯來說，「魔幻」的思維方式提供了一種有趣的方式來解釋特定事件之間的順序和關係。實際上，這種邏輯與自然法則完全不同。因果關係遵循諸如對象之間的相似性或接近性之類的概念。因此，「魔幻」建立了一個旨在組織混沌世界的獨立規則體系。這也是敘事藝術的特徵。在這兩種情況中，來自信徒和讀者的信仰賦予了這些法則以可信度。總之，在「魔幻」和「敘事」過程中，讀者或信徒都願意接受超越理性的聯繫的存在。通過對敘事過程的這種新的理解，博爾赫斯克服了羅和邦滕佩利無法解決的三個矛盾：（1）尋找一種反理性的體系來挑戰歐洲理性的巨大壓力；（2）接受古代神話和魔幻故事是詩意材料和敘事技巧的來源；（3）接受超自然的或宗教元素（信仰）成為藝術創作的基礎。岡薩雷斯指出，博爾赫斯描述的敘事系統的特徵類似於亞里士多德的詩學和關於宇宙的假設。根據亞里士多德的觀點，悲劇的情節以完整的整體呈現，並按照和諧的順序進行，包括開端、發展和結尾

〔註2〕《博爾赫斯全集，散文卷【上】》，王永年、徐鶴林等譯，漢州：浙江文藝出版社，1999年，第160頁。

三部分。從某種意義上說，宇宙是由不同的力量組成的，這些力量受制於上帝的統治規則〔註3〕。

　　因此，博爾赫斯對「魔幻」的表述，作為一種敘事原則，使亞里士多德宇宙觀的有序結構與「魔幻」的邏輯相協調。這兩個系統都創造性地假設了一種規定宇宙秩序的超自然原則的存在。

　　為了接受敘述的因果關係，讀者必須做類似於信仰行為的事情，就像處於「魔幻」體驗之中。身處被混亂統治的「現實」中，這是博爾赫斯理解一種超自然的更完整的「現實」的唯一方式。以這種方式，博爾赫斯成為第一位指出「魔幻」體驗的超自然性是藝術創作的基本要素的拉丁美洲作家。對於博爾赫斯來說，在創造藝術或表現「魔幻」時，必須將「信仰」而非「理性」視為「魔幻」的基石。

　　博爾赫斯將另外兩個敘事元素描述為魔幻邏輯的一部分。首先，博爾赫斯確定了存在於每個書面或口頭言語中的創造力，就好像能夠通過故事講述而實現對「現實」的創造。這種「魔幻」的邏輯相信對「現實」的敘述可以創造出「現實」本身。第二，他確定了「預兆」在組織故事過程中的重要作用。在下一章我們將會看到，這兩個特徵在拉美「魔幻現實主義」中不斷再現。博爾赫斯〔註4〕對魔幻的敘事機制的分析為理解「魔幻現實主義」的諸多技巧提供了關鍵要素，特別是那些為消除對「現實」的理性詮釋而運用的技巧：

　　「我想把上面說的歸納一下。我分辨兩個因果過程：一個是自然的，指不可控制的和數不清運動產生的不停歇的結果；另一個是巫術的，指精心組織和受限制地預先說出細節的。我認為，在小說中唯一可能的誠實是在第二個過程。第一個過程歸於心理歪曲。」

　　關於博爾赫斯論文的最後一個值得一提的事實是，博爾赫斯對「魔幻」的理解與後來的拉美「魔幻現實主義」既有顯著的相似之處，也存在著重大差異。這些差異源於博爾赫斯與歐洲哲學傳統以及某些「先鋒派」運動之間的某種親緣。例如，岡薩雷斯〔註5〕指出了博爾赫斯與「超現實主義」之間的

〔註3〕 González Echavarría R: *Isla a su vuelo fugitiva: Carpentier y el realismo mágico*, Revista Iberoamericana, 1974, 15 (86), p29.

〔註4〕 《博爾赫斯全集，散文卷【上】》，王永年、徐鶴林等譯，漢州：浙江文藝出版社，1999 年，第 163 頁。

〔註5〕 González Echavarría R: *Isla a su vuelo fugitiva: Carpentier y el realismo mágico*, Revista Iberoamericana, 1974, 15 (86), p32.

相似之處。儘管博爾赫斯對拉美「魔幻現實主義」的理論發展有所貢獻，但本文認為他並不像一些學者所認為的那樣是一個「魔幻現實主義」作家，至少在以下幾個方面，博爾赫斯與拉美「魔幻現實主義」作家有所區別：（1）博爾赫斯拒絕了歐洲衰落的觀點（奧斯瓦爾德‧斯賓格勒 Oswald Spengler），也不認為拉丁美洲能夠替代歐洲成為新文化中心。（2）在博爾赫斯看來，「魔幻」和其他類似的迷信活動並不是拉丁美洲文化（卡彭鐵爾）的一個獨有的，而是世界文化共有的一個普遍現象。因此，博爾赫斯並沒有在歐洲中心主義危機中捍衛拉美文化的新特權地位（卡彭鐵爾）。（3）博爾赫斯沒有將人類視為一個歷史人物。在他的作品中，「現實」與敘事文本不存在一個最基本的關係；在他的思想體系中，歷史只是他經常用於諷刺的一種次要的敘述形式。在博爾赫斯那裡，人類被呈現為一個普遍性的存在，其個人的歷史特性在正如尼采永恆輪迴說裏的無限流動中被消弭。

　　這三個方面使博爾赫斯的作品與 20 世紀 40 年代以來被視為拉美「魔幻現實主義」的作品有著截然不同的面貌。在拉美「魔幻現實主義」中，「魔幻」與拉丁美洲的原始文化和土著文化有關，人類被描繪成一個悲劇性的歷史人物。此外，對於一些像卡彭鐵爾這樣的作家來說，拉丁美洲被認為是唯一可以進行「魔幻現實主義」創作的地方，而博爾赫斯認為「魔幻」是存在於一切文化的普遍因素。正是基於上述原因，本文認為博爾赫斯雖然堪稱拉美「魔幻」理論的主要代表人物，但其文學作品卻不能被歸為「魔幻現實主義」，後者實際上是弗洛雷斯、恩里克‧安德森‧因伯特（Enrique Anderson Imbert）和安東尼奧‧普拉尼爾斯（Antonio Planells）等學者對博爾赫斯思想及作品的錯誤理解。

第二節　彼特里：拉美「魔幻現實主義」的根源

　　20 世紀 40 年代末，彼特里和卡彭鐵爾開創了拉美「魔幻現實主義」的理論解釋。值得一提的是，在這個歷史時期，拉美「魔幻現實主義」作品已經開始在阿斯圖里亞斯、彼特里和卡彭鐵爾等人的創作過程中成形，因此，彼特里和卡彭鐵爾不僅是拉美「魔幻現實主義」理論發展的先驅，而且是「魔幻現實主義」的代表作家，他們代表了 20 年代末 30 年代初在法國成長起來的拉美青年藝術家。到 20 世紀 40 年代末，這些知識分子中的大多

數已經離開了歐洲，並反叛與之聯繫緊密的「超現實主義」運動，同時，他們已成為拉丁美洲新敘述方式的體現者。其主要目標是：（1）創造一種與拉丁美洲文化和歷史有關的可靠的文學；（2）賦予拉丁美洲語境下的「先鋒派」遺產以新的意義，以對抗「社會現實主義」〔註6〕。卡彭鐵爾創造了一種與「超現實主義」緊密相連的美學，而彼特里則試圖在拉丁美洲重現羅的「魔幻現實主義」。

如所周知，「魔幻現實主義」的概念於 1948 年在拉丁美洲由委內瑞拉作家彼特里首次提出。彼特里在名為「Letras y hombres de Venezuela」的文章中採用了該術語，以描述短篇小說的委內瑞拉新風格。如果不是因為彼特里以古老的歐洲「魔幻現實主義」概念來描述拉丁美洲的現象，那麼這篇文章可能幾乎被遺忘了：

「到 1925 年，一位非常年輕的作家 Carlos Eduardo Frias 發表了短篇小說『Canicula』。在其故事中，對現實的政治直覺更甚以往地佔據上風。這是一條日後將不斷延伸的路徑。受其影響，一群年輕作家通過 Valvula、Fantoches 和 Elite 雜誌開始沿著這條路前行。彼特里於 1928 年出版的《巴拉巴斯與奧特拉斯的歷史》預示著這一趨勢的初步成形，而這一時刻恰逢先鋒派文學形式的蔓延：法國立體主義、西班牙極端運動（Ultraist movement）和超現實主義。處於現實的浪潮中，在其故事裏占主導地位並留下恒久印記的一個特點是：將人看作一個謎。這是一個詩意的預言或是對現實的一個詩意的否認。在找到其他名稱之前，不妨稱其為魔幻現實主義」〔註7〕。

值得注意的是，彼特里的「魔幻現實主義」概念正確地指出了「魔幻現實主義」的兩個技術特徵。首先，他展示了詩歌散文在未來拉丁美洲敘事中的核心作用。其次，他還談到了「疏遠」感的重要性，這種疏遠感是由人類的模棱兩可和異常表現所造成的。正如我之前所提到的，「疏離」概念在羅的理論化中處於中心地位，它也是「超現實主義者」創造的神奇的特徵之一。關於「魔幻現實主義」本身的哲學分析，彼特里的理論似乎有些猶豫。首先，彼特里無法確定是否發生了「魔幻現實主義」：（1）當「現實」被認為是神秘的，並且敘述者旨在發現它時；或者（2）當敘述者認為「現實」是平淡的，並試

〔註6〕González Echavarría R: *Isla a su vuelo fugitiva: Carpentier y el realismo mágico*, Revista Iberoamericana, 1974, 15 (86), p20.

〔註7〕Pietri A U: *Letras y hombres de Venezuela*, Ciudad de México: Fondo de Cultura Económica, 1948, p162.

圖否認它時〔註8〕。這裡似乎面臨的風險是將「魔幻現實主義」定義為本體論或者一種「現象學」。一方面，如果「魔幻現實主義」是敘述者否定平淡現實的行為，那麼我們必須將「魔幻現實主義」理解為一種「現象學」。因為在這種情況下，「魔幻」元素來自敘述者，而不是來自「現實」本身。另一方面，如果「現實」掩蓋了敘述者想要發現的神奇方面，那麼我們必須將「魔幻現實主義」稱為一種本體論行為。因為在那種情況下，「魔幻」來自「現實」，而不是來自於觀察對象。彼特里對「魔幻現實主義」哲學本質不確定的態度在他對多部拉丁美洲文學著作的討論中得到了體現。

審視彼特里的關於「魔幻現實主義」的相關概念，我們不難發現其他矛盾：（1）彼特里混淆了「現實」與「現實主義」，忽略了「現實主義」是一種文學論述，不能與「現實」劃等號。（2）導致這種混淆出現的原因，是彼特里忽略了「現實」與「現實主義」的關係實際上是一種意識形態，這正是馬克思主義的核心思想。用拉康的話來表述，這是通過語言創建符號化的過程，因此在拉康看來，要通過語言達到「現實」是不可能的。總而言之，對「現實」的定義絕不是「現實」本身。因此，薔彼〔註9〕就認為，彼特里「並不是在逃離現實，恰恰相反他認為現實是必要的」。（3）薔彼更願意將「魔幻現實主義」視為一種以意識形態為特徵的特殊話語表達形式，這種意識形態在「現實」與敘述者之間進行斡旋。因此，發現「現實話語」的意識形態性比定義何為「現實」要重要得多。

從薔彼的角度來看，彼特里將本體論意義上的「現實」與「現象學」意義上的「現實」完全對立起來是不對的。若以現象學方法來理解「魔幻現實主義」，「魔幻現實主義」其實更接近於「創作」，作者通過此過程否認「現實」並以自己的感知去豐富「現實」。在這種情況下，「魔幻現實主義」最重要的元素與其說是文本，不如說是作者。反之，如果使用本體論的方法來分析「魔幻現實主義」，「魔幻現實主義」看起來則更像是「現實」的破譯過程，——是作者「發現」了已經存在的「現實」。

至此，「現實」取代了「文學文本」成為了「魔幻現實主義」的意義所在。儘管彼特里在他的文章中沒有提及或引用羅的觀點，但他對「魔幻現實主義」的表述與羅是一致的。事實上，彼特里和羅的哲學觀點不允許他們將注意力

〔註8〕Chiampi I: *El realismo maravilloso*, Caracas: Monte Avila Editores, 1983, p25.
〔註9〕Chiampi I: *El realismo maravilloso*, Caracas: Monte Avila Editores, 1983, p25.

集中在藝術作品本身，或藝術作品在作者與世界或讀者與世界之間的協調方式上。從彼特里和羅的視角看，作者的角色和「現實」掩蓋了藝術作品的特徵。儘管存在這一侷限，但彼特里對「魔幻現實主義」一詞的運用以及將其與拉丁美洲敘事相關聯的嘗試，卻使拉美「魔幻現實主義」步入了自己的理論時代。

第三節　卡彭鐵爾與「神奇現實主義」

　　1948 年，也就是彼特里發表那篇著名文章的同一年，卡彭鐵爾以他的「神奇現實主義」（realismo maravilloso）理論，在拉丁美洲掀起了一場真正的文學革命。這一理論是卡彭鐵爾在加拉加斯《國民報》（El Nacional）的一篇文章中提出的。1949 年，這篇文章成為他的著名小說《人間王國》（El reino de este mundo）〔註 10〕的序言。雖然有些理論家認為「神奇現實主義」不同於「魔幻現實主義」，但本文仍傾向於將「神奇現實主義」理解為「魔幻現實主義」概念發展的一個階段。雖然在薔彼〔註 11〕看來，以「神奇現實主義」來命名拉美「新小說」其實更加貼切，但考慮到「魔幻現實主義」這一概念的廣泛傳播與影響力，繼續使用「魔幻現實主義」顯然更容易被讀者理解和接受。《人間王國》的序言構成了「神奇現實主義」的第一個系統的、獨創的理論，「神奇現實主義」成為一個自主的和獨創的拉丁美洲概念。此外，卡彭鐵爾為新的拉丁美洲文學提供了哲學、美學和歷史基礎。

　　在閱讀《人間王國》序言時引起讀者注意的第一個特徵是卡彭鐵爾決定將拉丁美洲定義為充滿自然、人文和歷史奇蹟的地方。其次，序言的主要內容是卡彭鐵爾對「超現實主義」運動的批評。矛盾的是，卡彭鐵爾在 20 世紀 30 年代初成為「超現實主義」的成員後，就採取了這種激進的立場。然而，更矛盾的是，儘管序言是對布勒東和「超現實主義」先鋒思想的猛烈抨擊，但如果沒有「超現實主義」本身的影響，「神奇現實主義」就會根本無法理喻。我們甚至可以說，在拉丁美洲的背景下，「魔幻現實主義」或「神奇現實主義」是「超現實主義」的延續和演化。尤為值得關注的是，到了 20 世紀 40 年代，

〔註 10〕Carpentier A: *El reino de este mundo*（人間王國）, Madrid: Alianza Editorial, 2018.

〔註 11〕Chiampi I: *El realismo maravilloso*, Caracas: Monte Avila Editores, 1983, p49.

「超現實主義」運動已在歐洲宣告結束。

　　《人間王國》一書講述了一個名為 TiO Noël 的黑人奴隸的故事，TiO Noël 經歷和見證了拉丁美洲第一位黑人國王 Henri Christophe（1807～1820 年）統治前後的諸多事件。小說描述了非洲、法國以及西班牙的文化融合，同時栩栩如生地描繪了海地黑人奴隸與法國殖民者之間激烈的戰爭。在這部小說的序言中，卡彭鐵爾首先對作家與「現實」之間的古老爭論進行了深入探討，由此引發了「先鋒派運動」的認同與讚賞。薔彼確定了卡彭鐵爾對「神奇現實主義」所闡述的兩個層次，即，卡彭鐵爾考慮了作家感知「現實」的方式方法，以及文學作品與拉丁美洲「現實」的神奇元素之間的關係。

　　關於作家與「現實」之間的關係，卡彭鐵爾確定了「神奇現實主義」與「現實」的相互作用的兩種方式：（1）作家通過改變或放大「現實」而使「現實」變形。（2）「現實」被認為是神奇的對象，作家試圖將其呈現並感知它。正如前文曾提到的，羅的「魔幻現實主義」採用的現象學方法，認為作家的態度是「魔幻」的來源。在對彼特里的思考中，我們曾討論了他無法在本體論或現象學方法之間進行選擇，因為他無法確定「魔幻」的來源是作家還是「現實」。這一難題被卡彭鐵爾的「神奇現實主義」破解。卡彭鐵爾宣布了一個事實，即拉美「神奇現實主義」既是「本體論」又是「現象學」。即，「魔幻」既來源於作家又來源於「現實」本身。正如薔彼〔註12〕所說：「現象學和本體論的角度相互交織，以致變形與展現之間（鮮明）的矛盾被消解。」在這一視域中，最重要的出發點是要去理解一種關係，即能改變「現實」的作家與擁有神奇元素的「現實」之間的關係。卡彭鐵爾不僅找到了本體論和現象學方法之間的融合，而且還找到了使兩種方法共存的關鍵要素。因為作家始終無法接近「現實」，除非意識形態或符號化過程可以使這種接觸成為可能。這種象徵意義在卡彭鐵爾「神奇現實主義」概念中至關重要。他發現了什麼使拉丁美洲的作家能夠修改「現實」；同樣，他確定了什麼元素可以使「現實」被認為具有「魔幻」本質。這兩種情況下的答案都是相同的，那就是「信仰」。實際上，宗教隱喻散佈在《人間王國》〔註13〕的序言中：「不信聖人的自然不能靠聖人創造的奇蹟來治病，不是堂吉訶德，就不會盡其所有、全身心地投

〔註12〕Chiampi I: *El realismo maravilloso*, Caracas: Monte Avila Editores, 1983, p38.

〔註13〕Carpentier A: *El reino de este mundo*（人間王國）, Madrid: Alianza Editorial, 2018, p12.

身阿馬迪斯・德・高拉或白騎士蒂蘭特的世界。」總之,「信仰」使作家成為「現實」奇蹟的信徒,但也使他能夠通過自己的感知來改變「現實」。但是,要理解「信仰」——這個卡彭鐵爾的關鍵詞,我們仍然必須回到他與「超現實主義」的早期關係中。

為了創造「神奇現實主義」,卡彭鐵爾是如何否認自己作品所受的「超現實主義」的影響呢?大多數情況下,他是通過接受「超現實主義」的基本原則,以及對拉丁美洲的原始文化和悠久歷史的出色理解而做到的。這種理解使他通過提出自己的概念(例如「神奇的事物」)來對抗「超現實主義」的影響。薔彼在她的文章 *Alejo Carpentier y el surrealismo*〔註14〕中研究了卡彭鐵爾與「超現實主義」運動之間的特殊關係。在文章中,薔彼將《這個世界的王國》的序言與理論作品 *The Mirror of the Marvellous (Le miroir du merveilleux*,1940 年初次出版)〔註15〕及由法國「超現實主義」思想家皮埃爾・馬畢(Pierre Mabille)所創作的 *Egregores or the Life of Civilizations (Egrégores ou la vie des civilisations)*進行了比較(1938 年)。這兩本書都對卡彭鐵爾有關「神奇現實主義」的表達產生了重要影響。

根據薔彼的觀點,卡彭鐵爾與「超現實主義」之間的關係可以解釋如下:馬畢指出了一系列的屬於「神奇」的創作主題,如世界的創造和破壞(通過自然因素和死亡),神奇的旅程,聖杯的命運與尋找等等。此外,馬畢將這神奇之處解釋為人類在看待事物時改變「現實」的一種能力。而且,神奇事物的存在是「現實」所固有的。因此,只有通過人類特殊的觀察能力和先前存在的神奇「現實」的結合,才能實現它。從哲學角度看,這是一元論的論點,即作家與對象之間沒有區別。二者在這一共同經歷中融合。馬畢用「鏡子」一詞隱喻這一過程。在鏡子中,物體和人相互融合。卡彭鐵爾在作家和「現實」之間建立了相似的關係,在此,神奇的事物同時屬於兩者。然而,因為日常生活的「現實」是介於作者和神奇的「現實」之間的,因此根本的問題仍是如何越過日常生活的「現實」,到達神奇的「現實」。一方面,馬畢認為對此問題有兩種解決方案。首先,作家可以使用不同的方法來解放自己的感官。在這些方法中,他提到了「神奇」的形式,即做集中精力的練習或去實踐創造

〔註14〕Chiampi I: *Alejo Carpentier y el surrealismo*. Revista de la Universidad de México, 1981, (5):1~10.

〔註15〕Mabille P: *Le Miroir du merveilleux*, Paris: Les Éditions de Minuit, 1962.

迷幻。其次，他解釋了心理異常如何能幫助作家獲取信息。另一方面，卡彭鐵爾相信「信仰」是刺激發現神奇事物的基本方法。同時對他來說，「信仰」也是作家或信徒獲得提升感的極端方法。由此可見，馬畢和卡彭鐵爾對「神奇」的定義非常近似，雖然他們在達成共識的路徑上存在了明顯的差異。

在表述了「信仰作為神奇事物的關鍵要素」的概念之後，卡彭鐵爾對「超現實主義」和「歐洲幻想」發起了攻擊。卡彭鐵爾認為，「神奇現實主義」解決了不可能發生的事件的真實性的問題。這個問題也曾經是博爾赫斯所面臨的雙重困境。博爾赫斯通過逐漸增加不可思議的敘事元素，以及使用神奇的因果關係來提升讀者的「信仰」來解決問題。這是薔彼在自己的文章中未提及的一個方面。事實上「信仰」是將博爾赫斯和卡彭鐵爾所討論的「神奇」聯繫起來的一個特殊紐帶。因此，「信仰」可以視為拉美「神奇現實主義」早期理論化過程中的一個核心關鍵詞。當然，卡彭鐵爾和博爾赫斯對「信仰」的理解並不完全相同。博爾赫斯認為信仰獨立於「現實」，也就是說，它是小說中才產生的行為。此觀點顯然並不為卡彭鐵爾認可。在卡彭鐵爾眼中：（1）每一個奇怪的現象都對應著一個科學的解釋。例如，狼人的存在被精神病學記錄為一種精神障礙。而這種觀點有悖於歐洲的理性傳統和幻想文學。（2）拉丁美洲人民相信奇蹟，因此，奇蹟存在於他們的「現實」中。卡彭鐵爾在小說中通常同時用科學和神話兩種方式來解釋「神奇」或者「魔幻」現象，這也就是讀者如何看待這些神奇的事件，並且開始去相信它們。

因此，對於博爾赫斯來說，讀者對小說的信仰是通過敘事藝術的內在機制建立的。而在卡彭鐵爾那裡，這種對「神奇現實主義」小說的信仰源於神奇的「現實」的存在以及拉丁美洲對這種「現實」的信仰。這意味著對於博爾赫斯而言，真實性問題始終處於讀者與小說之間的關係中。正是這種態度導致卡彭鐵爾對歐洲「幻想文學」的拒絕。對於卡彭鐵爾來說，真實性是對拉丁美洲「現實」的非凡特徵的表達。卡彭鐵爾認為歐洲「現實」缺乏神奇的事物，「超現實主義」通過技巧創造神奇——這也正是他否定「超現實主義」的原因。

「這些魔法師想要不顧一切地創造神奇，結果卻成了只能照搬條條的『官僚』。應用老一套的公式創造出來的繪畫作品成了表現飴糖狀的鐘錶、女裁縫的人體模型和崇拜生殖力的模糊紀念碑的乏味廉價品：遵循這種公式，所謂神奇就不過是解剖臺上的雨傘、龍蝦、縫紉機或別的東西，不過是一間陰暗

房間的內部或是一片布滿岩石的荒漠」〔註16〕。

「神奇現實主義」的概念使得卡彭鐵爾更著重強調拉丁美洲大眾文化和土著文化，其中包括神話、魔幻故事、宗教傳統和各種儀式。如薔彼在她的作品中所展現的一樣，這個特點也被超現實主義家馬畢所強調，他認為所有集體無意識的表現都是「神奇」最重要的起源，還認為「信仰」是「神奇」中的關鍵要素。因此，卡彭鐵爾為了證明「神奇」存在而利用的民族學理論都出現在了馬畢的作品中。馬畢還宣布反對長期浸淫在學術派中的學者所提出的「神奇」技巧。與卡彭鐵爾同樣，他抨擊了對於受某些歐洲運動所鼓舞的對於創作風格的過度強調。總而言之，「超現實主義」的人類學視角與卡彭鐵爾的「神奇現實主義」之間沒有實質性差異。但通過將「神奇現實主義」定位在拉丁美洲，卡彭鐵爾否認了歐洲「超現實主義」表現「神奇現實」的可能性。對於卡彭鐵爾來說，「神奇現實主義」存在的地方只有一個，那就是拉丁美洲。「這是因為美洲神話的遠未枯竭，而這是由美洲的原始風光、他的構成和本源、恰似浮士德世界中的印第安人和黑人在這一塊大陸上的存在，新大陸給人的啟示以及各人種在這塊土地上的大量混雜所決定的。」〔註17〕

以同樣的方式，馬畢在神聖文化與世俗文化之間劃出了全球界限，區分開文化中心與文化邊緣。他認為，文化邊緣處於世界的各個地方，其中也包括歐洲的某些小地區。這些邊緣地區才是「神奇現實主義」最真實的誕生地。卡彭鐵爾則特別指出，真正的對立是在拉丁美洲與歐洲之間。通過指出拉丁美洲與歐洲之間的區別，卡彭鐵爾可以創造出其他一些二元對立，這些二元對立最終成為「神奇現實主義」的核心，例如真實與虛假、信仰與不信仰、虛擬與幻想〔註18〕。卡彭鐵爾和「超現實主義」的辯論的潛在背景，是拉丁美洲在歐洲逐漸衰落的過程中對「神奇現實主義」歷史與文化所有權的爭奪。因此，儘管「超現實主義」通過一系列技術和對邊緣文化的探索努力接近「神奇現實主義」，但卡彭鐵爾的理論旨在消除任何讓歐洲文化進入「神奇現實主義」的可能性。

卡彭鐵爾關於「神奇現實主義」的理論以歐洲的衰落為基石。事實上，這

〔註16〕卡彭鐵爾：《人間王國》，江禾譯，世界文學，1985年，（04），第51頁。
〔註17〕卡彭鐵爾：《人間王國》，江禾譯，世界文學，1985年，（04），第12頁。
〔註18〕Chiampi I: *Alejo Carpentier y el surrealismo*, Revista de la Universidad de México, 1981, (5), p7.

些理論在 20 世紀 20 年代的文化圈很普遍，尤其受到了斯賓格勒的理論支持。斯賓格勒在他 1918 年出版的《西方的沒落》一書中所展現的觀點對於理解「神奇現實主義」至關重要，正是斯賓格勒推廣了這種思想，即理性被認為是人類歷史上的消極力量。馬畢的 *Egrégores or the Life of Civilizations* 和卡彭鐵爾的《人間王國》前言都與斯賓格勒的理論相呼應，斯賓格勒〔註 19〕認為：

　　「『對這些文化形式（哥特式、多立克式、愛奧尼亞式、巴洛克式）的陌生感；覺得這些形式只是創造的自由需要擺脫的負擔；企圖徹底清點已有的形式庫存，以便借理性之光使它變得更容易計算；過分地把思維強加於創造力的不可思議的品質之上──所有這一切都是心靈開始厭倦的症狀。只有病人能感覺到自己的身體。當人們建構一種非形而上的宗教來對抗已有的祀拜和教義的時候；當人們建立一種『自然規律』來對抗歷史定律的時候；當在藝術中發明了一種風格來取代再也不能被生產和駕御的那種風格的時候；當人們把國家設想為一種不僅能被改變而且必須加以改變的『社會秩序』的時候』──在這種時候，顯然有某種東西確定地崩潰了。」

　　最後，很明顯，卡彭鐵爾對「超現實主義」的爭論體現了他的一種強烈願望，即產生獨立的拉丁美洲文學。考慮到拉丁美洲的殖民歷史，不難理解卡彭鐵爾會阻止「超現實主義」以任何方式參與到創造「神奇現實主義」的過程中。可以接受的是，在渴望擺脫殖民統治的過程中，卡彭鐵爾試圖忘記並否認自己以前與「超現實主義」的任何聯繫。但是，正如薔彼〔註 20〕提到的，這種態度「為反思拉丁美洲作家與歐洲文化之間充滿衝突、甚至痛苦的關係提供了有趣的材料」。

第四節　安赫爾・弗洛雷斯：使虛幻現實化

　　1955 年，弗洛雷斯發表了他著名的文章《西班牙裔美國人的小說中的魔幻現實主義》，標誌著這一研究領域取得的進步與突破。弗洛雷斯〔註 21〕創造

〔註 19〕奧斯瓦爾德・斯賓格勒：《西方的沒落》，吳瓊譯，上海：上海三聯書店，2006年，第 353 頁。

〔註 20〕Chiampi I: Alejo Carpentier y el surrealismo, Revista de la Universidad de México, 1981, (5), p9.

〔註 21〕Flores Á: *Magical realism in Spanish American Fiction*, Hispania, 1955, 38 (2), p188.

了「魔幻現實主義」的概念，將其定義為「這些人（博爾赫斯和馬利亞 Eduardo Mallea）以及其他當代拉丁美洲小說家和短篇小說家所處的大趨勢」。弗洛雷斯的這篇文章在紐約現代語言協會的大會上發表，「魔幻現實主義」也由此正式進入了學術領域，開始了自己的世界之旅。

　　弗洛雷斯的文章可分為三部分。首先，弗洛雷斯對拉丁美洲文學研究中主題和傳記方法所具有的缺點進行了廣泛的探究。他譴責以「地理」或「歷史」為基礎的拉丁美洲敘事分析。其次，弗洛雷斯開創了他認為是拉丁美洲文學中具有正面意義的範例的研究。在這群新作家中他提到了博爾赫斯和馬利亞，將之定義為「魔幻現實主義」文學的新趨勢。接著，弗洛雷斯繼續尋找「魔幻現實主義」的歐洲起源。在這些「魔幻現實主義」的先驅中，他也提到了羅或者「超現實主義」。但弗洛雷斯認為作家馬塞爾·普魯斯特、弗朗茨·卡夫卡和畫家基里科才是「魔幻現實主義」的真正祖先。這些作家的作品本質上是已步入死胡同的歐洲「現實主義文學」的反叛。由此我們可以通過博爾赫斯洞見歐洲「魔幻現實主義」先祖與拉美「魔幻現實主義」之間的隱形聯繫。按照弗洛雷斯的思路，卡夫卡對博爾赫斯作品的影響是誕生拉美「魔幻現實主義」的引爆力量。

　　那麼，對弗洛雷斯來說，什麼是「魔幻現實主義」呢？弗洛雷斯〔註22〕主張「魔幻現實主義」是「現實主義與幻想的融合」。這就是卡夫卡和博爾赫斯的美學在「魔幻現實主義」發展中獨樹一幟的原因。對弗洛雷斯〔註23〕來說，卡夫卡的文學技巧源於他有能力掌握「將單調的現實與噩夢般的虛幻世界融合在一起的艱難藝術」。弗洛雷斯認為，「現實主義」和幻想之間這種模糊的二分法也存在於新拉美敘事文學中，尤其是博爾赫斯的作品。通過將「魔幻現實主義」定義為虛幻與「現實主義」的融合，弗洛雷斯以此延續了邦滕佩利的相關思考。但是，弗洛雷斯進一步指出，「現實主義文學」和「魔幻文學」在拉丁美洲共存了幾個世紀。弗洛雷斯追溯了「魔幻文學」的演進，從早期的哥倫布的書信和編年史一直延伸到有異國特點的「現代主義」；第二種文學，即「現實主義」文學，開始於 19 世紀末的殖民時期。因此，博爾赫斯及

〔註22〕Flores Á: *Magical realism in Spanish American Fiction*, Hispania, 1955, 38 (2), p189.

〔註23〕Flores Á: *Magical realism in Spanish American Fiction*, Hispania, 1955, 38 (2), p189.

其追隨者的作品是「魔幻文學」與「現實主義」文學的一種歷史綜合體，在
20 世紀完成了最終的融合。對此，薔彼〔註24〕後來曾提出過批評。在薔彼看
來，所謂「魔幻文學」的歷史連續性，所謂從美洲大陸的發現到現代拉丁美
洲的詩歌和小說這種脈絡，是沒有理論基礎的誇大其詞，「試圖描繪一個連續
不間斷的美洲『神奇』文學傳統的努力導致作者錯誤地將現代主義的異國情
調（象徵性的和帕納斯式的聯繫）與編年史中的『神奇』調和起來，後者的
（偽）超自然是歐洲人被迷惑以及中世紀傳說的影響的結果」。

　　弗洛雷斯的錯誤顯而易見。當他試圖在卡夫卡的文學和拉美「魔幻現實
主義」之間創造一個循序漸進的聯繫時，弗洛雷斯突然地不經任何解釋，把
「虛幻」變成了「魔幻」。也就是說，他把卡夫卡的「虛幻」和他所謂的拉丁
美洲的「魔幻文學」聯繫起來。這種概念的偷換經常出現在「魔幻現實主義」
的研究中。弗洛雷斯在把美洲發現時期的文學與現代拉丁美洲文學聯繫起來，
也犯了同樣的錯誤。「魔幻現實主義」的主題、技巧以及文化起源和歐洲的「虛
幻主義」是完全不同的概念。同樣，歐洲人在發現新大陸的過程中所帶來的
「魔幻」觀念，也與現代拉丁美洲的異國情調完全不同。現代拉丁美洲的異
國情調受到法國和英國現代美學運動的獨特影響，與美洲發現時期的文學幾
乎沒有關係。

　　不幸的是，這些錯誤並不是弗洛雷斯文章中的最後一個重要錯誤。第二
個也是最明顯的錯誤是把博爾赫斯的作品納入了「魔幻現實主義」經典，在
弗洛雷斯眼中，博爾赫斯不僅是「魔幻現實主義」文學的先驅，也是最重要
的作家。正如我們在之前對博爾赫斯關於魔幻的文章的分析中所看到的那樣，
博爾赫斯將人類視為一個非歷史角色的觀點、他對「魔幻」作為一種原始力
量的否定以及他對宇宙的亞里士多德式的闡述都不同於「魔幻現實主義」。而
且，弗洛雷斯犯的第三個錯誤是把博爾赫斯的《罪惡的世界歷史》（*Historia
universal de la infamia*）視為「魔幻現實主義」的起點。一方面，如果我們認
為「魔幻現實主義」是一個解釋拉美敘事新趨勢的理論概念，那麼在 1948 年
卡彭鐵爾首次提出系統的理論方法之前，「魔幻現實主義」的出發點是不存在
的。另一方面，如果我們認為「魔幻現實主義」是擁有非常精確的意識形態
和形式基礎的拉丁美洲文學表達，那麼其起點也可以在小說《總統先生》中

〔註24〕Chiampi I: *El realismo maravilloso*, Caracas: Monte Avila Editores, 1983, p25.

發現，阿斯圖里亞斯在 1930 初期完成了這部作品。與此同時將博爾赫斯的文章《敘事藝術和魔幻》（1932）視為拉美「魔幻現實主義」仍然只會使博爾赫斯與「魔幻現實主義」之間的關係更加混亂。我們當然可以說，如果沒有博爾赫斯的敘事實驗，那麼「魔幻現實主義」作家的作品可能都不會出現。但我們必須把博爾赫斯有關魔幻的理論闡述置於一處，而把他對新拉美敘事的影響置於另一處——在討論「魔幻現實主義」的影響時，我們將對這個問題做進一步深入的探討。

弗洛雷斯文章的第三部分毫無疑問是最有價值的。他在一些理論方面都取得了重大突破。首先，他確認了一組受到「魔幻現實主義」影響的新銳作家：Arreola，Rulfo、Felisberto Hernández、Onetti、Ernesto Sábato、Julio Cortázar 和 Novas Calvo 等等。儘管這個名單不是那麼確切——尤其是因為「魔幻現實主義」和童話之間的混淆——弗洛雷斯的分析研究仍然是將「魔幻現實主義」與拉丁美洲各國文學發展過程聯繫起來的首次嘗試。第二，弗洛雷斯〔註25〕定義了「魔幻現實主義」最基本的藝術：「時間存在於沒有時間的流動中，而虛幻成為現實的一部分。」換種話說，弗洛雷斯肯定了「魔幻現實主義」需要依賴一種使虛幻現實化的敘述手段。他認為，這顯然是卡夫卡的文學留給「魔幻現實主義」的寶貴遺產。

弗洛雷斯是第一個拋棄了主旋律或者哲學角度而從文學作品的敘事結構來解釋「魔幻現實主義」方法的人。但是他〔註26〕不贊同「魔幻現實主義」作品的另一個技巧，即是使現實虛幻化：「魔幻現實主義作家堅持貼近現實，似乎是為了防止文學成為他們的絆腳石，又似乎是為了防止他們的作品像童話故事那樣脫離現實而進入超自然領域。」像羅和邦滕佩利那樣，弗洛雷斯也反對在「魔幻現實主義」中加入神話元素。這個錯誤導致他對「魔幻現實主義」的系統闡述始終存在缺陷，同時也導致了一些重要的「魔幻現實主義」理論家對這類作品中神話故事元素的強烈牴觸。薔彼肯定了這個錯誤也導致弗洛雷斯未能將一批「魔幻現實主義」小說歸入該類別中，如《人間王國》、《消失的足跡》（*Los pasos perdidos*）〔註27〕、《玉米人》

〔註25〕Flores Á: *Magical realism in Spanish American Fiction*, Hispania, 1955, 38 (2), p191.

〔註26〕Flores Á: *Magical realism in Spanish American Fiction*, Hispania, 1955, 38 (2), p191.

〔註27〕Carpentier A: *Los pasos perdidos*（消失的足跡）, Madrid: Alianza Editorial, 1998.

（*Hombres de maíz*）〔註28〕，以及加西亞‧馬爾克斯的作品。在這些作品中，作家均運用了使現實虛幻化的敘述手段。

第五節　路易斯‧萊阿爾：使現實虛幻化

我們可以稱作是「魔幻現實主義」理論化的第二個階段發生在 1967 年，萊阿爾寫了一篇名為 *El realismo mágico en la literatura hispanoamericana*〔註29〕的文章。很顯然，萊阿爾的研究是對上述羅的研究的顛覆。但是，萊阿爾的主要目的並不只是為了修正弗洛雷斯對「魔幻現實主義」研究中的不準確之處，而是為了給這個概念下一個更加恰當的定義。

事實上，我們可以說在羅和弗洛雷斯之後，萊阿爾可能是作品被引述最多的「魔幻現實主義」理論家了。萊阿爾承認一個令人不安的事實是，在 1967 年他撰寫其文章時，弗洛雷斯的研究是關於拉美「魔幻現實主義」的研究中唯一贏得了學界共識的理論資源。萊阿爾反對弗洛雷斯提出的「童話」和「魔幻現實主義」之間的聯繫，更不同意將拉美「魔幻現實主義」溯源到卡夫卡。他還駁斥了將博爾赫斯的作品作為「魔幻現實主義」開端的設定。同時他指出弗洛雷斯對「魔幻現實主義」代表作家的認定也是相當錯誤的。最後萊阿爾指出了弗洛雷斯研究中存在的兩個缺陷，即弗洛雷斯沒有提到「魔幻現實主義」這個術語的創造者，羅，和拉美第一個使用該術語的彼特里。

矛盾的是，萊阿爾的研究方法與弗洛雷斯的研究方法非常相似。他在定義何為「魔幻現實主義」時取得了突破，而後卻在定義哪些不是「魔幻現實主義」時犯了一系列理論性錯誤。對於萊阿爾〔註30〕來說，「魔幻現實主義」是一種作家可以通過它來揭露「現實」中的神秘因素的現象，「在魔幻現實主義中，作家面對現實並試圖闡明現實，以期發現蘊含於事物、生活、人類的行為的神秘之處」。與此同時，「魔幻現實主義」也是藝術家的決定，「魔幻現實主義不是別的，而是一種看待現實的態度……」〔註31〕。顯然，正如彼特

〔註28〕Asturias M Á: *Hombres de maíz*（玉米人）, Madrid: Alianza Editorial, 2006.

〔註29〕Leal L: El realismo mágico en la Literatura hispanoamericana, Cuadernos Americanos, 1967, 153(4)： 230~235.

〔註30〕Leal L: El realismo mágico en la Literatura hispanoamericana, Cuadernos Americanos, 1967, 153(4), p232.

〔註31〕Leal L: El realismo mágico en la Literatura hispanoamericana, Cuadernos Americanos, 1967, 153(4), p232.

里一樣，萊阿爾在現象學方法和本體論方法之間猶豫不決。的確，萊阿爾回到了弗洛雷斯避免的關於作家與「現實」之間關係的問題（也是歐洲先鋒派的老辨論問題）。就像那些將羅的研究作為其研究基礎的學者一樣無可避免地陷入這場爭議的陷阱。

薔彼指出了關於作家與「現實」之間關係的爭議是如何使萊阿爾放棄了對文學作品的分析，同樣的情形也出現在弗洛雷斯之前的研究中。薔彼稱這種趨勢為表現手法的問題，也就是說，是一種「必須在文本之外進行分析」的觀點。如果理論家專注於「現實」，他會忘記文學文本是「現實」的一種表述方式，而不是「現實」本身。以致試圖去定義一個「現實」，而不是去探究「現實」在「魔幻現實主義」中的表現方式。此外，這種趨勢促使人們過分關注主題方面，而忽略技巧分析。「因此，萊阿爾並沒有超越主題層面去考慮魔幻現實主義文本的複雜情節的建構、人物的命運抉擇或敘事語碼等相關方面……」〔註32〕。

萊阿爾的突破之處即來自於他發現「魔幻現實主義」的第二種敘事手法：將真實的事物虛幻化。萊阿爾否定了弗洛雷斯發現的第一種敘事技巧：使不真實的事物看起來像真實的。萊阿爾拋棄了「魔幻現實主義」將虛幻的東西變成為真實的可能性，但與此同時，他又引用了《佩德羅·巴拉莫》的幾個例子，在這些例子中，書中的人物角色見到鬼魂和亡靈沒有表現出絲毫的驚奇之感。在《佩德羅·巴拉莫》中，許多人物都是死去的鬼魂，他們象生活在現實世界一樣，生活在科瑪拉的隱喻地獄中。我們在鬼魂面前站著，他們就像活人一樣說話和行動。萊阿爾在這方面的主張顯然經不起考驗。但他捍衛了「魔幻現實主義」中的「現實主義」，通過這種方式，他還試圖在「魔幻現實主義」和其他類型的文學（例如「幻想文學」或傳統「現實主義」）之間做出清晰的區分。

總之，弗洛雷斯和萊阿爾兩人有關於「魔幻現實主義」敘事方法的解讀是互補的，他們共同為拉美「魔幻現實主義」的藝術手法創造了一個初始框架。更具體地說，「魔幻現實主義」結合了兩種敘述方法，一種是使虛幻的東西看起來像真實的（弗洛雷斯），另一種是使真實的東西看起來像不真實的（萊阿爾）。有時，這些方法是被分開使用的，有時它們被同時使用。

〔註32〕Chiampi I: El realismo maravilloso, Caracas: Monte Avila Editores, 1983, p30.

　　綜上所述，拉美「魔幻現實主義」的理論化與自我認知經歷了不同階段，可以概括如下：（1）「魔幻」與敘事藝術之間的關係對於拉丁美洲人具有特殊意義。「魔幻」與「敘事」之間的關係可以追溯到 1932 年，當時博爾赫斯將「信仰」與「魔幻」的邏輯假定為現代小說創作中的核心問題。（2）在先鋒派藝術辯論中扮演重要角色的，有關「作家」與「現實」之間的分裂，仍然是拉美「魔幻現實主義」理論化的核心問題。這種分裂導致許多理論家在拉美「魔幻現實主義」的現象學本質或本體論本質之間猶豫不決。在彼特里和萊阿爾的理論著作中，這一特殊特徵顯而易見。（3）卡彭鐵爾對「神奇現實主義」的闡述必須被視為一種嘗試，即嘗試通過強調「信仰」的力量調和這種分裂，同時將「魔幻」置於「作家」和「現實」中。（4）卡彭鐵爾的「神奇現實主義」概念成功地將拉美「魔幻現實主義」的小說結構與拉丁美洲歷史、文化和地理的固有奇幻特質聯繫在一起。換句話說，卡彭鐵爾將拉美「現實」的人種學特殊性與「魔幻現實主義」小說的創作聯繫起來，將關注點集中到文學文本上，而不是「作家」與「現實」之間的簡單關係。（5）在所謂的拉美「魔幻現實主義」理論化的過程中，弗洛雷斯和萊阿爾奠定了拉美「魔幻現實主義」小說的兩種基本寫作方式：首先，使虛幻的事物看起來像真實的（弗洛雷斯），第二，使真實看上去為不真實（萊阿爾）。對這兩種機制的研究看來，人們逐漸更加關注文學文本，而不是聚焦於「現實」與敘事材料之間的關係。總而言之，拉美「魔幻現實主義」的理論化是一個漫長的過程，在不同的理論家的解讀中，這種小說的特徵已被逐漸揭示出來。為了定義拉美「魔幻現實主義」的概念意味著什麼，就有必要對代表性理論的突破和成就進行總結，也有必要填補一些理論空白，並對概念的各種變量進行系統化，以便確定哪些作品可以歸為拉美「魔幻現實主義」，哪些作品與拉美「魔幻現實主義」無關）。這也是下一章的主要探究目標。

第四章　拉美「魔幻現實主義」的
「政治無意識」

第一節　象徵性的行為：歷史整體修訂以及不同
拉丁美洲文化的理想融合

　　傑姆遜認為，象徵性行為是對那些在生活中無法獲得解答的問題的想像性解決方案。拉美「魔幻現實主義」小說旨在在主題層面解決植根於現代拉丁美洲社會的兩個特殊矛盾：（1）拉美大陸不同文化令人悲哀的融合過程以及（2）官方或主導意識形態所施加的歷史話語的根本壟斷。這兩個矛盾暗含著一系列其他矛盾，這些矛盾是拉丁美洲歷史的特徵，在政治或社會層面上沒有找到最終的解決方案。在這些其他矛盾中，我們注意到原始和現代思想形式之間的衝突，更為具體的，例如神話時代與歷史時代之間的不斷對抗。不同文化之間的鬥爭在拉丁美洲不同地區產生了可怕的破壞性衝突，這表明它們之間不可能實現理想的共存狀態。有時，這些衝突表明，不同文化之間的相遇並不總是導致一個群體對另一個群體的絕對勝利，因為這是在北美印第安人民的大規模滅絕中發生的。拉丁美洲的土地見證了不同群體（西班牙人、葡萄牙人、非洲人、印第安人、阿拉伯人等）的融合。這種過程並非以和平的方式發生，因為即使在各團體開始相互融合之後，他們仍在領土和文化統治上進行了激烈的競爭。因此，以某種方式失去政治和歷史鬥爭的族裔被侷限在其國家的外圍地區，其歷史被統治族群忽略或改變。因此，若將拉丁

美洲的「魔幻現實主義」視為旨在調和拉丁美洲身份的歷史矛盾的象徵性行為，我們必須首先探尋這些歷史矛盾的成因。

談論「客觀的」拉美現實從來就是一件非常困難的事情，即使是拉美人自己討論這個問題也不見得有優先權，因為何謂「自己」這個問題本身就不清晰。只有充分瞭解不同時期拉丁美洲的現實在文學中的表現其實是多種意識形態調解的結果，我們才多少以理解拉丁美洲文學中所出現的不同「現實」的存在。如果我們設定討論的前提，比如我們權且承認拉丁美洲歷史始於西方人發現美洲，並且從那時起，它始終或多或少用西方語言表達自身，那麼，這顯然也是一種討論拉丁美洲歷史的方式。傑姆遜認為，「現實」和歷史都只能通過文本形式進入，傑姆遜〔註1〕稱「歷史」與「現實」為「潛文本」：「那個歷史——阿爾都塞的『缺場的原因』，拉康的『真實』——並不是文本，因為從本質上說它是非敘事的、非再現性的；然而，還必須附加一個條件，即歷史只有以文本的形式才能接近我們，換言之，我們只有通過預先的再文本化才能接近歷史。」依次，我們需要找到整體上構成拉丁美洲歷史基礎的不同「潛文本」。這些「潛文本」顯示了拉丁美洲認同衝突導致的焦慮，這正是「魔幻現實主義」試圖解決的問題。在這一視域中，「拉丁美洲」是作為一個不可分割的整體存在的。因為「魔幻現實主義」處理的並不是某個國家的經驗，它不得不面對整個拉丁美洲的歷史，並思考這個整體在不同歷史時期的融合、對抗與變遷。與此同時，「魔幻現實主義」避免將拉丁美洲放置到一個線性的歷史時間中加以理解。

從「政治無意識」的角度審視原有的「魔幻現實主義」研究，我們不難發現這些研究存在的問題。以兩位具有代表性的理論家的研究成果為例——（1）蕾彼的 *El realismo maravilloso*〔註2〕和岡薩雷斯的 *Mito y Archivo*〔註3〕，這兩項研究都忽略了對拉美「魔幻現實主義」產生的政治、社會和歷史背景的探究。首先，這兩項研究基於這樣一個思想，即每個歷史時期都由單一的意識形態或話語主導，這使得它們缺乏對意識形態鬥爭的不同形式（社會階級和生產方式）的分析。因此，兩項研究都集中在「魔幻現實主義」為當代

〔註1〕 弗雷德里克·傑姆遜：《政治無意識》，陳永國譯，北京：中國人民大學，2018年，第60頁。

〔註2〕 Chiampi I: *El realismo maravilloso*, Caracas: Monte Avila Editores, 1983.

〔註3〕 González Echavarría R: *Mito y Archivo:Una teoría de la narrativa latinoamericana*, D.F: Fondo de Cultura Económica, 2011.

「現實」提供有效的想像解決方案的能力上。對於薔彼而言,「魔幻現實主義」通過現代觀念與理想文化的融合成功地調和了拉丁美洲身份認同的歷史矛盾。不過,對於岡薩雷斯而言,「魔幻現實主義」為拉丁美洲「現實」提供一種想像的解決方案(特別是通過一些人類學概念)的嘗試則以失敗告終,原因是在於人類學視角的內在矛盾。

　　薔彼對拉丁美洲歷史的構想(充滿矛盾的意識形態的相繼出現,線性歷史的建構,以及「現代」與「傳統」的融合,在當代產生了解決方案)使人們無法真正理解「魔幻現實主義」重塑過去的嘗試。對於薔彼而言,過去的某些意識形態素立場(例如發現美洲大陸)被當代的「魔幻現實主義」所拯救。但薔彼顯然沒有意識到相反的可能性:「現代」與「傳統」的融合其實也改變了過去的意識形態,改變了拉丁美洲歷史的結構並因此改變了「歷史」概念本身。正是基於這一原因,「魔幻現實主義」旨在將拉丁美洲的歷史作為一個全新的整體來處理,其特徵更類似於神話結構而不是經典的歐洲歷史概念。因此,「魔幻現實主義」應被理解為一種象徵性行為,它通過改變拉丁美洲官方歷史的視角和結構,為當代拉丁美洲身份問題提供了一種想像的解決方案。

　　薔彼將拉丁美洲的歷史分為由六個潛文本概括的時期。從薔彼的角度來看,拉丁美洲歷史可以被描述為,五個矛盾的歷史時期(編年史的起源、被呈現的新烏托邦、文明與野蠻、美洲:拉丁還是融合、歐洲主義與印第安主義)以確定性和線性的方式發展。直到第六個歷史時期為止,找到了解決矛盾的文化解決方案(文化融合)。這種文化解決方案被廣泛認可,不斷出現在一些拉丁美洲知識分子的作品中,例如利馬,帕斯,彼特里等。文化融合也成為了「魔幻現實主義」的基本文化論述。

　　我們必須考慮的第一個「潛文本」就是「美洲」的起源〔註4〕:一個由「發現」和「征服」構成的故事。這個故事的開篇就是一個關於身份認同的問題,這個問題如此重要,一直揮之不去,持續至今。克里斯托弗‧哥倫布(Christopher Columbus)發現美洲後,關於什麼是「新大陸」,如何定義這一「發現」在人類歷史上的位置,其難度並不亞於征服行為本身。具有諷刺意味的是,毫無疑問美洲大陸在被發現時就已經存在,但這一事實卻被無視,彷彿它在這之前並不存在:1492年,「美洲」不是被發現的,而是由發現它的

〔註4〕在殖民階段,西班牙語的美洲(America)指的是拉丁美洲,而今天指代美洲大陸和美國。在本文中,美洲(America)指向前者的定義。

人創造的〔註5〕。從此,這塊面積巨大的大陸的「空蕩的文化空間」被歐洲大陸的想像力所充斥,而印第安文化則被新制度所摧毀、否定或吸收。震驚於這一「發現」,歐洲人找到了兩種描述美洲的特殊方式:(1)新奇(novelty)(2)神奇(marvelous)。

借助「新奇」的想法,歐洲人將美洲大陸視為一個先前沒有任何語言、文化、社會或政治組織的新空間,因此必須對所有事物進行命名——這塊大陸的所有事物都沒有名字,好像一個剛剛誕生的嬰兒,在等待著歐洲人的命名,等待著歐洲人將其系統化。於是,歐洲人開始將印第安人、動物和新物種、地理和繁茂的自然條件與已經存在的事物的知識進行比較。但是,當這些比較不夠充分時,編年史家便訴諸於自己的想像力,「為了填補這一語義空白,第一個敘述者訴尋求希臘和拉丁文作者的引文,與已知和想像的事物進行比較,主要是聖經故事、中世紀傳說(特別是騎兵小說)和經典神話」〔註6〕。隨著美洲被發現,一些自遠古時代以來的著名神話終於可以出現在世界的某個特定地方,其中最重要的是關於青年之泉、埃爾多拉多、亞馬遜河、獨眼的食人族、印第安巨人等的神話。所有這些神話都被放置在美洲大陸上。

另一方面,源自歐洲人的「神奇性」構想為新大陸的存在提供了極為重要的闡釋。然而,「神奇性」與「新奇性」這兩個概念之間卻不無矛盾。於「神奇性」而言,美洲大陸的存在並不新鮮,因為在古歐洲神話和聖經中都已有所提及。因此,美洲大陸的存在是歐洲文化中的古老預言。據薔彼所言,這些經典概念非常有助於宣揚美洲這一新發現:(1)「天堂幻象」;(2)「神奇的王國」;(3)喀邁拉;(4)阿卡迪亞;(5)烏托邦。「天堂幻象」起源於「創世紀」的不同版本,為西班牙文化所擁護。「神奇的王國」描繪了一個自然規律和物理定律都不適用的地方。「喀邁拉」則表現了一個人類所有物慾都得以滿足的地方。「阿卡迪亞」體現了一個沒有社會約束,人與自然和諧共處的社會理念。「烏托邦」代表了受托馬斯·莫羅(Thomas Moro)等思想家的啟發,對現代人進行社會改革的願望〔註7〕。

〔註5〕 O' Gorman E: *La invención de América: investigación acerca de la estructura histórica del Nuevo Mundo y del sentido de su devenir*, México D.F: Fondo de Cultura Económica, 2006.

〔註6〕 Chiampi I: *El realismo maravilloso*, Caracas: Monte Avila Editores, 1983, p125.

〔註7〕 Chiampi I: *El realismo maravilloso*, Caracas: Monte Avila Editores, 1983, p125.

　　總之，「新奇性」和「神奇性」都從不同角度表明了對歐洲文化的認同：
（1）「新奇性」證明了「新大陸」的發現在歐洲文明中是命中注定的；（2）
「神奇性」論證了殖民主義者關於美洲在被發現之前屬於歐洲的觀點，並滿
足了歐洲人對冒險精神和想像力的渴望。這種「現實」或潛意識最大的矛盾
在於企圖系統性地無視、否認或抹殺印第安人的存在。當地被發現之前的複
雜「現實」被視為異常現象，必須要發現者以「文明」的名義加以糾正。更具
體來講，就是印第安人民被剝奪了歷史、語言和文化。他們的存在本身被認
為是欠缺文明和天主教價值觀所造成的錯誤。從那時起，歐洲人通過引入法
律制度（與寫作技巧密切相關）、宗教體系和競爭性文化來努力使新大陸適應
自身的認知水平，最終戰勝以前的原始習性。在此期間產生的文獻（尤其是
歐洲編年史學者的文獻）突顯了一個自相矛盾的觀點，即新大陸是一個「空
白的文化領域」，但同時又充滿著神奇事物。這個矛盾觀點旨在突出美洲的物
質特點，同時否認該領土上印第安文化的合法性。儘管印第安人民沒有找到
方法有效地回擊美洲大陸所遭受的征服，但快速的通婚使他們的文化得以滲
透到主流意識形態中。然而，歐洲文化與本土文化之間的內部競爭是在歐洲
法規範圍內進行的。簡而言之，儘管印第安文化引發了生存層面的文化鬥爭，
但這種鬥爭展開的場域卻是歐洲的價值體系。

　　歐洲對美洲的征服，不僅僅表現為領土的佔有，意識形態和語言體系的
重構同樣重要。西班牙人通過相當複雜的法律體系宣稱對美洲的所有權並使
其系統化，這只有通過訓練有素的寫作技巧才可能實現。這意味著印第安人
與法律知識和寫作技巧無緣。一旦印第安人或混血兒學會了以寫作捍衛自己
的某些法律權利，他就已經處於西班牙的溝通法則之內。印卡·加西拉索·
德拉維加（Inca Garcilaso de la Vega）嘗試書寫不同的秘魯歷史或以法律途徑
要求繼承土地是新溝通法則下的偉大案例。他訴諸法律的過程表明了如何在
建立於特定寫做法則與法律體系基礎上的征服中求生的唯一方法。作為該大
陸最早期的混血兒之一（他的父親是西班牙征服者，母親是印加貴族），德拉
維加陷入了自身的文化困境。然而，在處於捍衛領土權利的情景下，他的寫
作技巧以及對法律體系的理解能力使他能在法庭提出自己的訴求。雖然德拉
維加敗訴了，但他的事例表明了建立於法律體系和寫作技巧間的法則是如何
成為新領土上文化征服的重要基石的。律師和作家是拉丁美洲歷史上的傑出
人物，他們往往同時身兼兩職。拉丁美洲的小說一直與法律有所關聯，「在十

六世紀，寫作從屬於法律。當西班牙半島統一併成為帝國中心時，西班牙最重大的變化之一就是法律制度，它重新定義了個人與國家之間的關係，並對行為嚴格控制。這種敘事既新穎又具有歷史意義，源於法律寫作的形式和規定。法律文本寫作是西班牙黃金時代的主要話語形式。他的著作融入歷史，支持帝國思想，並對西班牙傳奇流浪漢文學題材的建立起了重要作用。德拉維加的寫作方式以及他和其他編年史學者的寫作緣由，與西班牙國家的演變和擴張所導致的公證修辭的發展有很大關係。寫作是實現合法化自由的一種方式。流浪漢，編年史者，以及某種意義上的整個新世界，都試圖通過撰寫故事來獲得權利授予及對其存在的確認」〔註8〕。

現在，我們可以探索「魔幻現實主義」小說任何處理美洲被發現並被征服的歷史。我們還可以分析「魔幻現實主義」為解決固有「現實」的矛盾而提出的想像性解決方案。發現新大陸的「新奇性」與「神奇性」是「魔幻現實主義」小說最重要的工作。「魔幻現實主義」小說使用兩種特定策略來為這兩個概念的矛盾提供假想解決方案：（1）呈現反線性的歷史視角，情節始於現代，在美洲被發現之前結束，其中主要人物具有改變人生的經歷；（2）在劇情開始時呈現類似失樂園的「現實」（美洲被發現之前），使人物希望在隨後的歷史時期中使其恢復原貌。兩種策略都通過美洲被發現前的理想化「現實」及視美洲被發現為歷史悲劇，使美洲被發現不再成為拉丁美洲歷史的基點。

卡彭鐵爾的《消失的足跡》就是上述第一個假想解決方案的重要例證。小說講述了一位音樂家的故事，他被派往委內瑞拉叢林旅行，尋找可以闡明音樂起源的古老樂器。情節中的每一個細節都暗示著角色正在穿越不同的空間：首先從現代城市的文明世界出發，到達欠發達且混亂的拉丁美洲首都（加拉加斯），然後越來越多地在叢林外圍的原始社會旅行，最後進入叢林中心，那裡是一個以古老城堡為居所的孤立的土著族群。儘管如此，我們的音樂家並沒有真的穿越空間，他的行程是短暫的。的確，他在回顧拉丁美洲的所有歷史時期。但是，儘管「新大陸」的「發現」潛在地暗示了美洲的歷史始於被發現後，但文學文本卻將角色的最後頓悟定位在其之前的歷史時期：原始文化的世界。也就是說，這部小說將美洲的起源定位在哥倫布時代之前的文化中。當主要人物到達土著城堡時，他的歐洲意識形態（特別是「現實」的理性

〔註8〕González Echavarría R: *Mito y Archivo: Una teoría de la narrativa latinoamericana*, D.F: Fondo de Cultura Económica, 2011, p83.

主義方法）被徹底摧毀。

在「魔幻現實主義」中，第二種策略的例子（在隨後的歷史時期對失樂園的懷念）非常普遍。這種情節以經典線性方式行文，始於天堂，主要情節為退化的過程，最後以毀滅為結局。《百年孤獨》就是使用這一種假想解決方案的範例。馬孔多（Macondo）的第一批居民不是原住民，而是從不同地區移民來的混血兒，但該鎮的自然、社會和文化階段與原始社會相似。起初在馬孔多，自然定律和物理定律都不適用，人們生活在一種原始的純真之中，它們與世界其他地方隔絕，「那時的馬孔多是一個二十戶人家的村落，泥巴和蘆葦蓋成的屋子沿河岸排開，湍急的河水清澈見底，河床裏卵石潔白光滑宛如史前巨蛋。世界新生伊始，許多事物還沒有名字，提到的時候尚需用手指指點點」〔註9〕。同樣致力於社會的平等構成，「像何塞·阿爾卡蒂奧·布恩迪亞這樣富於進取心的男人，村裏再沒有第二個。他排定了各家房屋的位置，確保每一戶都臨近河邊，取水同樣便捷；還規劃了街道，確保炎熱時任何一戶都不會比別家多曬到太陽」〔註10〕。因此，我們可以推斷，「百年孤獨」描寫的原始世界具有在拉丁美洲的實際歷史中無法找到的特徵：混血兒已取代印第安人成為拉丁美洲世界的原始人民，他們所處的時代似乎早於歐洲文化的到來。然後，假想解決方案再次將歷史的起點定位在原始時期。隨著後來的歷史發展，原始的馬孔多作為失樂園的形象伴隨著布恩迪亞家族直到終篇。

《佩德羅·巴拉莫》中也採用了失樂園的策略。當胡安·普雷西亞多抵達科馬拉尋找父親時，真實的科馬拉讓他失望了——母親告訴他科馬拉是一個令人愉快的地方，「一過洛斯科里莫脫斯港，眼前便呈現一派美景，碧綠的平原上鋪著一塊塊金黃色的成熟了的玉米地。從那兒就可以看見科馬拉，到了夜裏，在月光下土地呈銀白色」〔註11〕。之後，科馬拉這一失樂園的形象將會繼續在胡安腦海中回放，「……碧綠的平原。微風吹動麥稈，掀起層層麥浪。黃昏，細雨濛濛，泥土的顏色，紫花苜蓿和麵包的香味，還有那散發著蜂蜜芳香的村莊」〔註12〕。既然科馬拉已毀，那麼這個失樂園的隱喻也會越來

〔註9〕加西亞·馬爾克斯：《百年孤獨》，范曄譯，海口：南海出版社公司，2011年，第1頁。

〔註10〕加西亞·馬爾克斯：《百年孤獨》，范曄譯，海口：南海出版社公司，2011年，第8頁。

〔註11〕魯爾福：《佩德羅·巴拉莫》，屠孟超譯，南京：譯林出版社，2007年，第74頁。

〔註12〕魯爾福：《佩德羅·巴拉莫》，屠孟超譯，南京：譯林出版社，2007年，第88頁。

越有力，彷彿一個民不聊生的地獄。

卡彭鐵爾在《人間王國》中也暗含著對失樂園的描繪。當蒂奧·諾爾（Tio Noël）將非洲國王與歐洲國王進行比較時，他通過歐洲君主國的平庸突出強調了令人驚歎的非洲古國的超自然性，「他談到部落的大遷徙、連綿百年的戰爭和獸助人戰的奇異大戰。他瞭解阿唐韋索、安哥拉王和達王的歷史，後者是永生不泯的蛇的化身，與司水、司生育的彩虹王後神秘地合歡。但麥克康達爾最愛講的還是建立了無敵的曼丁哥帝國的坎坎·穆薩——兇猛的穆薩——的英雄業績。曼丁哥人的馬用銀幣裝飾，馬衣上還繡著花，戰馬的嘶叫聲蓋過兵戈的碰擊聲，從馬的肩隆上掛下的兩面戰鼓隨著戰馬馳騁發出雷鳴般的響聲。那些國王總是手持長矛，身先士卒，藥師們配置的神藥使他們刀槍不入，只有當他們以某種方式觸犯了司閃電和司鍛造的諸神時才會受到傷害。他們是國王，真正的國王，不像那些腦袋上披著別人頭髮的君主那樣整天玩地滾球，只知在宮廷劇場的舞臺上扮演神明，隨著二拍子舞曲搖動他們的女人似的大腿。那些白人君主耳邊聽到的不是架在月牙形托架上的火炮的爆炸聲，而是小提琴的奏鳴曲、喋喋不休的讒言、情婦的閒言碎語和機器鳥的啼囀」〔註 13〕。這段文字再次定位到了加勒比國家在地理大發現之前的歷史起點，將海地文化與非洲文化的遺產聯繫在了一起。此外，在文化規模上，非洲文化也比歐洲殖民者文化更精妙、更宏偉、也更佔優勢。

「神奇」這一概念是由歐洲編年史學家們提出的，強調美洲在古代歐洲神話中的存在，卻忽視了（美洲的）本土文化。而「魔幻現實主義」為此提供了一種想像的解決方案，即改變「神奇」的起源和合理性。在小說中，「神奇」不是作為歐洲神話的一部分而存在的，相反，它處於本土文化的中心。這也就是為什麼，在《百年孤獨》、《人間王國》、《玉米人》和《消失的足跡》中，像馬孔多、科馬拉一樣的小鎮或是叢林中的堡壘會與世界其他地區隔絕的原因。外來的、開化的人來到城鎮意味著原生的神話特質會逐漸消失。顯然，在這些小說中，文明人越接近這些孤立的社區，這個魔幻世界受到理性思維威脅的可能性就會越高。總之，「魔幻現實主義」準確地抓住了現實世界中所有帶有奇幻色彩的特徵，同時譴責外部入侵者，認為他們是對這一神奇體驗的威脅。因此，歷史事件的起源（在地理大發現之前）以及環境的特徵（孤立

〔註 13〕卡彭鐵爾：《人間王國》，江禾譯，世界文學，1985 年，（04），第 59 頁。

的原始社區）都試圖將文化話語權交給印第安世界，而不是歐洲文明。「魔幻現實主義」小說中的時間和空間改變了歐洲對地理大發現的理解，幫助拉丁美洲原始文化解決「現實」的矛盾。

「魔幻現實主義」小說以特定的邏輯形式（寫作、解讀和死亡）吸收了法律和書寫的主題，這在征服拉丁美洲中尤為重要。《百年孤獨》的劇情是這種解決方案的最佳範例。何塞·阿爾卡蒂奧·布恩迪亞的吉普賽朋友梅爾奎達斯，多年來撰寫了大量手稿，但直到小說結尾，這些手稿都令人難以理解。岡薩雷斯〔註14〕認為這些手稿類似於歷史檔案的概念，而這一概念正是拉丁美洲小說的精髓所在。歷史檔案有三個要素：（1）包含歷史和資料；（2）由小說中的某一人物來解釋、寫作和閱讀；（3）有一份某位人物本打算完成卻未完成的手稿。在征服拉丁美洲期間，法律和文字之間的關係代表了西班牙意識形態制定規則的方式，而這是大多數印第安人和混血兒無法獲得的權力。書寫和法律是權力的保護者，使得西班牙帝國可以將大部分當地人口排除在權力之外。而相反，在「魔幻現實主義」小說中，通過書寫，人類的歷史取代了神話時代。因此，書寫的情節中若出現書寫這一概念就意味著時間的開始和結束已經確定了。書寫預示著原始宇宙的毀滅，「在歷史檔案中，梅爾奎達斯和奧雷連諾的出現，保證了歷史學家／作家的個人良知會通過使事件遵從於書寫的時間性，來過濾神話的非歷史主張」〔註15〕。

然而，歷史的發展方式被分為了兩個部分。書寫點明了歷史的開始和發展，以及未來毀滅的可能性。而對書寫的解讀則是即將毀滅的標誌，因為它體現了對時間（基督教含義上的時間）獨特的起點和終結的認同。並且，它也代表了重複的不可能性，而重複是神話時代的本質。當布安迪亞家的最後一個人成功解讀了梅爾奎德斯的手稿時，他快速地翻閱查看故事的結局，並偶然讀到了自己的死亡和馬孔多的毀滅。在征服拉丁美洲的現實世界中，書寫是獲得法律、政治和社會權力的關鍵。而在「魔幻現實主義」小說中，書寫成為文明文化的消極象徵，它迫使原始文化進入歷史，並遲早因此遭到破壞。——書寫等同於死亡，不僅是因為它穩定了重複的不可能性，還因為它揭示了（在歷史開始之前，以及在書寫開始之前的）起源的喪失。就這樣，「魔幻

〔註14〕González Echavarría R: *Mito y Archivo: Una teoría de la narrativa latinoamericana*, D.F: Fondo de Cultura Económica, 2011, p56.

〔註15〕González Echavarría R: *Mito y Archivo: Una teoría de la narrativa latinoamericana*, D.F: Fondo de Cultura Económica, 2011, p61.

現實主義」將書寫和法律視為毀滅和死亡的使者，以及摧毀神話時代的元兇，以此來同化征服的矛盾。「魔幻現實主義」的這一假想解決方案讓被殖民者發聲，並消除了殖民者文化的合法性，從而顛覆了統治方的主導意識形態。這就是為什麼布恩迪亞家最後一個人讀到手稿的結尾時，他會明白馬孔多不可能再獲得重生了，「他再次跳讀去尋索自己死亡的日期和情形，但沒等看到最後一行便已明白自己不會再走出這房間，因為可以預料這座鏡子之城——或蜃景之城——將在奧雷里亞諾·巴比倫全部譯出羊皮卷之時被颶風抹去，從世人記憶中根除，羊皮卷上所載一切自永遠至永遠不會再重複，因為注定經受百年孤獨的家族不會有第二次機會在大地上出現」〔註16〕，因為在歷史的時間裏，沒有任何事物可以重獲新生。

在卡彭鐵爾的《消失的足跡》中可以找到類似的例子來表現書寫和法律之間關係的矛盾。被殖民者正在叢林的中心建造一座小鎮，當音樂家抵達那裡時，他的審美衝動推動著他進行音樂創作。問題在於，在這樣一個與世隔絕的地方，他沒有太多紙張可用。城鎮的建造者看著音樂家寫完了一本又一本筆記，有點苦惱。當音樂家向建造者要更多紙的時候，建造者說，他不明白為什麼有人能用紙用得這麼快。建造者認為筆記本對於城鎮來說非常重要，因為筆記本上要記錄共同法律和財產規定。連牧師都想拿筆記本記錄自己的教學工作。開始在叢林中興建的城鎮標誌著歷史的開始，而記錄著簡單法律的筆記本則將這座城鎮與叢林的其他區域區分開來。而音樂家卻讓音樂佔據了筆記本中的空間，主角在不知不覺間停下了歷史進程。這些筆記本即是歷史開端的標誌，又是叢林原始時代終結的標誌。

薔彼認為，自17至19世紀，拉丁美洲的現實情況有兩種「潛文本」：有跡可循的新烏托邦以及文明和野蠻主義的對立。這個新烏托邦出現在18世紀，當時的自然主義者試圖抹黑拉丁美洲烏托邦。自然主義者喬治·路易斯·勒克萊爾·布馮（Georges-Louis Leclerc Buffon）和科尼利奧·德·肖（Cornelio de Shaw）的理論推動了這場辯論的出現。他們認為美洲大陸還不夠成熟（這顯然是「新奇」這一概念的消極變化）。他們得出的結論是，美洲土著人無法掌控環境，缺乏性慾。他們還認為，美洲的氣候不利於人類健康，動植物退

〔註16〕加西亞·馬爾克斯：《百年孤獨》，范曄譯，海口：南海出版社公司，2011年，第359頁。

化或發展不完善〔註 17〕。歐洲自然主義者對環境和美洲原住民的看法導致了強烈的文化反響，受到了定居在美洲大陸上的耶穌會士的強烈反對。弗雷・塞萬多（Apología）、胡安・伊格納西奧・德・莫利納神父（Ensayo sobre la historia natural de Chile）、澤維爾・克拉維赫洛神父（Storia Antica del Messico）以及拉斐爾・薩爾迪瓦的著作（Rusticatio maxicana）都站出來捍衛新大陸的非凡特性，展示其數量豐富的神話、其極具潛力的文化（科學、宗教、語言方面）。既然歐洲文化否認了美洲的烏托邦潛能，那麼美洲人就應該自我定義他們自身的烏托邦。美洲烏托邦仍然有希望，但持這種想法只有那些從反歐洲視角看待美洲的人。耶穌會士在爭端中的立場使得天主教作出了有利於美洲文化的干預，但是這種干預是以讓美洲成為基督教伊甸園為目的的。本土神話被認為是天主教文化的創造。這種潛文本沒有引起「魔幻現實主義」特別的興趣，尤其是天主教會為捍衛當地文化而進行的干預，是出於在爭取獨立期間歐洲和美洲即將爆發的鬥爭中獲得有利地位這一目的。

　　在「魔幻現實主義」小說中，天主教與當地文化之間的矛盾通過諷刺或者悲劇得到了調和。在《百年孤獨》中，父親尼卡諾爾・雷依納與馬孔多的文化形態不符，「他本打算婚禮結束後就回自己的教區，但馬孔多居民的靈性貧瘠狀態令他大吃一驚，他們按本性行事，肆無忌憚地繁衍生息，不給兒女施洗，不為節慶祝聖。考慮到世上沒有別的地方更需要上帝的種子，他決定再待一個星期來教化猶太人和外邦人，使同居的合法化，讓瀕死的領聖禮。然而沒有人理睬他。他們回答說這裡很多年來沒有神甫，大家一向都是直接和上帝解決靈魂問題，已經擺脫了致死之罪的污染」〔註 18〕。當尼卡諾爾喝了一杯冒著熱氣的巧克力後，他最終表演出了懸浮絕技，這不僅表明他陷入了馬孔多的「魔幻」規則，而且說明他在褻瀆自己的宗教。他的形象近似於一個無知的孩子。在《佩德羅・帕拉莫》中，神父倫特里亞的性格混合了殘暴、對強權和弱者的征服欲。神父倫特里亞拒絕拯救科馬拉村的窮人，為富人舉行儀式以換取金錢以及隱瞞佩德羅及其兒子所做的壞事，「幸福的觀念與『永生』這一宗教所承諾的概念結合，在小說故事中是一個非常重要的主題。魯

〔註 17〕Chiampi I: *El realismo maravilloso*, Caracas: Monte Avila Editores, 1983, p129.
〔註 18〕加西亞・馬爾克斯：《百年孤獨》，范曄譯，海口：南海出版社公司，2011 年，第 73 頁。

爾弗在這方面採取了批判的方法。考慮到書中人物在生活中遭遇的問題，宗教是一種虛假的安慰、一種抑制的態度，這就不是一種批判⋯⋯這是通過小說中的———一個相關人物———倫特瑞亞神父所推斷出來的：他有能力寬恕那些困擾著科馬拉居民的罪孽，但他不會如此。就這樣，人們被剝奪了精神救贖的機會」〔註19〕。因此，「魔幻現實主義」對其描繪的新烏托邦所提出的解決方案，尤其對天主教在美洲的「積極作用」進行了批判。讓拉丁美洲成為一個天主教主導的新伊甸園，這樣的想法在「魔幻現實主義」小說中沒有得到呼應。天主教要麼是征服美洲領土的幫兇，要麼是保護美洲文化但暗含其他目的的人（主要由福音傳道派的利益驅使）。因此，「魔幻現實主義」經常譴責這種與主流意識形態的共謀，或者聲明天主教教會不可能為本土文化提供一個恰當的解釋。

由於拉丁美洲是從西班牙帝國的統治中獨立出來，文明和野蠻的對立成為19世紀的主要潛文本。美洲人民模仿英國、法國和美國的社會技術發展，但認為西班牙是美洲文化的主要敵人。當法國大革命的理想受到挫敗（由於拿破崙的失敗），冬青聯盟得到鞏固（1818～1912年），「年輕的美洲」這一概念開始暗示美洲是一個仍有可能進行社會改革的地方。後來，通過新的進步思想，美洲社會採納了自由和文明的目標，這在歐洲似乎是注定要失敗的。「現實」總是與想像相反。拉丁美洲國家找不到適當的方法來實施從歐洲引進的模式，其後果是災難性的社會動盪和混亂：內戰、獨裁、野蠻、大範圍的騷亂和暴力。

西蒙・玻利瓦爾〔註20〕（1783～1830年）無疑是有關這一「潛文本」中最具代表性的人物。眾所周知，玻利瓦爾是一位解放者，他與西班牙帝國進行了一場戰爭，這場戰爭使委內瑞拉、哥倫比亞、厄瓜多爾、秘魯和玻利維亞這五個拉丁美洲國家獲得了獨立。他拿破崙式的野心——想要把這個古老的西班牙殖民地變成法國大革命的翻版，卻災難性地失敗了。從那時起，拉丁美洲有了兩個新的屬性：（1）將拉丁美洲文化從西班牙傳統中解放出來的必要性；（2）利用國外的文化模式，在現代化中擁有一席之地的必要

〔註19〕 González Boixo J C: *Pedro Páramo y el llano en llamas*, Madrid: Alianza Editorial, 2018, p35.

〔註20〕 玻利瓦爾的人物形象在加西亞・馬爾克斯的小說中以不同的形式出現，在小說《迷宮中的將軍》中，加西亞・馬爾克斯描述了玻利瓦爾的終年時期。

性，以與西方文化聯繫起來〔註21〕。在19世紀下半葉，拉美文化深受美國所提倡的實證主義思想和新進步思想的影響。文明與野蠻之間的矛盾是由思想家、作家和政治家多明戈‧福斯蒂諾‧薩米恩托（Domingo Faustino Sarmiento）提出的，他認為教育是擺脫主要體現在南部的野蠻習俗的唯一途徑。雖然福斯蒂諾主張教育在社會轉型中起著進步和人道主義的作用，但他的野蠻主義思想卻暗示印第安文化是一種劣等的文明。此外，福斯蒂諾使用了一些種族主義和進化論者的標準來強調這樣一個事實，即種族融合已經產生了一個意識形態不明確的種族，他們有一種極端且危險的幻想感。因此，福斯蒂諾創造了一個「病態美洲」的概念，為了達到北部的社會標準，必須從這個概念中消除種族融合的影響〔註22〕。

「魔幻現實主義」廣泛地利用了這種「潛文本」。可以說，在發現這一「潛文本」之後，文明與野蠻所產生的主題和矛盾構成了「魔幻現實主義」小說的第二大素材來源。與這一歷史時期有關的最可怕的現象之一是，獨裁政權作為一種永久性的政府形式出現在拉丁美洲。獨裁統治並不是在20世紀才在拉丁美洲開始發展，事實上19世紀它就已經是新獨立國家的一種地方性特徵。儘管美洲獨立在意識形態上與法國大革命聯繫在一起，倡導啟蒙運動的民主價值觀，但獨立的後果表明，一個鐵腕人物可以在拉丁美洲社會激起深遠的吸引力。這種現象被稱為「考迪略主義」，在現代被發展成不同形式的獨裁，特別是在20世紀經由美國推動了其發展之後。關於獨裁者的「魔幻現實主義」小說有很多：《總統先生》、《我，最高領袖》（巴斯托斯）、《族長的秋天》（加西亞‧馬爾克斯）、《國家的理由》（卡彭鐵爾）。「魔幻現實主義」闡述的這一「潛文本」的書寫包含了幾個方面。由於寫作和權力之間的鬥爭成為獨裁制度下權力正當化的基本要素之一，因此獨裁小說流派被精心設計成這樣一種方式，即語言是對抗主流意識形態的力量。因此，對拉丁美洲獨裁者的描寫都集中在其絕對不可反抗的權利、暴力的手段以及他們荒謬的思想，其渺小的歷史價值及對外國勢力或外國公司的屈服（比如美國和聯合水果公司）。「魔幻現實主義」的一個象徵性行為就是運用現代小說的不同機制，推翻了獨裁者想像出來的合法性，暴露了其形象的荒誕特徵。例如，狂歡邏輯（米哈伊爾‧巴赫金提出）是《族長的秋季》這部小說的核心機制。其中，加

〔註21〕Chiampi I:*El realismo maravilloso*, Caracas: Monte Avila Editores, 1983, p136.
〔註22〕Chiampi I:*El realismo maravilloso*, Caracas: Monte Avila Editores, 1983, p139.

西亞‧馬爾克斯探索了一些本土通俗的慶祝活動，如遊戲、宴會、狂歡，在通俗和文化方面抵制了獨裁，借助於「狂歡」的概念，他揭示了權力的戲劇特徵，將獨裁者表現為一個由虛假特徵構建起來的虛構人物。在《我，最高領袖》中，巴斯托斯展示了獨裁者使用的語言既是其權力的基石，也是其弱點的根源。小說中，有一個匿名的角色取代獨裁者書寫官方文件和宣傳冊，這種平行的語言旨在推翻「我」的概念，這一概念在獨裁者的語言中尤為重要。在小說《總統先生》中，阿斯圖里亞斯用危地馬拉神話將獨裁者描繪成貪得無厭的上帝，要求人類做出犧牲。顯然「魔幻現實主義」對拉丁美洲獨裁現象提出的解決辦法，旨在譴責在這一特定「現實」中所造成的不公正、暴力和恐怖，但最重要的是，它描繪了這些權力的合法性是虛構的，讓反對這些權力的人民發出聲音。

關於文明與野蠻的對立，另一個特別明顯的現象是政治暴力。內戰和暴力始於 19 世紀，一直延續到 20 世紀，成為拉丁美洲歷史上的一個永恆的印記。無盡的政治暴力大多是由 19 世紀時主流意識形態（自由主義、保守主義和革命主義）之間的對抗產生的，這在「魔幻現實主義」中尤為突出。由於勝利的一方（在大多數拉丁美洲國家，是保守派勢力）所寫的官方歷史和大眾對事實的回憶不同，這一「現實」變得特別矛盾。哥倫比亞國立大學教授伊凡‧帕迪拉（Iván Padilla）對這方面的分析顯示，哥倫比亞文學（特別是加西亞‧馬爾克斯等人的作品）在 50 年代和 60 年代促進了哥倫比亞對歷史的官方修訂：「這導致歷史—虛構修正主義的出現，包括那些哥倫比亞繁榮的敘述者：對這些人來說，必須要探尋這一問題的根源，以及在哥倫比亞，國家及其機構否認屠殺和受害者的控訴，從而掩蓋真相的事實。這種現象讓人們確信，在五十年代的野蠻和暴虐復現之後，哥倫比亞敘述在很大程度上立足於其與官方歷史的差異。巴蘭基亞集團作家的文學創作（隨後被整合到 Mito 團體），被置於哥倫比亞小說的領域之中，這揭露了集體記憶和官方歷史之間的矛盾和割裂：這些小說很大部分來自於嚴格的考察。這種修正主義的意圖可以解釋為什麼那些作者使用意識流的文學技巧，目的就是適應哥倫比亞的現實問題〔註 23〕

大多數「魔幻現實主義」作家對他們國家的官方歷史和通俗歷史都特別

〔註 23〕Padilla Chasing I: *Sobre el uso de la violencia en Colombia en el análisis y explicación de los procesos estéticos colombianos*, Bogotá: Filomena Edita, 2017.

感興趣，因此從他們國家的歷史中選擇的歷史事件就是那些官方和大眾都關
注的焦點。在每一種情況下，「魔幻現實主義」構想的解決方案都在試圖揭示
官方歷史的虛假機制的同時，賦予大眾歷史合理性。因此，在「魔幻現實主
義」小說中，官方歷史和通俗歷史是在平等的競爭條件下呈現的。我們都知
道，這種表現在「現實」和「歷史」中都是不可能的。

　　例如，《百年孤獨》的「香蕉慘案」導致官方歷史和大眾歷史之間產生了
明顯的矛盾。1928 年 12 月 5 日至 6 日在哥倫比亞聖瑪爾塔附近的謝納加鎮
發生了對聯合果品公司工人的大屠殺。當工人罷工以要求更好的工作條件時，
這家美國公司拒絕了任何形式的談判。「儘管有諸多的法律和道義上獲得成功
的理由，但罷工在一定程度上將在政治的峽谷中迷失。他們的領導人是共產
主義者和無政府主義主義者，他們對美國和俄羅斯最近工人的成功感到憤怒，
以致他們沒有隱藏野心，而這種野心已超出工會的嚴格目標。但是，談判的
主要困難在於聯合果品公司是一個飛地經濟體，它屬於哥倫比亞州內的一個
州，由於其法律依據，該州對成千上萬的罷工工人不負有法律責任。和之前
的政府一樣，米格爾・阿巴迪亞・門德斯（Miguel Abadía Mendez）的保守派
政府也為香蕉公司服務。」〔註 24〕由於美國政府施壓，並以軍事侵略進行威
脅，哥倫比亞政府（保守派米格爾・阿巴迪亞・門德斯所領導的）決定動用軍
隊鎮壓罷工者。雖然官方報告說傷亡人數在 9 到 47 人之間，但民間口頭流傳
和非官方消息來源估計傷亡人數約為 800 到 3000 人。這個篇章成為哥倫比亞
通俗歷史的基本部分，並且直到今天仍存在於農民和工人的記憶中。在《百
年孤獨》中，這一篇章可通過三個特定的觀點來體現：（1）表明大屠殺是政
府精心策劃的，以摧毀工會組織；（2）支持傷亡人數超過三千的觀點；（3）表
明官方歷史是如何確定大屠殺從未發生，因為在政府的調解下，哥倫比亞工
人和美國公司達成了合意。小說的虛構的解決辦法在於將官史和通俗史置於
合法性的同等水平，同時揭示一個允許官史支配通俗歷史的機制。

　　另一個平衡官方歷史和大眾歷史的例子可以在卡彭鐵爾的《人間王國》
中找到。在描述處死海地黑人奴隸起義領袖麥克康達爾（Macandal）的文章
中，小說的關注點包括兩種不同的觀點：（1）黑人在驚喜地見證麥克康達爾
是如何實現他的動物變身之一以躲避捕捉者的火焰時的視角；（2）法國殖民

〔註 24〕Saldívar D, García Márquez G: *El viaje a la semilla*, Torraza Piemonte: Amazon Italia Logistica, 2013, p64.

者的驚訝和驚奇，他們不理解為什麼奴隸會在他們其中之一被處決時感到喜悅。在小說中，官方歷史和通俗歷史都解釋了同樣的事實。在這種情況下，小說不偏頗兩種話語中的任何一種。因此，《人間王國》的虛構的解決方案旨在使官方歷史和大眾歷史的表述相平衡，並以此為基礎，使拉丁美洲歷史各個組成部分的結構更加對稱。

　　儘管以上討論的歷史時期並無法體現「魔幻現實主義」的當代現實情況，但它們在「魔幻現實主義」象徵性行為中卻至關重要，其主要原因有二：（1）在「魔幻現實主義」中，過去的歷史矛盾沒有被現在所解決，拉美的歷史潛文本仍在現在出現；（2）在一次從歷史整體的角度去理解拉丁美洲「現實」的嘗試中，過去的「現實」被「魔幻現實主義」的象徵行為所吸收。這種歷史的整體性不僅表明對拉丁美洲歷史的開始和結束的探索，而且還意味著從非官方的角度重新評估不同的歷史時期。將拉丁美洲的歷史作為一個整體進行闡述的另一個原因與試圖理解拉丁美洲歷史好像具有神話一樣的特徵有關。也就是說，「魔幻現實主義」的象徵性行為將歷史事件呈現為差異極小的重複單元。在不改變其含義的情況下，神話無法分節或分為部分呈現，因為其形式取決於每個要素的完全依存關係，「……因此作出的每個選擇都需要結構的完全重組」〔註25〕。因此，「魔幻現實主義」的小說傾向於包含整個而非部分拉丁美洲歷史的情節。馬里奧·巴爾加斯·略薩（Mario Vargas Llosa）認為文學整體性概念是《百年孤獨》所引入的最重要特徵之一。但是，這一特徵已經可以在卡彭鐵爾的兩本小說《消失的足跡》以及《人間王國》中觀察到。因此，略薩〔註26〕的分析可以說是「魔幻現實主義」的不變特徵：「但《百年孤獨》是一本完整的小說，因為它把每個上帝模仿者的烏托邦式設計付諸實踐：描述一個完整的現實，以表達與否定的圖像面對真實的現實……，就其主題而言，它是一部完整的小說，在一定程度上它描述了一個封閉的世界，從它的誕生到死亡，以及構成它的所有順序（個人以及集體，傳說和歷史，日常生活和神話）；從形式上講，因為寫作和結構在適合它們的範圍內具有一種排他、不可重複和自給自足的性質。」本文將小說設想為意圖從非歷史的角度理解拉丁美洲歷史，將神話與歷史事件的基本結構融為一體；這個特點允許

〔註25〕Lévi-Strauss C: *The savage mind*, London: The Garden City Press, 1966, p19.
〔註26〕Vargas Llosa, Mario: *García Márquez: Historia de un Genocidio*, Caracas: Monte Ávila Editores, 1971, p554.

拉丁美洲文化融合創造一段有關拉美人民的新歷史。加西亞·馬爾克斯的《百年孤獨》和卡彭鐵爾的《消失的足跡》有能力改變小說在人類歷史時空穿梭中的位置。在那些小說中，經典的歷史概念（西方的歷史概念）被貶為次要地位，其形式是平庸的「現實」，這種「現實」永遠不會像神話那樣重複。在經典的歷史概念中，事件的分割和唯一性至關重要，在「魔幻現實主義」中，神話的整體性是歷史形式，是拉丁美洲各種文化形式的避難所，特別是對於那些將重複和整體作為生存本質的原始文化而言。正如我們將在下一章中看到的那樣，整體性概念也是小說形式的特徵。

現在，我們可以分析 20 世紀「魔幻現實主義」的當代「現實」和歷史（潛文本）。拉丁美洲不同文化的融合是「魔幻現實主義」所闡述的最重要的虛構解決方案之一。現實世界一直以來都沒能成功地制定出能夠平衡拉丁美洲文化多種文化因素的社會和政治模式。實際上，在 20 世紀之前，融合的問題還沒有產生，因為不同種族之間的爭端一直是通過歸咎於其中一個種族而解決的，這個種族對所有拉丁美洲社會的問題負責。與這種意識形態趨勢相吻合的是，薩米恩托指責拉丁美洲文化欠發達的國家所造成的融合，同時讚揚了北部種族的特徵。儘管如此，在 20 世紀，由於有必要為以下兩個主要挑戰提供解決方案，有關拉丁美洲身份的辯論從根本上改變了有關拉丁美洲身份的認同：（1）美國在軍事和經濟上的統治地位；（2）在以西方思想為主導的全球性世界中，拉丁美洲文化的孤立。一方面，拉丁美洲身份的新方法是基於對希臘、拉丁和西班牙文化的重新評估。許多知識分子將拉丁美洲視為這三種文化的繁榮融合，因此它具有表達歐洲文化各個方面的巨大潛力。另一方面，舊的社會價值體系（白人的種族主義）顛覆的原因是印第安人和非洲裔拉丁美洲文化得到重視，且被認為是融合的重要方面。薔彼〔註27〕將這些不同的傾向總結為兩種對立：「拉丁美洲或融合美洲」和「歐洲主義或印第安主義」。其中第一個強調了融合的優勢，以及拉丁美洲融合在西方價值觀革新中的作用。它還主張樹立差異意識，這可以使拉丁美洲人認識到自己與歐洲或美國文化相比的特殊性，同時表明拉丁美洲文化與西方世界都具有普遍價值。從這個角度來看，拉丁美洲將放棄周邊地區，成為世界新的文化中心。第二個強調印第安文化的烏托邦特徵，並主張恢復與印第安社會有關的價值觀。

〔註27〕Chiampi I: *El realismo maravilloso*, Caracas: Monte Avila Editores, 1983, p125.

但是這個將世界劃分為中心和邊緣的方式其實十分可疑。

正如薔彼所提出的那樣，對種族融合的積極設想在和拉丁美洲 20 世紀的歷史「現實」中並沒有產生廣泛的影響。自獨立以來，大多數拉丁美洲國家都由西班牙富人家族（半白人寡頭）的後代統治，他們通過殘酷的代議制民主或獨裁者的支持來保護自己的特權。在許多國家，不僅僅是政府，大多數混血兒都仍將印第安人和非洲裔拉丁美洲人（Afro-Latin American）的文化視為異類。儘管在政治和社會層面上也存在一些例外，但拉丁美洲不同種族之間的鬥爭仍在繼續，印第安人和非洲裔拉丁美洲人獲得領土的機會更少，捍衛其文化的機會也更少。在這種情況下，拉丁美洲文化在社會、政治和經濟層面上能夠完美融合仍然是一種烏托邦的願望。儘管如此，在「魔幻現實主義」小說中確實出現了拉丁美洲文化的完美混融，在小說中，拉丁美洲不同種族（印第安人、非洲裔、混血兒和歐洲人）的各種文化元素被描繪成彷彿僅有一個文化歸屬。雖然先前關於拉丁美洲文化的不同觀點（歐洲主義或印第安人主義）主張一種種族的重要性而批評其他種族，但是「魔幻現實主義」則呈現了一種假想的解決方案，其中所有種族的特徵和信仰同時出現。而且在小說中，一個種族的特徵有時被賦予另一個種族。「魔幻現實主義」描述造成種族融合的因素中，不僅突出了神話、大眾信仰、古代習俗和口頭傳統的重要性，同時也探討了現代人類延續的可能性。由於拉丁美洲的不同種族生活在不同的文化階段，「魔幻現實主義」小說可以構造出不同群體、不同生產方式在同一空間中共同存在的情節。由於小說的情節結合了不同群體在「現實」和歷史（口頭或書面）的認知，歷史時間和虛構時間交織在一起，而沒有特別的矛盾感。有時融和的現象甚至超出了拉丁美洲的文化範圍，有些「魔幻現實主義」小說甚至將希臘、拉丁或西班牙傳統的神話內容與拉丁美洲原住民的神話內容融合在一起。總而言之，種族融合發生在各個層面（種族、經濟、文化、語言、時間等），這表明了「魔幻現實主義」的特殊傾向，即吸收多種文化淵源並改變它們，從而使以跨文化為基礎的拉丁美洲身份變得穩定。

在《百年孤獨》中，建造馬孔多的每一個特定層面都發生了種族融合。混血兒、印第安人、歐洲人、阿拉伯人、吉普賽人生活的世界裏，每個群體的超自然或理性信仰都匯聚在虛構的「現實」中。正如前文指出的，建造了馬孔多的混血兒被描述成（拉丁美洲）印第安人民的替代品。但是，與此同時，

印第安人民的神話使馬孔多最初的架構趨於穩定。馬孔多是一個史前的地方，所以理性法律並不適用。天主教和阿拉伯的傳統也融入了對「現實」的構建中。以下是不同神話或信仰的一些例子：天主教傳統故事（瑪麗昇天、出埃及記、洪水神話、啟示錄、埃及瘟疫、復活、流浪的猶太人、懸浮、與惡魔決鬥）；阿拉伯神話（飛毯）；歐洲的魔幻傳統（長生不老藥、文本的魔幻破譯、金屬化為黃金、紙牌占卜、隱身）；吉普賽傳統（神奇且四處漫遊的馬戲團）；印第安神話（輪迴、萬物有靈、來世、生者與死者的交流、魔幻邏輯）；共有的魔幻信仰（動物的超自然繁殖、預兆、有魔幻的色彩）。這些不同的實踐和神話之間的界限在小說中完全模糊了。因此，不同文化的融合使馬孔多不僅是拉丁美洲文化的隱喻，而且是人類文化的隱喻。

另一種不同的種族融合出現在卡彭鐵爾的《人間王國》中。卡彭鐵爾選擇了杜桑・盧維杜爾領導的海地革命（1791～1804 年）作為小說的背景。小說中最重要的部分（麥坎達起義，布克曼的叛亂，鄰國政治動盪之後法國定居者抵達古巴聖地亞哥，萊克萊爾將軍的戰役，亨利・奇斯托佩王國）都使得卡彭鐵爾能夠展示海地濃厚而複雜的種族融合。一方面，法國文化以其貴族和優越的生活方式與熱帶氣候和為他們服務的黑人奴隸形成了鮮明的對比。但是由於他們來到島上，這本小說探索了不同的藝術形式，包括古希臘和拉丁美洲對美的理想化。另一方面，島上的非洲裔拉丁美洲人社會體現了曾經屬於非洲、後來成為加勒比海文化一部分的原住民和祖傳的神話。小說以各種神話或「魔幻」的形式展現了非洲的遺產和伏都教的習俗：（1）非洲後裔社會對非洲古王國的偉大仍然口口相傳；（2）對神秘的草藥、植物和真菌的認知使麥坎達有能力發起了反抗，人們認為他是毒藥之主；（3）人們認為麥坎達能夠將動物轉化為鳥類、魚類或昆蟲；（4）治療實踐中使用了伏都教的知識。為了更加強調種族融合的概念，在小說的第四部分中，奴隸索利曼被帶到了歐洲。這段歷程通過非裔拉丁美洲海地人的視角探索了歐洲的美學形式，從不同的角度描繪了種族融合的過程。

類似的例子同樣見於阿斯圖里亞斯的小說，在小說裡，瑪雅文化及其神話以不同的方式在不同的時期與西班牙或混血兒文化共同存在。《玉米人》一書中尤為明顯地體現了種族融合，該小說描述了社會上同時存在「玉米神話」和「玉米經濟」。局外人將玉米視為可以買賣的商品，而「玉米人」團體則將玉米視為人類生存的基本要素。

正如前文指出的，歷史整體性概念為拉丁美洲社會擺脫歷史話語的霸權提供了解決方案。另一方面，關於拉丁美洲文化完美融合的想像則用來解決拉丁美洲的認同危機，同時用來反抗種族歧視。當「魔幻現實主義」將歷史的整體性和完美的種族融合表述為拉丁美洲文化的基本元素時，它試圖提供一種在「現實」中找不到的解決矛盾的方案。因此，這兩個假想的解決方案不能被視為拉丁美洲的「現實」或「歷史」本身，因為它只在「魔幻現實主義」中作為一種象徵性行為而存在。用傑姆遜自己的話說，這更像是一種政治諷喻小說，旨在想像拉丁美洲應該如何，而不是實際如何。

第二節　社會視野：「魔幻現實主義」中的意識形態鬥爭

如前所述，這種象徵性行為作為一種概念使我們能夠理解一種假想的解決方案。現在，對「魔幻現實主義」的意識形態的分析應該使我們朝著相反和互補的方向前進，也就是說，把「魔幻現實主義」理解成與拉丁美洲社會集體話語相對立的一種表達。正如傑姆遜〔註28〕所述，小說中的社會視角主要以三種形式出現：首先，它作為意識形態的一種表現形式而存在，為社會不同階級之間的鬥爭奠定了基礎；其次，它擁有代表不同類型話語的不同聲音之間的對話形式（米哈伊爾·巴赫金 Mikhail Bakhtin）。儘管對話的結構表達了世界的多元化和異質性，但這些聲音往往以對立的方式相互作用，追求至高無上和合法性；第三，一種聲音或幾種聲音的霸權以其他聲音被邊緣化或抹除為前提。這種矛盾產生了主流文化和大眾文化之間的對立。更具體地說，意識形態必須被視為能夠在不同意識形態和敘事材料之間進行調解的表述。因此，它通常採用抽象概念的形式，有時它本身以敘事形式出現。由於薔彼和岡薩雷斯的研究僅考慮了當代歷史的一種特定主流意識形態（例如完美的種族融合或人類學視角），因此他們忽略了其他意識形態的存在以及它們之間的對立關係。

就拉丁美洲的「魔幻現實主義」而言，本文確定了三種主要意識形態（現代性、人類學視角和人本主義）和一種邊緣化的聲音（印第安人和非洲裔拉

〔註28〕弗雷德里克·傑姆遜：《政治無意識》，陳永國譯，北京：中國人民大學，2018年，第 62 頁。

丁美洲人文化)。對於某些讀者而言,這種意識形態結構的傾向可能是奇怪的,因為以前的研究大都認為「魔幻現實主義」具有印第安人或非洲裔拉丁美洲人文化的特性。然而,正如本文將要解釋的那樣,通常被視為「魔幻現實主義」的原始內容的成分,實際上是人類學觀點的表述。至於意識形態本身,有必要從三個特殊的方面對它們進行分析:(1)它們所倡導的價值和理念;(2)它們瞭解人類歷史的方式;(3)它們解釋其他對立話語的方式。

毫無疑問,「魔幻現實主義」小說中最明顯的對抗力來自「現代性」與「人類學」視角之間的對立。因此,我們的分析不妨從這兩種意識形態的關係入手。

一、「現代化」作為意識形態

研究現代化就是研究一系列持續不斷的矛盾。這些矛盾不僅表徵了西方世界現代化進程本身,而且表徵了西方世界對現代化觀念的態度。馬歇爾·伯曼(Marshall Berman)用不同的隱喻來描繪現代化的矛盾,在他的作品《一切堅固的東西都煙消雲散了》(*All that is Solid Melts into Air-The Experience of Modernity*)〔註29〕中,就凸顯了現代人的希望和絕望。一方面,現代化的經驗展示了人類在各個方面的創造和變革的可能性;另一方面,它意味著對每箇舊有概念或原始環境的破壞。現代化是同時存在的統一性和非統一性。現代化通過不斷解構來穩定其統一性。伯曼分析了現代化的災難性經歷如何創造了很多失樂園的前現代神話。在以馬克思的角度分析現代化經驗時,伯曼從幾個不同方面將現代化定義為特殊而又相互矛盾的過程:(1)馬克思通過資產階級帶來的進步和發展來頌揚資產階級釋放人類活動潛力的方式,以及對人類生活的改變。但是,資產階級將創造現代社會的經濟利益作為唯一的最終目標,從而切斷了這種可能性。(2)任何社會結構都將被摧毀並被一種新的社會結構所超越,這使現代化不斷尋求變化,同時也成為世界末日感覺的深層來源。(3)資產階級革命在將男人和女人從宗教迷信中解放出來的同時,也將世界塑造成一個充滿剝削和痛苦的場域。(4)在資產階級價值觀中如此重要的自由概念僅在自由貿易中才變得重要,它以價格改變了商品中的人類價值。(5)在現代經驗中,每個男人,每個女人,每個概念和活動都失去其光環,也就是說,失去其宗教意義;但這同時帶來了精神上的平等感。一

〔註29〕 Berman M: *All that is Solid Melts into Air-The Experience of Modernity*, New York: Penguin Books, 1988.

切都已成為世俗的對象。總而言之,西方世界的現代經驗是資產階級所引起的所有矛盾(進步,革命和自由市場)與近百年來取得巨大進步的工業和科學發展的結合。

西方世界對現代化的看法不同。馬泰·卡林內斯庫在他的《現代化的五副面孔》(*Cinco caras de la modernidad*)〔註30〕一書中介紹了始於 19 世紀的兩種截然相反的觀點。其中之一是資產階級的現代觀,這種觀點強調進步的優勢,強調科學發展和技術的積極方面,從經濟角度衡量人類歷史。這個觀點還頌揚理性和人類自由,將其視為進步和成功的標誌。與此同時,另一種觀點與此截然不同。對現代化及其現代觀的批判已成為 20 世紀西方藝術的共同選擇,尤其是那些與先鋒派藝術有關的藝術運動。這種傾向表明了激進的反資產階級態度,強調反叛,無政府狀態等等。反現代主義思想從一開始就是西方文化的產物。

西方文化的這種反現代主義元素是歐洲先鋒運動與拉美「魔幻現實主義」之間的連接點。這與西方世界與「第三世界」對於現代化的不同體驗有關。西方世界的現代化進程經歷了三個不同的階段:(1)16 世紀到 18 世紀處於現代化的初步發展階段;(2)法國大革命和社會動盪催生了意識形態和新的社會結構;(3)在 20 世紀,現代化幾乎擴展到了世界的每個角落。在這一進程中,「第三世界」共同經歷了「被現代」的過程。因此,在「第三世界」的視域中,「現代」不僅是一種新現象,更是一種外部現象。這正是「魔幻現實主義」產生的政治基礎。由於處於「第三世界」的拉丁美洲的現代化進程是一種外在的暴力,因此第三世界對西方現代擴張的抵抗表現得比西方世界更為激烈。但是,這並不意味著西方對資產階級現代化的批判和拉丁美洲對現代化的抵抗是完全脫節的。如前所述,歐洲先鋒運動與一些拉丁美洲作家之間的聯繫是理解「魔幻現實主義」的基礎。反現代主義的態度建立了雙向交流的共同渠道,使歐洲先鋒派的思想成為「魔幻現實主義」的思想資源,也使「第三世界」的本土、原始或融合的文化成為歐洲先鋒派藝術家的靈感之源。儘管歐洲和拉丁美洲的反現代主義者來自不同的國家,但這種普遍的反現代態度解釋了為什麼「魔幻現實主義」小說在借用西方技巧來反對本國的現代化時並沒有產生隔膜與尷尬的感覺。

〔註30〕Călinescu M: *Cinco caras de la modernidad*, Madrid: Alianza editorial, 1993.

在歐洲帝國對非洲大陸的殖民時期，拉丁美洲首先間接地體驗了現代化。後來，拉美國家試圖採納法國大革命的理想，並在反殖民主義戰爭中嘗試進入工業化和科學發展的進程。拉丁美洲國家的獨立將啟蒙時代的人道主義和科學概念視為可以消除殖民主義影響並引領拉美進入現代世界的準則。但是，由於拉丁美洲歷史的特殊性以及不可能打破拉丁美洲的舊殖民主義經濟結構，這種「現代主義」的理想發展方式很快就失敗了。尤其是進入 20 世紀以後，美國的霸權地位及其對拉丁美洲領土的特殊處理方式（特別是門羅主義興起之後）創造了一種新的現代化形式，與獨立過程中形成的現代化觀念大相徑庭。儘管兩條不同的現代化道路都是西方殖民主義的產物，但兩種現代化之間的差異與對抗成為了理解拉美「魔幻現實主義」的重要基礎——在許多拉美人眼中，歐洲現代化一直是拉丁美洲的理想之選，而美國現代化則成為了侵略拉丁美洲的託詞。

在冷戰期間，美國將現代化視為一種用於遏制該地區共產主義影響力的意識形態。邁克爾·拉瑟姆（Michael Latham）〔註31〕就這一主題寫了一本著名的書，展示了現代化是如何提供思路以應對第三世界在 50 年代和 60 年代出現的問題。拉瑟姆的作品指出，西方世界現代化發展的歷史特點是與西方核心價值觀聯繫在一起，拉丁美洲則不同，拉丁美洲和其餘的「第三世界」國家在經濟上變得越來越現代的同時，其意識形態的目標是要減少這些「被現代化地區」對帝國主義的抵抗，並降低共產主義在政治上的吸引力。對於美國來說，「第三世界」之所以變成亟待處理的問題，是由於第二次世界大戰後出現了兩個基本現象：（1）世界殖民主義結構的瓦解；（2）共產主義在「第三世界」國家強有力的突破。因此，美國想維持其在世界上的主導地位，必須把現代化作為一種意識形態來理解。現代化被認為是一種用以面對人類在歷史進程中遺留下來的所有挑戰和願望的最終解決方案，「儘管技術，人口或環境發生了變化，但『現代』社會仍可以維持社會秩序，因為它們創造了更多高度專業化的機構，更加有效利用自然資源，形成了更具包容性的政策，並且可以有意識地逐步修改其在法律法規中的基本價值體系」〔註32〕。

現代化作為一種意識形態構成了美國人的基本政治認同與核心的社會價

〔註31〕 Latham M: *Modernization as Ideology*, Chapel Hill: The University of North Carolina Press, 2000.

〔註32〕 Latham M: *Modernization as Ideology*, Chapel Hill: The University of North Carolina Press, 2000, p34.

值觀，包括個人主義，政治與經濟民主等等。路易斯・哈茨（Louis Hartz，1955）的《自由傳統》（*The Liberal Tradition in America*）將美國描繪成一個現代自由的發祥地，不僅有極高的經濟水平，同時注定要通過促進民主、減輕貧困等途徑來改變世界。但「第三世界」的人民逐漸發現，所謂美國利用科學知識和經濟能力對世界產生積極影響的假設，其實是一種帝國主義和殖民主義的欺騙策略。一旦美國人意識到現代化也可以促進美國在該地區的優勢，他們就會促成民族主義運動，美國的拉美策略就具有這一特點。在由中央情報局（CIA）策劃的軍事政變中，對反共組織的支持以及對當地經濟和政治的干預成為美國政府的主要活動。作為欠發達地區的一部分，拉丁美洲人被描述為與美國文化迥乎不同的人種。拉丁美洲人被描述為冷漠、宿命論者、傳統主義者、對家庭絕對忠誠。人們認為現代化應該作為一種更加理性的生活態度來取代那些態度，從而消除傳統的情感和浪漫傾向。

　　除了用於區分主體（美國）及他者（拉丁美洲），現代化的意識形態還包含對人類歷史的特殊見解。美國闡述的現代化歷史觀受到華爾特・惠特曼・羅斯托（Walt Whitman Rostow）的著作《經濟成長階段——非共產主義宣言》的深刻影響。羅斯托把民族的歷史理解為必須經歷的五個階段：（1）傳統社會；（2）為「起飛」創造前提的階段；（3）「起飛」階段；（4）向「成熟」發展的階段；（5）「高額群眾消費」階段。這種對經濟增長的結構主義解釋將每個國家放置到五個階段的不同位置。羅斯托的著作證明了這樣一個事實，即有些西方國家處於「高額群眾消費」階段，而世界上的廣大地區正處於這一過程的初始階段，甚至有些國家處於「傳統社會」階段。羅斯托提出的理論在任何意義上都是一種綜合了西方社會（特別是美國）主導地位的資本主義宣言，並且將欠發達經濟體解釋為一種由於缺乏允許該社會發展經濟的內在條件所導致的正常現象。而且，它把處於經濟增長高峰期的國家作為那些處於最底層的社會的例子。總而言之，羅斯托的作品是現代化作為美國意識形態的縮影，因為它表達了美國的優越性，同時也證明了反抗者的落後性，以及一整套有關「優越」與「落後」的辯證法。

　　不同形式的現代化是「魔幻現實主義」意識形態鬥爭的重要組成部分。但是，這種意識形態如何在「魔幻現實主義」小說中表現出來？在「魔幻現實主義」的大多數小說中，現代化的體驗被認為是極端和暴力的解構過程。現代化在某種程度上惡化了當地人民的和諧生活。因此，小說中的大多數人

物都是那些與全球化世界隔絕的人，而外部力量正在努力向這個與世隔絕的世界滲透。由此，「魔幻現實主義」小說表現的這種內部世界和外部世界之間的特殊矛盾，代表了現代化在非西方世界擴展的動態關係。如何解釋「第三世界」人口的空間分布及其流動性是美國理論家遭遇的最重要的挑戰之一，他們將現代化定義為「第三世界」問題的解決方案：「斯賓塞堅持認為，相對進步的差異可以通過社會組織變得越來越清晰，規範化和具體化的程度來辨別。（……）正如他所說，『一個野蠻的流浪部落，既不固定在其本地，也不固定在其內部，在其各部分的相對位置上的確定性遠不如一個國家。在這樣的部落中，社會關係同樣混亂和不穩定。政治權威既不完善也不精確。等級的區別既沒有清楚地標明，也不能通行。除了男女的職能區別之外，沒有完整的產業部門……』。」〔註33〕也可以說，羅斯托（Rostow）討論經濟增長的著名著作從主體（西方世界）的角度提供了理解全球現代化的特殊觀點，而「魔幻現實主義」小說卻顛倒了這種特殊的敘事，以展現拉丁美洲的現代化。伯曼〔註34〕將這種趨勢歸類為對現代化的特殊反應，因為這種現代化創造了失樂園的懷舊神話。確實，正如我們在前面的文章中所看到的，「失樂園」的概念在「魔幻現實主義」提供的虛構解決方案中有著極為重要的作用。質言之，從「魔幻現實主義」小說中看到的現代化，與我們理解的西方現代化經驗有著明顯的差異。

　　拉丁美洲對現代化的抵制最初是通過「魔幻現實主義」小說中與世隔絕的想像場景來表達的。叢林中遙遠的小鎮馬孔多、科馬拉和聖莫尼卡德洛斯韋納斯代表著世界上純淨但尚未被褻瀆的空間。無論劇情是以線性方式發展還是向後倒退，小說的人物都生活在這個與世隔絕的空間中。歷史時間一旦開始，外部世界就會逐漸將現代生活方式帶入這些空間。然而，與現代化會使世界上任何一個社會都逐步發展的原則相牴觸的是，「魔幻現實主義」小說顯示出截然不同的結果。虛構世界越接近現代發明和現代制度，人物就會感受到本真性損失得越多。《百年孤獨》就是這種情況、外部世界誘使馬孔多居民參與其時代的偉大發明。新機器、技術、革命，國家機構都將馬孔多引誘

〔註33〕Latham M: *Modernization as Ideology*, Chapel Hill: The University of North Carolina Press, 2000, p62.

〔註34〕Berman M: *All that is Solid Melts into Air-The Experience of Modernity*, New York: Penguin Books, 1988, p15.

到混亂的漩渦中，使小說人物勇於擁抱自己的命運並交換孤獨。作為同一社會和經濟過程的一部分，現代化和全球化創造了無疆界的廣闊領土。邊界的缺乏消除了「真實性」的任何可能性，每個社區獨特的東西都被破壞。原住民逐漸沉迷於現代化帶來的新活力，當地居民破壞了自己的界限，以符合發達世界的標準。但是，一旦馬孔多允許現代化改變和塑造新的文化特徵，似乎就決定了自己命運的毀滅。對於「第三世界」，現代化的體驗是一個遺忘的過程。只有忘記我們是誰，我們才能真正成為現代人。但在許多研究者眼中，加西亞·馬爾克斯作品中人物的孤獨感源於拉丁美洲人對愛的無能，或者是由於拉丁美洲社會的落後。更準確地說，可以說拉丁美洲的孤獨來自一種可怕的無能為力，它無法記住其起源，只能絕望地試圖盡可能地進入「現代」。

正如伯曼的著作中所說，即使在馬克思的思想中，西方現代化的經驗也是矛盾的，因為它包含了積極力量和消極力量的對立關係。但是這些特殊的力量在「魔幻現實主義」所描述的拉丁美洲小說世界中獲得了新的含義。例如，根據馬克思的觀點，在西方世界中，現代化的主要矛盾是人類積極進步的力量被賺取利益的消極欲望所阻撓。這種矛盾在「魔幻現實主義」小說中以不同的形式發生。起初嘲諷、不信任現代生活方式的村民、農民和當地人，卻最終承擔起使用新方法或新發明來造福社區的任務。約瑟·阿爾卡蒂奧·布恩迪亞（José Arcadio Buendía）和布恩迪亞家族的大多數人就是這種情況，他們對外界知識的巨大能力特別好奇。特別是，何塞·阿爾卡蒂奧·布恩迪亞（José Arcadio Buendía）終其畢生掌握了一系列技術和理論，這些技術和理論雖然以煉金術等奇妙的知識裝飾，但仍表現出當地人的好奇心和對現代發展可能性的癡迷。在短時間內，馬孔多及其居民的領土似乎也享受著外來者的到來以及與外界的文化和經濟交流所產生的經濟發展成果。因此，現代化改變了馬孔多男人和女人的行為，促進了他們的想像力和創造力。他們不信任現代化，但同時，他們試圖享受現代化的成果。

現代發明和現代知識不屬於馬孔多，但是馬孔多人利用它們來豐富自己的生活。因此，實際上，發展的積極方面從未被馬孔多的虛構世界所拒絕。最重要的是，逐利（是資產階級生活方式的基礎）的渴望阻礙了人類的發展，但這卻從來沒有成為布恩迪亞家庭成員的基本特徵。布恩迪亞家族的成員所擁有的財富與他們享有的社會地位有關，因為他們的家族建立了城鎮。他們的財富與特定的封建社會結構有關，而與他們掌握的科學知識無關。總之，

在「魔幻現實主義」所描述的社會中，西方的發展與利益之間的矛盾永遠不會成為中心矛盾。金錢總是被認為是享受的產物，而不是積累的產物。一個例子表明，布恩迪亞家族對資本積累缺乏興趣。當奧雷利亞諾‧布恩迪亞一遍又一遍熔煉金子，然後出售金魚並購買黃金以熔煉更多，卻不打算攫取任何利潤時，這件事本身就成了沒有經濟目的的行為。奧雷利亞諾對技術的發展、對知識的運用、甚至他的商業實踐，在馬克思那裡，都是資產階級階級值得稱讚的本質的體現。從更普遍的角度來看，奧雷利亞諾的動機與科學知識相結合，代表了人類改變環境的基本願望。與西方實踐的不同之處在於，奧雷利亞諾‧布恩迪亞（Aureliano Buendía）在從事這些活動時，沒有任何金錢意圖。因此，在他身上，發展與利益之間的矛盾從來就沒有發生過。

這種現代化體驗的後果是什麼？是對創造的渴望超過了建立商業企業的渴望。這意味著，儘管「魔幻現實主義」強調了現代化的人文方面，但這種現代化無法推動經濟發展。現代化始於人類的創新和創造，但由於拒絕追逐經濟利益而被推遲。總之，西方現代化鼓勵人類發展，然後又屈從於利益。馬孔多社會似乎以一種反資本主義的態度推遲了現代化的實現。他們的態度都是嚮往過去而不是面向未來。布恩迪亞家族憑藉想像力和力量發展自己的潛力，但總是回首過去，尋找被遺忘的根源。在馬孔多，「進步」想帶著「現代化」回到過去。相反，西方的現代化總是面向未來。《百年孤獨》和《消失的足跡》等其他小說中總有這樣一種感覺，即企業和利益是荒謬而無用的。「魔幻現實主義」對拉丁美洲文化的未來表達出一種特殊的消極情緒。從美國的角度來看，這種社會趨勢被稱為宿命論。拉美人不願接受未來可能會變得更好（進步）的特徵，「當美國人更加主動，尊重法律並天真地相信人的無限可能性一樣，拉美恰恰相反。他們往往不尊重權威，對未來抱有宿命，認為人無法控制自己的命運，不相信鄰居，渴望自己的權力或地位象徵，不願嘗試任何新事物，盲目相信會有某種力量會將他們從原本的境遇中拉出來。」〔註35〕。

拉丁美洲不拒絕進步，問題在於他們的注意力集中在過去。其原因是拉丁美洲尚未解決自己的身份問題。他們為社會的發展而努力，但是他們總是試圖重建未解決的過去的矛盾，以彌補他們的身份。由於其真實性和獨特性在文化的歷史變遷中模糊，因此其潛力始終處於危險之中。比起經濟落後，

〔註35〕Latham M: *Modernization as Ideology*, Chapel Hill: The University of North Carolina Press, 2000, p126.

認同問題是拉丁美洲更需要解決的問題。拉丁美洲希望在尋找其文化根源的同時向前發展。但是，這兩種文化傾向是矛盾的。這也許是拉丁美洲世界中最重要的現代矛盾。要成為現代人，就必須忘記自己，而拉丁美洲人想知道他們是誰。弄清其身份的願望推遲了現代化。美國為拉丁美洲計劃的現代化思想更多地與美國價值觀有關，而不是對拉丁美洲文化和歷史的真正理解，「儘管所有社會都經歷了相同、普遍的發展階段，但理論家和決策者們還對他們所屬的西方國家和他們所分類的世界進行了明顯的區分。他們既沒有根源於地理和自然資源的差異，也沒有根源於帝國主義剝削的遺產，而是著眼於西方的『理性』、『激進主義者』、『成就導向』的社會價值觀，解釋了『欠發達』國家的明顯停滯和未實現的潛力，以強調本國固有的文化活力」〔註36〕。相反，「魔幻現實主義」將現代化表現為一個過程，由於拉丁美洲在確定其自身身份方面遇到的巨大困難，這一過程停滯了。簡而言之，如果不知道自己是誰，走一會兒並不難，但是沒法走遠。

隨著不斷的發展和對經濟利益的追求，現代化提出了一種改變社會結構的強烈願望，在許多情況下，只有通過大規模的社會革命才能實現這種變化。這個過程意味著巨大的變革和對舊制度的永久破壞，而舊制度則成了萬惡之源。改變、革命、烏托邦和破壞傳統是通過暴力手段進行資產階級革命的遺產。自17世紀以來，革命已成為西方世界的基本政治活動之一，同時也是現代化的基本特徵。成為現代人意味著需要一個改造社會的持久願望。但是，正如馬克思所說的那樣，這種無休止的欲望可能會導致一種絕望的狀態，男人和女人無法找到自己命運的終點。如果變革成為日常的願望，那麼沒有事物能夠被掌握和保存。失去了傳統社會所提供的穩定性或統一性，現代世界就在不斷更新中成為了破壞的深淵。「因此，在宣言的第一部分中，馬克思提出了下一個世紀現代主義文化的兩極分化：無限的欲望和動力，永久的革命，無限的發展，永恆的創造和更新，生活的各個領域的更新；它的根本對立面是虛無主義，永無止境的破壞，生活的崩潰和吞噬，內心的黑暗，恐怖」〔註37〕。

在「魔幻現實主義」中，革命和社會動盪在情節中起著核心作用。毫無疑問，關於拉丁美洲社會轉型的隱喻性闡述是顯示「第三世界」現代化複雜性的

〔註36〕Latham M: *Modernization as Ideology*, Chapel Hill: The University of North Carolina Press, 2000, p16.
〔註37〕Berman M: *All that is Solid Melts into Air-The Experience of Modernity*, New York: Penguin Books, 1988, p102.

要素之一。但是，在西方世界，虛無主義的根源在於革命的變革能力和通過建立新的政治體制來摧毀舊的權力結構的能力，而在拉丁美洲，虛無主義則源於那些革命無法產生根本性的變革。同樣在這種情況下，現代化作為一個過程始於對變革的渴望，但由於無法使這些革命有效地摧毀舊制度而被推遲。在《百年孤獨》中，奧雷利亞諾·布恩迪亞上校在 32 次內戰中與保守派政府作戰（他全敗了），並將戰鬥帶到了中美洲，在那裡他發起了一個推翻非洲大陸所有保守派政府的倡議。他想要推動的數量巨大的革命行動象徵著拉丁美洲渴望從封建制度、寡頭政治、殖民主義等舊式政府中解放出來。但是，與此同時，奧雷利亞諾·布恩迪亞上校在所有這些戰爭中的失敗證明了拉丁美洲人民不可能邁出歷史的新步伐，這是現代化的一步。這種現象的另一個例子發生在總統先生那裡，尤塞比奧·卡納雷斯將軍被迫流放後組織了一支游擊隊，目的是推翻獨裁者。一開始他的嘗試似乎很成功，但他在聽說了獨裁者參與了他的女兒的婚禮的虛假信息後，死於心臟病。《佩德羅·帕拉莫》的情況似乎更加複雜。在許多方面，墨西哥革命在改變墨西哥社會的舊結構方面都比較成功。然而，當革命力量到達科馬拉時，佩德羅·帕拉莫用他的金錢和力量抵擋革命對城鎮生活做出任何改變。他繼續對鎮上人民的生死施加絕對的極權。失敗的革命也是拉丁美洲現代化停滯狀態的最有力的證明。

　　出於一系列外部和內部原因，革命在拉丁美洲成為不可能完成的任務。內部原因與以下事實有關：殖民主義傳統塑造了一些停滯不前的保守派領導人，儘管他們是當地人，但起著殖民者的作用：壟斷政治勢力，控制大片土地和領土，暴力鎮壓普通人。在拉丁美洲，這些群體稱為寡頭，通常來說，他們是控制土地的家族的後代，有著幾個世紀前的葡萄牙帝國的西班牙人的作派。外部原因與「第三世界」在現代化擴展階段的作用有關。儘管民主化和社會革命是西方世界工業革命和整個現代化過程的支柱，但「第三世界」的民主化和社會革命卻始終被認為是歐洲或美國推動全球化的挑戰：「在冷戰時期的西方理論家眼中，成功發展只有一條道路：只有在西方文明中才能發現的基本特質促使他們取得了巨大的進步，但是其他社會仍然可以借鑒這一歷史，以汲取教訓（……）這個過程是普遍的，但是變革的催化劑是西方的，西方有能力促進一個理想的，最終不可避免的過程」〔註38〕。

〔註38〕Latham M: *Modernization as Ideology*, Chapel Hill: The University of North Carolina Press, 2000, p66.

　　但是，儘管從意識形態的角度看，在西方文明的指導下，「第三世界」的現代化被視為一個理所當然的結果，但事實是，「第三世界」的現代化最終將威脅到西方國家的資本主義擴張。在闡述依附理論時，拉美理論家認為（不考慮馬克思主義和資本主義的觀點——欠發達的社會需要先進入發展或革命的幾個階段才能實現現代化），欠發達的經濟體是由歷史資本主義導致的而不是自身社會發展階段的結果。用簡單的話來說，他們強調了這樣一個事實，即「第三世界」的欠發達狀況對於西方資本主義的發展是絕對必要的：「基本思想非常簡單。他們說，國際貿易不是平等的貿易。一些國家（核心國家）在經濟上比其他國家更強大，因此能夠以允許剩餘價值從較弱的國家（邊緣）流向核心國家。有些人後來將此過程定義為『不平等交換』。」〔註39〕。這就可以解釋為什麼第三次解放戰爭和反殖民主義戰爭都被視為對世界秩序的可怕威脅。這些戰爭迫使美國和一些歐洲帝國在「第三世界」加快獨裁統治和政治操縱。在落後的世界，現代化是不可能實現的。當「魔幻現實主義」試圖解決革命和政治變革的問題時，小說中的情節充分地闡明了社會革命的不可能性，同時，也象徵了拉丁美洲現代化的另一個方面。在阿斯圖里亞斯的小說《總統先生》中，該國總統就代表了這種社會政治變革的不可能性。並非該國人民不渴望現代價值觀（例如民主、自由或正義）；恰恰相反，不可能實現這一願望的「現實」成為了社會的核心部分。小說向世界再次表明，拉丁美洲人民渴望實現現代化，但現代化在拉丁美洲是不被允許的。這就是為什麼在這本小說中，總統並不否認這些價值觀的必要性，他甚至主張宣傳它們的重要性，然而，他是掌權者，他有權力讓這些價值觀無法得到實現。

　　獨裁是不允許拉丁美洲不可能實現現代化的一種機制。獨裁者擁有權力，並告訴人們，他們可以渴望現代化，但不可能擁有現代化。第三世界的現代化是在維護帝國主義優勢的同時保護該國寡頭政治的一種機制。由阿斯圖里亞斯（《總統先生》）精心打造的中美洲國家總統，以及亨利·克里斯托夫（Henri Christophe）（《人間王國》）的主角都是當地領導人，他們沒有稱自己極端的暴力和鎮壓是純粹形式的保守政治冒險。他們羨慕西方世界的現代化。他們打扮得像現代人，他們通過自己的個人社交圈讚揚了現代的優點。他們認為自己的暴政是正當的，因為在他們之外，一切都是野蠻行為。在西方世界，現代化是規則，而在拉丁美洲，現代化是少數人的特權。《總統先生》的描述表

〔註39〕 Wallerstein I: *World-System Analysis*, Durhan Duke University Press, 2006, p12.

明國家、民主乃至「社會主義」都被用來保持寡頭的權力。革命的價值觀被用來加強對人民的統治。乞丐、窮人、農民、學生和革命者成為了延緩現代化的受害者。

因此，小說中的現代化衝突並非發生在資產階級和舊政權之間，而是發生在享受現代化的人與無法獲得現代化的人之間。總統對他的公民的令人恐懼的殘酷，寡頭與人民之間的衝突，與現代化沒有任何關係。因此，阿斯圖里亞斯找到了一個古老的神話，一個古老的瑪雅神話，作為獨裁統治的完美隱喻：瑪雅神話中的雨神托希爾。托希爾要求人類做出犧牲，只有在他「可以戰勝人類的天敵」時才感到滿足。所謂的拉丁美洲現代化與過去要求人類犧牲的神靈一樣古老、保守和殘酷。現代的拉丁美洲獨裁者與法國大革命中被斬首的國王一樣，既傳統又過時。除了帝國（美國）的意見外，獨裁者沒有什麼可恐懼的。特別是在阿斯圖里亞斯和加西亞·馬爾克斯的小說中，老獨裁者在自己的人民面前顯得至高無上，但在美國政府面前卻很順從。通常，當他們向美國官員報告時，會由於沒有使自己的國家成為自由選舉和繁榮的合法民主國家而感到內疚，然後他們聲稱自己是暴力的，是因為他們的敵人（據說是共產主義者）正在威脅國家的穩定。面對共產主義，美國通常會忽略本屆政府的恐怖行為。這是《總統先生》和《百年孤獨》中的總結。馬孔多舉行了「自由選舉」，但選舉成果是由保守黨操縱和竊取的。奧雷利亞諾·布恩迪亞上校很快就明白，兩黨制的兩個競爭對手之間沒有區別，自由派和保守派的區別只是去教堂的時間不同。因此，雖然現代化再次被提出，但它還不會出現。當奧雷利亞諾·布恩迪亞上校（《百年孤獨》）或尤西比奧·卡納萊斯上將（《總統先生》）反抗自己國家的暴政時，他們並不是為了實現共產主義、無政府主義者或社會主義的理想。他們想要的是現代化：自由選舉、公正的法律審判、國家福利、正義與民主。但他們失敗了，他們未能等到將民主帶入自己的世界，就死於年老或死於疾病。他們的鬥爭是拉丁美洲對現代化的渴望。美國對拉丁美洲的態度重申了現代化是與蘇聯共產主義者進行意識形態競爭的一種方式，而不是促進拉丁美洲人民的進步，「艾森豪威爾更關心維護穩定，而不是促進漸進式改革，也幾乎沒有必要引進可能破壞他所支持的拉丁美洲獨裁者的社會和經濟方案」〔註40〕。

〔註40〕Latham M: *Modernization as Ideology*, Chapel Hill: The University of North Carolina Press, 2000, p75.

　　西方社會的現代化促使男女從各種迷信中解放出來，同時將世界建設成經濟和社會剝削的開放領域。同樣的矛盾從來不會在拉丁美洲出現，因為雖然現代化一直被人們所渴求，但是又一直被推遲實現。在這種情況下，現代化不可能實現的主要因素是拉丁美洲身份的特殊性以及其高度的種族融合。一方面，「魔幻現實主義」小說面臨著現代化的根本問題：缺乏宗教性或魔幻性。這個問題無法在西方世界找到一個簡單的解決方案。如本書第二章所述，除了「超現實主義」運動外，大多數歐洲先鋒運動都未能成功地找到解決現代世界中缺少「魔幻」（馬克思稱其為光環）的解決方案。儘管西方思想已將民主、革命或自由等價值觀念普遍化，但對世界（沒有超自然實體）的世俗解釋不僅在「第三世界」而且也在西方社會引發了抵抗。在西方社會中，商品的商業化以及商品的拜物教的過程使世俗化成為可能，而在「魔幻現實主義」描繪的拉美社會，宗教信仰以及神話和迷信的不同形式構成了該文化的本質。這些神話的根源是多種族歧視。在西方社會，世俗化破壞了人類活動與宗教經驗之間的所有制度聯繫。在資本主義世界中，人的頓悟都來自完全喪失財富、聲譽和佈物，「衣服成為古老，虛幻的生活方式的象徵；裸露意味著新發現和經歷過的真理。脫衣服的行為就變成了精神解放的行為，成為了現實」〔註41〕。相反，「魔幻現實主義」小說展現了文化的「魔幻」和宗教元素，並將其視為獲得完整人類體驗的唯一可能途徑。

　　「魔幻現實主義」小說以及「超現實主義」運動使人們重新關注集體文化的基本作用，在這種文化中，「魔幻」、宗教信仰和神話這些主題成為了通向世界非理性形態的最佳途徑。當現代發明和觀念滲透到「魔幻現實主義」的孤立領域時，它們便被整合為與「現實」本身不符的不同觀念集合的一部分。但是，這些對象或思想並不能代替這些地方的「魔幻」對象或特徵。幾代馬孔多人認為現代發明是沒有價值的花招，就像現代人面對鬼故事一樣。在馬孔多的世界，或者在卡彭鐵爾精心描繪的海地，男人和女人都體驗著真理，並在一種充滿了「魔幻」的秩序中找到了人類的內在感覺（inner sense）。而且，這些經驗所提供的精神解放（不同於西方現代化）絕不是個人實踐。在「魔幻」體驗中，社區是各種儀式的主體。這些故事不是個人的闡述，而是幾代人傳承的傳說。在現代世界中，「魔幻」體驗的集體性和豐富性（象徵性

〔註41〕 Berman M: *All that is Solid Melts into Air-The Experience of Modernity*, New York: Penguin Books, 1988, p106.

和主題性）都是不可能的。「魔幻現實主義」表明，這些經歷不能從拉丁美洲文化中消除，因為它們擁有西方現代化無法企及的東西：通過一種「整體性」解放人類的生活。

　　「魔幻現實主義」小說否認了人類從迷信和「魔幻」實踐中解放出來的必要性。但是他們也沒有停止譴責資本主義對人類的剝削。因此，「現代」的矛盾再次在拉丁美洲世界以不同的形式發生。「魔幻現實主義」將世俗化和資本主義剝削視為對拉丁美洲命運的兩個潛在威脅。馬孔多或科馬拉越遠離過去，越接近現代化，就意味著越接近毀滅。甚至資本主義的剝削以另一種方式發展了「魔幻現實主義」。在《百年孤獨》中，聯合水果公司和馬孔多人口變動表明，拉丁美洲政府和美國政府提倡的所謂資本主義其實是新殖民主義侵略的一種激進形式，而不是現代資本主義。加西亞·馬爾克斯在他的幾本小說中巧妙地表達了這一觀點，尤其是《族長之秋》（*El otoño del patriarca*, 2014）和《百年孤獨》。儘管馬孔多的衰落歷經了許多代人，但美國聯合水果公司的到來，將城鎮帶向了不可避免的毀滅。聯合水果公司在馬孔多建立的經濟關係再次導致了現代主義的推遲。從文化和空間角度來看，這家美國公司享有馬孔多殖民地所有的特權。布朗先生（公司總裁）和公司的其餘人員，搬到馬孔多來控制香蕉的生產，將自己與當地人隔離在一個被電網包圍的大院裏。只有很少的當地人能看到哥倫比亞土地上的美國防禦工事的內部。這些防禦工事是用來控制當地軍隊、當地警察、地方政治勢力、當地勞動力以及香蕉的生產。一旦馬孔多工人遭受惡劣對待，工人自己便組織工會來要求更好的工作條件，由此產生了階級鬥爭。

　　馬孔多工人的要求是什麼？改善房屋的衛生條件，改變他們認為的騙人的醫療服務和要求公平的工作條件。出現在加西亞·馬爾克斯筆下的工人生活根本不像發生在 20 世紀，他們更像是生活在狄更斯筆下的英格蘭。聯合水果公司（United Fruit Company）並未為當地員工建造廁所，但為每 50 人提供一個便攜式廁所。醫療服務包括向患病的工人提供一種藥丸（總是相同的藥丸），無論他們患什麼疾病。聯合水果公司沒有向工人支付工資，而是向工人出售糧票，只能用來購買美國火腿。——該公司在將香蕉運往美國後，再將自己的火腿運到拉丁美洲。面對當地工會提出的要求，聯合水果公司採用兩種方法來拒絕所有想要更改生產關係的請求：（1）操縱當地法律制度（2）使用國家這個鎮壓機器。在這兩種情況下，加西亞·馬克斯都利用誇張、荒誕，

以及「現實」與幻想的結合來描述公司的伎倆。所有這些技巧都有一個特定的目標：否認工人的存在感。作為工會領袖，何塞・阿卡迪奧・塞貢多（JoséArcadio Segundo）以非常現代的方式扮演革命者的角色（就像他的祖父奧雷利亞諾・布恩迪亞一樣）。

在西方世界，資產階級和工人之間的對抗是現代化建設的基本元素。馬孔多的情況完全不同。首先，聯合水果公司通過使用各種法律手段成功地否認了工人的存在感。地方政府和中央政府同意他們的意見：從法律上講，工人不存在。加西亞・馬爾克斯以此巧妙地再現了這一現實：首先，因為工人根本不存在，所以根本不可能贏得與具有絕對控制力的跨國公司的鬥爭；其次，當工人在身份未被承認之後繼續戰鬥時，公司展現了第二輪毀滅機制：工人被當地軍隊屠殺，屍體被帶上火車拖到海岸，然後被扔進海裏。在馬孔多，工人、工會會員，甚至他們的子女和妻子被殺，被剝奪了為自己的事業而死的權利。儘管何塞・阿卡迪奧・塞貢多目睹了三千多人的大屠殺，但聯合水果公司和中央政府還是傳出了一個消息：無人死亡，軍隊與工人之間從未發生過對抗。因此，馬孔多從法律上、身體上和歷史上都拒絕了工人的存在。沒有工人，就沒有現代化；沒有工人，就沒有現代剝削；沒有工人，就沒有貿易自由。香蕉大屠殺向馬孔多人宣布，在現代世界，他們無處容身，因此，馬孔多人被不斷譴責並走向孤獨。慘案發生後，這家美國公司利用下大雨的時機（可能由他們自己的科學家引發的普遍性洪水）離開了這個小鎮。何塞・阿卡迪奧・塞貢多和成功從大屠殺中逃脫出來的小孩將會在接下來很多年不斷講述大屠殺的故事，但沒人會相信他們。聯合水果公司沒有在馬孔多倡導現代資本主義，而是採用了殘酷的新殖民主義剝削方法，僅僅讓他們死亡，並且破壞了自然和小鎮。中央政府放棄了領土的所有主權。顯然，儘管肯尼迪及其顧問指責拉丁美洲無法在拉丁美洲國家實施現代化，但事實是美國從未打算在拉丁美洲推廣現代化。從美國的角度來看，這次失敗的根源與拉丁美洲人心態的內在特徵有關：「如果拉丁美洲人只控制自己的『情緒』，就停止尋找『替罪羊』，並模仿他們受到良好教養的北部鄰居。他（林肯・戈登）建議，他們的許多問題都可以克服。他建議，拉丁美洲人要做的唯一一件事就是認識到他們的文化失誤，接受客觀的社會科學分析工具，並轉向這一任務（……）戈登還描繪了一個通過其自身的

理性技能和決心飛速攀登到現代高度的美國。」〔註 42〕這些「魔幻現實主義」小說通過指出那些歷史事件證明了美國對拉丁美洲的干預具有確保其霸權國際地位和防止共產主義在該地區蔓延的目的，能夠揭穿被視為現代化的殖民主義謊言。現代化作為一種意識形態是使美國作為「民主國家」和「帝國」這種雙重身份合法化的方式。

總之，現代化是理解「魔幻現實主義」意識形態鬥爭的基礎。與許多人所推斷的不同，「魔幻現實主義」並沒有完全否定現代化，因為大多數小說情節都證明了拉丁美洲文化渴望進入到現代化過程中。然而拉丁美洲現代化的性質與西方世界的現代化是大為不同的。一方面，「第三世界」現代化進程的特徵不是資產階級社會所產生的矛盾，而這些矛盾也不可能真正出現。現代化從來沒有真正發生過，但是自被廣而宣之以來，它已成為社會的理想。因此，在「魔幻現實主義」中，拉美人民的悲劇不是經受著資本主義社會中典型的矛盾，而是源於現代化實現的無望。另一方面，「魔幻現實主義」預見了西方世界的一些現代化矛盾（利潤的普遍化、生活各個方面光環的喪失、個人主義），並利用拉丁美洲種族融合的豐富文化（「魔幻」、集體文化、信仰）和反資本主義態度與之對立。「魔幻現實主義」似乎想要現代化，因為它喚起人們對改變、革命、民主和科學知識的渴望，但也拒絕成為一種殖民主義，拒絕威脅到人們的無意識與集體文化的聯繫，和拒絕將所有的人類活動商品化。這種對現代化的矛盾態度與西方世界的反現代主義運動（先鋒派運動、虛無主義和人道主義）相呼應，但與它們不同的是，「魔幻現實主義」具有歷史上的反殖民主義背景，還有印第安人和黑人的神話傳說和集體儀式。印第安人和黑人都是拉丁美洲文化的一部分。從這種特權的角度來看，「魔幻現實主義」提出了問題，並作為意識形態為現代化提供了西方世界尚無法作答的答案。

二、人類學視角

一旦將現代化作為「魔幻現實主義」的基本意識形態進行分析，我們就可以確定與其相反的路徑：人類學論述。正如現代化是西方（尤其是美國）試圖用來改造「第三世界」的最重要意識形態一樣，人類學論述是西方（尤

〔註 42〕Latham M: *Modernization as Ideology*, Chapel Hill: The University of North Carolina Press, 2000, p94.

其是歐洲）理解和描述「第三世界」新挑戰的基本方法。作為意識形態的現代化和人類學視角都是對第二次世界大戰結束後世界新格局的回應。在這種新格局下，「第三世界」成為了資本主義和共產主義之間的「冷戰」戰場。旨在理解「他者」的人類學視角尤其具備了第三種意識形態的功能。以反對西方資本主義和所謂「第三世界現代化」著稱的拉美作家在30年代有機會可以體驗共產主義美學：「社會主義現實主義」。但是，正如在第一章中所述，當時，拉丁美洲最有影響力的知識分子從歐洲歸國，大多數人都受到了「超現實主義」運動和其他先鋒運動的影響。當時有兩種文學道路，一種是以拉丁美洲社會的現代化（描述拉丁美洲新的資產階級）為方向，一種是以強調社會主義革命或本土革命的可能性為方向，拉丁美洲作家選擇了第三條道路：人類學視角。這對「魔幻現實主義」作為一種新的文學形式的構成產生了決定性的影響，但同時也導致了深刻的矛盾。

「魔幻現實主義」對作為一種意識形態的「現代化」抱有一種質疑的態度，不僅質疑現代化（作為一種特定西方現象）本身的內在矛盾，而且還特別質疑在拉丁美洲推廣的「假現代化」。與此不同，人類學論述卻被毫無批判地接受了，成為了「魔幻現實主義」的文學方法論。值得指出的是，首先，人類學視角源自於歐洲，其次，這一視角對於「他者」的看法矛盾重重。伊曼紐爾·沃勒斯坦（Immanuel Wallerstein）〔註43〕曾用這種人類學來分析非西方的地方的特徵：「他們（人類學家）的工作前提是，所研究的群體不享有現代技術，沒有自己的寫作系統，沒有影響力超越其統治群體的宗教。他們被稱為『部落』：相對較小的群體（就人口和居住地區而言），具有共同的習俗，共同的語言，在某些情況下還具有共同的政治結構。用19世紀的語言解釋的話，他們被認為是『原始人』」。人類學家的任務是表明他對該群體的密切觀察情況，同時試圖瞭解他們的生活方式、語言、習俗和故事。沃勒斯坦認為，「參與式觀察」並通過「工作」領域獲得第一手資料至關重要。這可以使他們成為文化之間的媒介。由於大眾認為生活在原始狀態的居民沒有歷史，人類學家的任務就是在殖民者到來之前重建該群體的歷史。沃勒斯坦得出的結論是，人類學家在建立殖民地的過程中提供了大量關鍵信息，給予了很大幫助。

人類學視角帶來的現代與原始的比較是基於對原始思想的新分類，相對於現代思想而言，原始思想並不是古老的或未開化的，而是一套在理解人類

〔註43〕Wallerstein I: *World-Systems Analysis*, Durham: Duke University Press, 2006, p7.

存在意義方面具有特色的複雜系統。毫無疑問，這一領域最有影響力的思想家是克勞德・列維・斯特勞斯（Claude Lévi-Strauss）和卡爾・古斯塔夫・榮格（Carl Gustav Jung）。列維・斯特勞斯在其作品《野蠻的頭腦》（The savage mind）〔註44〕中，質疑先前的思想，之前人們認為原始思想是無能的，其語言缺乏概念性詞彙，並且受實用主義而非好奇心支配。列維・斯特勞斯還對「在原始世界中，許多事物都缺乏名稱」這一看法進行了辯駁。相反地，他對原始思想進行了歸類，並總結道，原始思想的發展目的是獲取知識，而不僅僅是為了客觀實用性。此外，原始思想（就像現代思想或科學思想一樣）具有對自然物體進行分類的強烈趨勢，這些自然物體（不同於現代思想和科學思想）被整個社區所共有，包括兒童。列維・斯特勞斯將原始人類對世界進行規劃、分類的必然行為定義為不可否認的科學行為。他們按照一些複雜的參數來對周圍環境的分類，例如動物群形態，動植物之間的關係，植物與數學圖形之間的關係，植物及其醫學用途。他們描述特定對象（例如樹木的葉子）時會有豐富的詞彙，這也表明著他們擁有一種複雜的語言系統。但是，最重要的是，某些分類與他們的實際生活沒有任何關係，並且與現代世界稱為理性知識的部分相對應。對植物和動物進行分類的這種特殊熱忱成功地創造了重要的科學解決方案。列維・斯特勞斯將「魔幻」思想視為原始思想整個範式中最重要的概念之一。「魔幻」的思想解釋了原始人用來與世界互動的特殊方法。「魔幻」思想的邏輯與現代思想或科學思想相反，但兩者都體現了人類規劃組織世界的必要性。因此，「魔幻」的邏輯趨向於確定性，它受到無意識以及通過人類感覺來評估物體的特定方法論的極大影響。

　　原始思想在列維・斯特勞斯所指的神話框架中系統地規劃了所有知識，「神話和儀式遠非像人們常常說的那樣是人類背離現實的『虛構機能』的產物。它們的主要價值就在於把那些曾經（無疑目前仍然如此）恰恰適用於某一類型的發現的殘留下來的觀察與反省的方式，一直保存至今日：自然從用感覺性詞語對感覺世界進行思辨性的組織和利用開始，就認可了那些發現」〔註45〕。現代思想可以提供任何形式的概念，而「魔幻」思想同樣是人類符號的提供者。原始思想的特徵意味著對人類存在的不同理解。例如，原始思想通過強調當前的時間來組織世界，而對知識的不斷追求並不

〔註44〕Lévi-Strauss C: *The savage mind*, London: The Garden City Press, 1966.
〔註45〕Lévi-Strauss C: *The savage mind*, London: The Garden City Press, 1966, p16.

意味著對特定目的的追求。它經常使用比較和類比。它們作為一組集合工作，可以改變對象的位置，但不會更改結構本身。因此，神話是原始人的方法論、工具、發現和認識世界的證明。與科學思想的產物不同，「魔幻」思想產生的神話是抽象思想與美學思考之間的結合。列維·斯特勞斯認為，神話同時具有神話象徵意義和實用功能。它們的敘事結構不受歷史事件的制約，其含義總是固定不變。這種特殊的特徵使神話能夠在不同的情況下被複製和使用〔註 46〕。列維·斯特勞斯在他的另一本著作《神話與意義》中還補充道，神話具有全面理解宇宙的雄心。這一特徵意味著原始思想的意圖是涵蓋比科學思想更廣泛的知識。如前文所述，「魔幻現實主義」小說的意圖是提供一個拉丁美洲歷史的整體感。因此，對神話特殊性的理解可以使我們明白為什麼「魔幻現實主義」在其敘事中採用了某些傾向，「野蠻頭腦的這種極權主義野心與科學思維的過程大不相同。當然，最大的區別是這種野心不會成功。我們有能力通過科學思考來掌握自然界的知識——我不需要詳述這一點，這一點很明顯——當然，神話並沒有賦予人類更多的物質力量來控制環境。然而，非常重要的是，神話給人一種幻想，即他可以理解宇宙，並且他確實可以理解宇宙。當然，這只是一種幻想」〔註 47〕。列維·斯特勞斯指出，現代人的心理能力下降的主要原因是我們的感官知覺變差了。現代世界為理解世界帶來了巨大的優勢，但是與原始世界相比，現代思想已經喪失了原始人類所熟悉的基本心理功能。

另一方面，榮格的作品強調了原始思維的非凡能力，以及現代人如何喪失了這些能力。榮格指出原始思維由三種要素構成：（1）夢；（2）無意識；（3）符號的產生。鑒於與自然的特殊關係，原始人類的思想與動物密不可分，在許多情況下，原始人的靈魂是由許多不同的部分組成。而榮格以及他的老師西格蒙德·弗洛伊德（Sigmund Freud）認為，夢境和精神疾病是象徵性內容的巨大來源，即被有意識的思想以這樣或那樣的方式抑制了的象徵性內容。弗洛伊德和榮格認為，通過「自由聯想」，人類可以進入這種無意識過程。榮格做出的假設是，夢和無意識的產生都具有原因和目的。無意識被榮格（1988）[32]描述為一個龐大的實體，是被孤立的複雜而有意義的內容，「無意識的一部分由許多暫時模糊的思想、印象和圖像組成，儘管這些思想、印象

〔註 46〕Lévi-Strauss C: *The savage mind*, London: The Garden City Press, 1966, p26.
〔註 47〕Lévi-Strauss C: *Myth and Meaning*, London: Routledge Classics, 2001, p6.

和圖像已經不在了，但它們仍在繼續影響我們有意識的頭腦」。榮格認為，精神疾病是對無意識的表達，因此，應將精神疾病視為有意識和無意識之間的一種不平衡關係。在現代人的心理中，思想被壓抑的狀況似乎比原始人更加常見。因此，榮格認為，原始人知道如何應對無意識，然而現代人卻無法做到。潛意識不僅是人類所有遺傳智力的存放地，有時還是預示或找到問題的創新解決方案的方式。現代人放棄了思想中的所有潛意識元素，不再重視夢，「因為在我們的日常經驗中，我們需要盡可能準確地陳述事物，並且學會了拋棄幻想的裝飾物，無論是語言還是思想。因此，我們喪失了這種在原始思想中仍然具備的品質。我們大多數人已經將所有神奇心理聯想委託給了無意識，每個物體或思想都具有的心理聯想。而另一方面，原始人一直具有這些心理特性。他賦予動物、植物和石頭強大的力量，對我們來說，這些力量是奇怪的和無法接受的」〔註48〕。

　　原始思想及其聯繫的豐富性以及與自然的特殊關係在現代化中已失去其所有重要性。這種聯繫使我們的意識失去了潛意識。通過注意到夢對原始人類的重要性，榮格確立了夢在保持人類心理平衡方面的基本作用。同樣，他指出，隨著現代的世俗化進程，我們思想中的鬼魂和魔鬼並沒有從我們的思想中消失；他們只是採取了其他形式。現代人沒有能力應對這些惡魔，而原始人總是與他們保持聯繫。在本能與理性之間的對抗中，現代化認同使人擺脫迷信的暴政。其後果正如榮格〔註49〕提出的那樣，現代化也對人類的思想造成了巨大的損失，「原始人比他的『理性』現代後代更受自己的直覺支配，後者已經學會了『控制』自己。在這個文明的過程中，我們越來越將我們的意識從人類心理的更深層次的本能層面，甚至最終從心理現象的軀體基礎上分開。幸運的是，我們沒有失去這些基本的本能層次。儘管它們可能只以夢象的形式表達自己，但它們仍然是無意識前夜的一部分」。由於我們意識的這種分化，現代人似乎沒有能力構造符號。對於原始人來說，符號是本能和圖像結合的產物，它們大多作為古老神話的一部分出現。榮格認為，神話是人類心靈的前史。這些神話具有類似的夢境模式，例如，它們專注於破壞世界或恢復世界。像蛇或龍之類的符號在不同的文化和啟蒙儀式中是常見的符號。所有人類都保留了祖先的這些符號和圖案，但是現在成為了腦海中被遺忘的

〔註48〕Jung C G: Man and his symbols, New York: Anchor Press, 1988, p45.
〔註49〕Jung C G: Man and his symbols, New York: Anchor Press, 1988, p52.

一部份。只需將此內容稱為「原型」即可。榮格對模式的解釋為我們理解不同人的性格類型提供了重要的啟示。

　　人類學如何成為「魔幻現實主義」的中心思想？人類學視角首先是對科學思想的回應，該思想主導了19世紀對拉丁美洲的解釋。換句話說，人類學視角是西方現代化描述拉丁美洲文化的框架的對立面。從「政治無意識」的角度來看，現代化作為一種意識形態和人類學視角，不僅在同一「現實」中表達了完全相反的價值，在歷史方法論上也取向不同。在19世紀，科學話語尤其受到穿越拉丁美洲領土進行未知自然科學探索的歐洲旅行者的推動。這些知識分子中最重要的人物應該是亞歷山大・馮・洪堡（Alexander von Humboldt），他的植物地理在歐洲創造了拉美的特殊形象。科學話語對拉丁美洲的敘事產生了深遠的影響。然而，在20世紀，人類學視角允許拉丁美洲作家將注意力集中在拉丁美洲歷史和文化的新方面。這些方面中最重要的是拉丁美洲土著人和黑人的神話和文化。

　　一方面，人類學視角是探索神話豐富性的完美方法，這種豐富性是拉丁美洲大陸民族學的特徵。但是，這也使拉丁美洲的知識分子可以將他們的作品定位於歷史的開端中，在殖民者到來之前，「他者」（土著或黑人）曾經居住過，另一方面，人類學視角是對以前占主導地位的拉丁美洲論述的反駁。在征服和殖民時期的大部分時間裏，法律話語和科學話語主導著對拉丁美洲「現實」的解釋。這兩種話語都成為人類學視角的目標，人類學視角將其視為外部的和壓迫性的觀念。西班牙古老的法律制度和科學思想被認為無法表達拉丁美洲的真正「自我」。人們認為人類學視角能夠對此類話語的歷史時間和評估標準提出相對論。「新敘述展開了舊編年史中講述的歷史，表明這種歷史是由一系列主題組成的，這些主題的連貫性和作者地位取決於意識形態結構不再有效的時期所編纂的信念。就像西班牙大帆船在《百年孤獨》的叢林中搖搖欲墜一樣，編年史的法律論述也很爛，在新的敘述中缺乏有效性。同樣，現代小說通過展示其最受讚賞的概念的相對性，或通過將字面意義隱喻為支持這種知識的方式，來描述19世紀拉丁美洲的強大科學支架。」〔註50〕

　　「魔幻現實主義」對土著人民和黑人神話的特殊興趣表現為不斷尋找拉丁美洲人民的起源地。好像通過尋找拉丁美洲居民的原始痕跡，便有可能重

〔註50〕González Echavarría R: *Mito y Archivo: Una teoría de la narrativa latinoamericana*, D.F: Fondo de Cultura Económica, 2011, p48.

建拉丁美洲文化的真實身份。從這個意義上說，每部「魔幻現實主義」小說都是通往「地理大發現」之前的拉丁美洲的旅程。這段旅程可以使我們回到它的誕生時期，然後回到與時俱進的起源時期。通過尋找非洲大陸的「真實」身份並復原原始身份被分割的過程，「魔幻現實主義」小說打算找到歷史開始之前的拉丁美洲。拉丁美洲存在的這個起點變成了神話，因為它必須解釋拉丁美洲的創造。通過尋找起源，人類學視角還需要改變在起源被破壞之後使用的後續話語。在「魔幻現實主義」中，很難將歷史和神話區分開的一個事實原因是，敘事材料是起點的描述（最純淨的神話過去）和尋找那個起點（不純淨的歷史）。為了找到起源，敘事材料和人物需要經歷歷史的各個階段，直到他們能夠在原始的過去中捕捉到自然和人民不受外部力量污染的歷史。因此，人類學視角鼓勵「魔幻現實主義」尋找原始的神話、原始的語言和原始的信仰。一旦作家們找到了他們文化的原始方面，作家們講述的故事也就變成了神話。通過處理「最純淨」的文化，作家們承擔起重建文化的使命。

通過將起點視為拉丁美洲歷史的真實和原始部分，並通過使歷史成為小說人物尋找原籍的必經之路，歷史本身成為神話，神話成為歷史。在小說中，神話和歷史之間的差異以不同的方式呈現給讀者。因此，神話講述了起源，「『他者』的歷史、亂倫、禁忌和人類的基本行為」（岡薩雷斯，2011）[55]。雖然歷史留存在用書面語言編纂成的手稿或書籍之中，但很少有人具有解釋這種歷史的能力。歷史與神話的融合在小說中復活。與拉丁美洲的神話特徵相關的故事以不斷重複的模式呈現，並在不同小說人物的命運中不斷重複。這些故事可能會有微小的變化，但結構始終保持不變，這清楚地表明時間在循環中移動，一個世代與另一世代之間沒有任何重大差異。取而代之的是，與歷史相關的故事以線性方式呈現，現實與歷史的距離已無可避免地穩定下來，從那時起，唯一可能的結果是原始文化的逐步破壞和生命真實感的消亡。

可以說，神話的內容屬於整個社區。它一代又一代地傳給了一代人，尤其是社區中最年長的人，例如《百年孤獨》中的厄休拉。這種循環性和重複性也使語言符號彼此不同，從而使其備受爭議。因為這些文字側重於氏族、部落、家庭的家譜、而不是個人命運。小說人物則被認為是生活在不同的歷史時期但具有相似類型的性格（如榮格提出的性格類型）。最明顯的例子是布恩迪亞的家人。阿爾卡迪奧斯（Arcadios）頑強、性慾強、身體強壯並舉止衝動。奧雷利亞諾孤獨，孤僻（儘管性格冷酷），具有強大的軍事，哲學和占卜

能力。在馬孔多，不同世代的所有名叫阿爾卡迪奧斯（Arcadio）和奧雷里亞諾（Aurelianos）的人都將具有相同的個性。他們中的一些人將重蹈祖先的命運。這表明，世界神話結構的循環性涵蓋了人類生活的各個方面。它甚至通過反覆使用類似的句子來描述不同的「現實」情況，比如用來限制馬孔多人物說話的方式。這種語言行為在他們的生活中造成了各種類型的誤解。

相比之下，歷史內容是書面的，秘密的，因此小說中很少有人物可以使用。如果以《百年孤獨》為例，那麼只有梅爾奎德斯和最後的布恩迪亞（奧雷里亞諾·巴比羅尼亞）才知道馬孔多的歷史。梅爾奎德斯是因為他是編寫它的人（甚至將來的事件），布恩迪亞是因為他是解釋它的人。歷史時間有開始和結束，因此它與出生和死亡有關。儘管神話時代的循環不斷重複，但歷史時間卻宣告了世界的未來。歷史的書籍還談到了改變原始生活「和諧」的外來者，也談到了其他國家帶來的衝擊。帶有政治概念的「歷史」是由中央政府的官員撰寫的，由梅爾奎德斯（Melquiades）這樣的外地人負責，通常，它所呈現的內容都是當地人所不熟悉的。造成歷史變化與地方惡化的人物是政客、律師、商人和國家公務員。這種歷史書寫使得原住民根本無法理解政治和經濟進程中自己生活的變化。因此，如果說神話是關於起源的故事，那麼歷史就是故事的終結。

拉丁美洲人類學視角的發展是 20 世紀西方文化中發生的兩種重要現象的產物：（1）第一次世界大戰之後出現的歐洲中心主義危機；（2）在歐洲先鋒運動中形成的反現代代思潮。然而，人類學視角在拉丁美洲的傳播卻經歷了兩個不同的階段，並產生出不同的文學效果。首先，從 20 世紀 20 年代到 40 年代，人類學視角主張拉丁美洲與歐洲文明區分開來，同時強調歐洲的衰落是展示拉丁美洲文化豐富性的機會。在第一階段，人類學的「田野工作」仍然與科學思想有很大關係。著名的人類學家進入原始社區，展示了科學探險的英雄形象。這項工作包括用一段時間學習當地人的語言，觀察當地人的社會動態，包括行為和禮節。由此，人類學家能夠通過對觀察結果的真實描述來解釋社區的核心價值。這種特殊的人類學視角影響了拉美大陸的不同文學流派，特別是那些與地方主義有關的文學流派。儘管這些小說提出了對拉丁美洲世界的新視野，但它們存在兩個矛盾之處：首先，原始社區被呈現為一種有組織的文化形態，其中所有要素都是連貫的；其次，對社區的科學觀察導致產生了一種小說，其特徵在於對「現實」情況的真實描述。這些小說

大多被視為現代拉丁美洲文學。從技術角度看，他們無法克服西方現實主義的影響，從意識形態角度，它們仍然與對拉丁美洲社會的科學解釋聯繫在一起。這些小說最主要的代表是《唐娜芭芭拉》和《漩渦》。

　　進入人類學視角發展的第二階段是由於在 20 世紀 50 年代，拉丁美洲發生了巨大的政治變化。這一時期，拉丁美洲的政治意識特別活躍，這是對美國日益增加的干預主義的回應，也是對古巴革命成功的回應。新的人類學視角認識到根本不可能存在對「他者」的解釋，由此捨棄了先前人類學追求的理論客觀性。新的人類學視角公開承認「解釋」是一種擁有權力地位的研究者與作為被研究對象的「他者」之間的關係。因此，在這兩個主體具有平等的政治權力的情況下，新方法人類學研究可以促使這兩個活躍的主體參與、互相交換意見。這就是作為「魔幻現實主義」方法論背景的人類學視角，「正如羅蘭・巴特所說，民族志是人類科學話語接近小說話語的最早案例之一；與此同時，小說不僅開始被認可其表達作用，而且開始被認可其啟發性價值。這樣，一個罕見的邊緣地帶開始被發現，這個地帶試圖澄清它相對於小說的地位，某些主題突出的民族學認識論可以納入敘事和散文。」（溫伯格 Weinberg，2008）[324] 總而言之，新人類學不僅提供了對「他者」的意識形態理解，而且還可以嘗試新的話語和敘事技巧模式。確實，這些新技巧旨在通過更真實的方式展示「他者」，竭力避免科學思想所追求的連貫性對「他者」的肢解。

　　魯爾福是第一位「魔幻現實主義」作家，他比別人更加理解人類學視角在拉丁美洲小說創新中的潛力。魯爾福的作品《佩德羅・帕拉莫》和《燃燒的平原》（*El llano en llamas*）影響了加西亞・馬爾克斯、洛薩，甚至幾代拉丁美洲作家的作品，這是因為他對講述拉丁美洲背景故事的新方式有深刻的見解。魯爾福是墨西哥內陸的永恆旅者，也是一位攝影師，他用相機永遠記錄下了墨西哥那些偏遠而被遺忘的地方。他還在一個研究土著人的國家研究所擔任編輯，從 1963 年到 1986 年，他幫助出版了許多關於墨西哥土著人民的專業書籍和雜誌。如果說第一代「魔幻現實主義」作家（阿斯圖里亞斯、卡彭鐵爾、彼特里）通過受到「超現實主義」影響、翻譯歐洲本土書籍或對拉丁美洲舊有傳統進行學術研究等方式，接受了人類學視角的學術教育，魯爾福則是第一個實際從事野外工作，實地觀察當地社區，記錄研究成果，並不斷從事當地文化材料研究的人。這些經歷對其作品的技巧和內容都產生了巨大的影響。

　　《佩德羅‧帕拉莫》脫離了傳統的人類學視角。實際上，佩德羅‧帕拉莫人物的故事是基於胡安‧佩雷斯‧約洛特的故事——由墨西哥人類學家里卡多‧波扎在 1952 年記錄的故事。這種人類學研究與魯爾福的小說有何不同？波扎的作品具有科學的連貫性和線性發展的特點，這是 20 世紀 20 年代人類學視角的特徵。相反，《佩德羅‧帕拉莫》則用神話重新講述了這個故事。首先，以口語化的語言講述事件，將高度詩意的語言與通俗的表達方式，方言以及模棱兩的對話結合在一起。其次，故事是在非線性的時間性中組織的，甚至生與死之間的界限也被模糊了。這樣，科馬拉村居民的故事就超越了他們自己的死亡。作為原始的神話空間，科馬拉村是存在於小說人物扭曲的記憶中的失樂園。第三，小鎮同時也是煉獄，悲傷中的靈魂在此不停地徘徊，為自己的罪惡贖罪。因此，小說是一種碎片片段，為複雜的整體時間提供了支持，「打破了現實敘事的慣例，事件的線性，連續和因果重述的效果也被打破。這種因果關係的敘述也是構成規範的歷史敘述的線。因此，由並列的片段組成的文本組織是一種新的組織模式，產生了新的意義組合和星座」（溫伯格，2008）[327]。

　　《佩德羅‧帕拉莫》似乎沒有起點或終點，因為它的時間結構集中在當下。這就是為什麼對話是主要敘事方法的原因。在《佩德羅‧帕拉莫》中，主角胡安‧普里亞多前往母親的家鄉尋找父親。他從外部世界到內部世界的旅程是尋找失去的身份的過程也是記憶與遺忘之間的鬥爭。魯爾福通過建立一個遵循「魔幻」思想和神話材料規則的故事，成功地解構了科學和現實主義的話語。顯然，魯爾福不僅僅是談論當地人的信仰和故事，而且從他們的角度介紹這些故事，就像他們自己在講這些故事一樣。該鎮的大多數居民是佩德羅‧帕拉莫的兒子，其中一些人過著亂倫的生活，大多數人是幽靈，有些人是瘋子。馬鬼不斷在城鎮中奔跑。一個死人講述了一個被毀城鎮的故事。佩德羅‧帕拉莫既是他自己的城鎮與人民的國王也是破壞者。所有這些原型都來源於基本的原始思想和原始神話。魯爾福沒有談論神話，他讓神話說話。

　　不同於歐洲「現代派」常常通過利用現代情節和舊神話之間的一些圖像、比喻或鞏固現代情節與舊神話之間的聯繫，「魔幻現實主義」小說則試圖將現代小說轉變為古代神話的媒介。現代形式（小說）和古代內容（神話）之間的這種特殊的緊張關係導致了雙重矛盾，在這種矛盾中，小說類似於神話，而神話卻接受了西方講故事的標準。眾所周知，魯爾福的這部小說能夠徹底適

用新的內容和新的表述方式，神話本身也是一種易適用的結構。「魔幻現實主義」給人的印象是這些小說都是神話，但事實是這些文本繼續作為小說被創造和呈現。然而，神話的特徵，如總體的嘗試，神奇的邏輯，豐富的無意識內容，非線性時空性，以西方文學從未有過的探索方式改變了現代小說。通過改變小說作為一種流派的侷限性，「魔幻現實主義」確立了一種新的意識形態配置，其中神話、迷信和通俗文化成為敘事實驗的特殊材料。此外，通過突出拉丁美洲文化的特定方面，「魔幻現實主義」迫使小說完成了以自己的意識形態為基礎的轉變：現代化的世俗化。這種轉變意味著原始文化被小說接受，但與此同時原始文化又適應了小說的規則。因此，通過將「魔幻現實主義」確定為試圖探究拉丁美洲身份起源的小說類型（其目的就是以一種整體結構來呈現拉丁美洲歷史，並使用神話內容作為其故事的主要來源）我們可以看到人類學視角作為一種基本要素對小說的巨大影響。

即使在第一位「魔幻現實主義」作家的小說中，神話也是作家們理解拉丁美洲「現實」的關鍵。20世紀30年代，在喬治·雷諾德（George Raynaud）教授的影響下，阿斯圖里亞斯協助翻譯了《波普爾·武》（Popol Vuh），這是一本神聖而古老的書，其中包含危地馬拉基切人的神話。儘管50年代的小說假裝是神話，但第一部「魔幻現實主義」小說卻在神話與情節之間建立了不同的關係。直到小說《總統先生》，讀者已經無法確定哪一部分是神話，哪一部分是歷史，至此，歷史內容和神話內容才得以模棱兩可的方式呈現。然而，神話是歷史的元文本。神話的內容呼應了歷史事件的意義，在神話與歷史之間形成了錯綜複雜的對話。這兩個內容的緊縮是如此緊密，以至於有時很難看到一個在哪裏結束而另一個在哪裏開始。「這種預言象徵著安赫爾的犧牲。在到達港口乘船前往華盛頓之前，他被總統先生下令暗殺。因此，印度的神話主題通過夢想和幻象非常巧妙地融入了小說中。同時，它們也服從於整個原型結構，即路西法從樂園墮落的結構」（萊阿爾，1968）[242]。從阿斯圖里亞斯的第一本小說到魯爾福和卡彭鐵爾全心創作的小說，「魔幻現實主義」作家力求不僅將神話融入「現實主義」小說中，而且還將其融入的神話作為小說的中心話語，從而將歷史話語放到了次要位置。

在50年代卡彭鐵爾和加西亞·馬爾克斯的作品中，人類學視角達到了完全成熟的狀態。一方面，這種方法使他們能夠使用魔幻般的「現實主義」來摧毀本國的官方歷史和整個拉丁美洲的歷史，從而使「他者」的聲音成為敘

述的中心。另一方面，一旦「魔幻現實主義」改變了小說的特徵並為拉丁美洲在世界上確立了新的地位，「魔幻現實主義」作家就試圖攻擊西方文化的中心地位（卡彭鐵爾），或由此展開西方與拉美關係的新談判。

拉美文化是西方文化的重要組成部分（加西亞·馬爾克斯）。首先，人類學的方法及其在「魔幻現實主義」小說中的影響代表了反現代主義的態度，指出了現代化給人類生活帶來的損失。其次，人類學視角作為拉丁美洲文學表現形式是對價值的重新談判，這種變化是在拉丁美洲文化和經濟上的現代化明顯失敗之後進行的。第三，人類學視角通過提供拉丁美洲歷史和文化的新座標，使拉丁美洲作家有可能（即使不是全部）從西方文化中獲得部分文化獨立。與其他拉丁美洲作家相比，卡彭鐵爾和加西亞·馬爾克斯的作品中，人類學視角和原始思想的不同特徵被濃縮成一種新的小說形式。在《百年孤獨》與《消失的足跡》中，小說的神話形式並沒有限制自己並為拉丁美洲提供新的視野。人物的故事和他們的生活成為人類歷史的隱喻，使拉丁美洲文化不僅僅是「第三世界」的表達。

但是，很明顯，人類學視角有其自身的矛盾。這些矛盾在西方世界對「魔幻現實主義」所做的解釋中尤為明顯。其中最重要的就是作為人類學前提的假設，根據這種假設，外來者可以認識「他者」，並且從更根本的意義上來說，可以成為他的代言人。這種矛盾源於這樣一個事實，即拉丁美洲的「魔幻現實主義」作家不屬於拉丁美洲的土著或黑人。他們用殖民者的語言西班牙語寫作，他們用來書寫的體裁是最具象徵意義的西方現代體裁（小說）。他們原始資料的來源是翻譯作品或經過多次轉譯的翻譯作品。人類學視角宣布了對拉丁美洲真實性的尋求，而拉丁美洲真實性始終是「魔幻現實主義」的主要目標，但由於「他者」仍然未知，因此從未實現。「魔幻現實主義」投射的是「他者」的人類學形象，無論是土著人還是黑人。但是「他者」永遠不會講自己的故事，不是用自己的聲音，也不是用自己的話說：「我們真的可以在不侵犯或摻假他人文化的前提下認識他者嗎？是否受到西方文化的污染是可取的，並且不會導致被研究的土著人遭到破壞嗎？是否有可能寫出我們對他人的知識，而不會扭曲其文化，直到它變得不可識別為止？難道不將所有這些嘗試都變成虛構嗎？」（岡薩雷斯，2011）[206]人類學視角是關於「他者」的話語，但它永遠不會成為「他者」的真實表達。

三、「人道主義」作為意識形態

　　「魔幻現實主義」中的第三個意識形態是「人道主義」。人類學視角與現代化作為一種意識形態之間的主要矛盾與對過去和未來的重新詮釋有關，而人道主義作為一種意識形態則體現了「魔幻現實主義」在拉丁美洲社會鬥爭中的立場。在「第三世界」加劇了資本主義與共產主義之間的對抗的歷史時期，人道主義在拉丁美洲的接受有兩個方面的特點：（1）從理論的角度來看，人道主義和人類學都著眼於將人類（個人）作為歷史的中心特徵，兩者都強調人類歷史的宗教意識；（2）人道主義已經是西方作家的核心概念，「魔幻現實主義」作家從中借用了許多技巧和道德價值。在 50 年代和 60 年代的歐洲，關於人道主義的辯論變得尤為重要，當時許多左翼思想家使用「人道主義」一詞來強調他們對馬克思主義的特殊立場。在某些情況下，「人道主義」被認為是一種「修正主義」意識形態，旨在破壞馬克思主義理論以支持資產階級。

　　這種意識形態最重要的代表性思想家是路易斯·阿爾都塞（Louis Althusser），他於 1967 年出版了《人道主義爭論及其他》。阿爾都塞〔註51〕將「人道主義」視為無產階級的意識形態，「因為馬克思主義哲學中的人道主義甚至不是資產階級哲學的一種獨特形式：它是庸俗的現代宗教意識形態的最邪惡的副產物之一。我們早就意識到，其效果，甚至其目的，就是解除無產階級的武裝」。阿爾都塞分析的有趣之處在於，人道主義與人類學之間的關係。阿爾都塞將人道主義描述為一種理論上的誤解，打算將《1844 年經濟學哲學手稿》作為馬克思最重要的著作提出。根據阿爾都塞〔註52〕的說法，馬克思仍然受到費爾巴哈（Ludwig Andreas Feuerbach）的影響，費爾巴哈的理論完全是理想主義和人類學的：「因此，於費爾巴哈而言，人就是獨特，原始和基本的概念……。」此外，阿爾都塞〔註53〕譴責了費爾巴哈對歷史概念的犧牲：「馬克思、恩格斯和列寧都沒有犯錯：費爾巴哈是科學的唯物主義者，但是……他是歷史上的唯心主義者。費爾巴哈談論自然，但他沒有談論歷史——因為自然支持歷史。費爾巴哈不是辯證法。等等。」

〔註51〕Althusser L: *The humanist controversy and other writings*, London: Verso, 2003, p266.

〔註52〕Althusser L: *The humanist controversy and other writings*, London: Verso, 2003, p236.

〔註53〕Althusser L: *The humanist controversy and other writings*, London: Verso, 2003, p237.

對於費爾巴哈而言,歷史不是一個辯證的過程,而是一場人類的異化史。在這種意義上,異化意味著人與客體具有一種扭曲的關係,人的本質已經喪失。通過將異化、主體和人定位為他的理論的三個基本概念,費爾巴哈創造了一種新的宗教形式,即人代替神的宗教。阿爾都塞指責費爾巴哈將革命行動描述為必須在人的意識中產生的事情,而不是生產關係的歷史性變化。阿爾都塞的結論是,人道主義是一種宗教意識形態,是一種現代的宗教形式,與的馬克思主義「現實」形式背道而馳。「現在人們認為人與人道主義是指與馬克思和恩格斯先前所認為的相反的東西,它與真實的,具體的世界正好相反;人與人道主義是牧師的故事,是本質上具有宗教性質的道德意識形態,由外行穿著的小資產階級鼓吹」〔註54〕。顯然,從阿爾都塞的觀點來看,人道主義等同於人類學,因為它對人類的宗教信仰有所瞭解,而人類的本質卻在異化中喪失了。另外,人道主義等同於人類學,因為它不是將生產的社會結構作為歷史過程和人類本質的中心,而是強調人的本質包含在個體人類中。

薩特(Jean-Paul Sartre)在他的作品中提出了不同的人道主義視角。他不同意存在主義是「悲觀主義、喪失希望和人類事務嚴肅性的思想」。存在主義將自己理解成一種人道主義,因為它暗示著人類必須接受上帝的消失以及任何其他形式的本質,「因此,就無所謂人的天性,因為沒有上帝來給予它一個概念。人赤裸裸地存在著,他之赤裸裸並不是他自己所想像的,而是他是他自己所意欲的——他躍進存在之後,他才意欲自己成為什麼東西。人除了自我塑造之外,什麼也不是」〔註55〕。人的意志無可厚非。因此,賦予人類自己意志的存在性和人類責任。每個人的行為都是全人類的行為。「然而,假如存在先於本質是真實的話,人就要對他自己負責。因此,存在主義的第一個作用是它使每一個人主宰他自己,把他存在的責任全然放在他自己的肩膀上。由是,當我們說人對他的本質負責時,我們並不只是說他對他個人負責而已,而是對所有的人負責」〔註56〕。這種責任是人類苦惱的根源,因為它意味著人類要依靠自己的選擇,而沒有任何辦法可以逃脫這一責任。此外,以上帝

〔註54〕 Althusser L: *The humanist controversy and other writings*, London: Verso, 2003, p258.

〔註55〕 Sartre J P: *Existentialism from Dostoyevsky to Sartre*, Bromborough: Meridian Publishing Company, 1989, p3.

〔註56〕 Sartre J P: *Existentialism from Dostoyevsky to Sartre*, Bromborough: Meridian Publishing Company, 1989, p4.

為中心的消失也意味著善與惡的概念沒有體現人類生活的基本倫理。結果，薩特將「神的死亡」理解為人類獲得自由的機會。

在他的分析的第二部分中，薩特強調了人類的命運僅僅取決於自己意志的可能性。因此，人僅受他的選擇及其選擇的關係的限制。在存在主義中，人被自己拋棄，被賦予尋找自我的可能性。存在主義並不能使人道主義復興為一種新的宗教，在這種新的宗教中，人類代替上帝成為了世界的新本質。實際上，薩特譴責那種有關人類至上的價值，捍衛現代人類為歷史終結或稱讚人類寬宏大量的人道主義。對於薩特來說，人類不是終點，因為人類還有待確定。因此，任何人類崇拜都是荒謬的，因為這種崇拜會成為類似於法西斯主義這樣的極端思想的溫床。相反，薩特通過不斷地改變他的「超越目標」，強調了人類的潛力，即總是能夠超越自己。人類存在的這種能力和可能性使存在主義成為一種人道主義。「因為人是如此自我超越的，也只有對這種自我超越才能把握得住東西，他自己才是他超越性的核心。除了人之世界外，別無其他的世界。此一人的世界乃是人的主觀的世界。這種構成人之要素的超越關係（不是說上帝是超越的，而是說是自我超越的）和主觀性（意即人不是自我隔絕而是永遠呈現於人的世界之中）才是我們所說的存在意義的人文主義，這就是人文主義，因為我們提醒人，除了他自己之外別無立法者。」〔註57〕

由於作家對拉丁美洲「現實」的政治態度，人道主義作為一種意識形態，在「魔幻現實主義」中扮演著特殊的角色。「魔幻現實主義」既否定了「社會主義現實主義」（與蘇聯有關的社會主義現實主義），又否定了「西方現代主義」（特別是與資產階級價值觀有關），人道主義就成為對其國家社會狀況最相關的政治態度。並且又一次地，「魔幻現實主義」把自己推向了矛盾的對立面。首先，人道主義作為馬克思主義或存在主義意識形態，體現了一些西方作者反資產階級的概念。福克納、薩特、加繆、塞林格，海明威等人表達了這種矛盾的痛苦和人類的潛能。因此，「魔幻現實主義」的人文精神可以追溯到「魔幻現實主義」與西方文學的關係，也正是西方文學賦予其不同的技巧和內涵。這種關係在拉丁美洲作家和美國作家之間尤為明顯。在上世紀50～60年代，大多數「魔幻現實主義」作家都受到了福克納、帕索斯或海明威的影響。顯然，反資產階級的情緒並非為歐洲「先鋒派」運動所獨佔。「魔幻現實

〔註57〕Sartre J P: *Existentialism from Dostoyevsky to Sartre*, Bromborough: Meridian Publishing Company, 1989, p16~17.

主義」也借助了美國小說家筆下失敗、混亂和挫敗的感觸。當然,福克納可能是最成功的南方文學作家,因為他解除了自己國家歷史的負擔。20世紀30年代初,福克納的作品被翻譯成西班牙語後,他所描繪的美國南方地區就吸引了拉美作家的注意力,他的小說描繪南方地區的歷史,美國內戰和由此導致的區域差異和邊緣化,經濟和軍事上受到本國其他地區的排斥,以及20世紀長期存在的貧窮落後問題,這一切正如拉丁美洲打破殖民主義的枷鎖和依賴,努力掙脫落後地位的進程。經常向福克納致謝的卡洛斯·富恩特斯(Carlos Fuentes)曾對一位美國觀眾說,「辛克萊·劉易斯(Sinclair Lewis)『是你們的,對我們來說他既有趣又重要。而威廉·福克納既是你們的,也是我們的,因為他對我們來說是必不可少的。在他身上,我們看到了一直與我們同在,卻很少與你們同在的東西:一張總是擺脫不了的失敗的面孔。也就是說,福克納和他筆下的南方對拉丁美洲的施加了巨大的影響,用珀西的話來說,這是因為,我們也輸了』」〔註58〕。

「魔幻現實主義」還確認了與馬克思主義人道主義的關係,這其中上世紀 20～60 年代在拉丁美洲發展的反資本主義和反帝國主義運動起到了重要作用。馬克思主義人道主義在拉丁美洲知識分子中具有強大的影響力,他們發現正統的馬克思主義對拉丁美洲「現實」來說太激進或者說太陌生。馬克思主義人道主義在「魔幻現實主義」中尤為明顯,體現在小說描述弱者或邊緣化人群的社會狀況時所表現出的同情,以及譴責當權者的殘酷和暴力。「痛苦」和「同情」的矛盾組合作為一種普遍的政治態度,在最具重要性的「魔幻現實主義」小說中都有所體現,如:《百年孤獨》、《人間王國》、《佩德羅·帕拉莫》和《總統先生》。

在對社會弱者表達同情的同時,「魔幻現實主義」通常也描繪了無法改變的社會現狀,這種現狀也使小說最終走向悲劇。如果我們把阿爾都塞對馬克思主義人文精神的評價作為對其理解的方法論,就有可能理解和同情「魔幻現實主義」所體現的消極的一面:「魔幻現實主義」沒能闡釋拉丁美洲社會的階級鬥爭。通過不斷再現每個英雄的命運,「魔幻現實主義」小說不自覺地掩蓋了這樣一個事實,即他們的英雄也是壓迫下層階級的一部分。《百年孤獨》通過描寫不同的例子,說明社會正義這一話題總是掩藏在「魔幻」的解釋及

〔註58〕Cohn D: 「*He was one of us*」: *The reception of William Faulner and the U.S South by Latin American Authors*, Comparative Literature Studies, 1997, 34 (2), p150.

其原型之下。起初,在描述馬孔多鎮給所有居民提供的平等待遇時,作家稱
其能夠幫助居民公平地獲取水源和陽光,同時卻甚少提及一些家庭擁有奴隸
(其中大多為印第安人)。這些土著居民具備服從者的所有特徵,受主人命令
的支配。工人、少數民族和妓女被認為處於社會的服從階層,甚至那些同情
他們的人也是如此認為。馬孔多鎮的社會矛盾並不是外來者的到達激發的。
顯然,在馬孔多鎮,布恩迪亞家族從一開始就佔有特殊的地位,「在之前加西
亞‧馬爾克斯曾闡述社會正義和平等時,他設法創造了社會力量平衡的畫面,
使第一代得以公平地建造和分配住房,現在他給我們講述了一個揭示階級真
相的故事。布恩迪亞家族的房子是『鎮上有史以來最大的……在馬孔多的沼
澤地上最熱情好客也是最新鮮的』」〔註59〕。

　　不同角色的政治傾向很明顯地詮釋了小說的矛盾點。奧雷利亞諾‧布恩
迪亞上校沒有發起戰爭,因為他持有獨特的觀點或是說理念。他參與了戰爭,
但他是被迫的。那些驅使他參戰的客觀條件既是他對他人的同情,也是他的
天性和躁動。作為社會叛亂的領袖,他和他最親密的副手缺乏政治素養,因
此他的革命是盲目的無政府主義、人道主義以及憤怒的混合體。在馬孔多煽
動的革命中,最傑出的理論家就是奧雷利亞諾‧布恩迪亞和無政府主義者諾
格拉。這兩人都受到他們政治天性的影響:政治冒險主義和軍閥主義。因此,
在經歷 32 次內戰之後,奧雷利亞諾‧布恩迪亞取得的唯一政治成果,就是簽
訂了一個對國家的社會結構毫無作用的和平條約,這個結果絲毫不令人稱奇。
政府從未執行過他簽署的幾項有利於自己士兵的條款。這種政治意識的缺失
說明「魔幻現實主義」不可能針對拉丁美洲的現狀提出一個烏托邦計劃。在
《百年孤獨》中,布恩迪亞家族似乎是工人罷工反對聯合水果公司這一行動
的主角,他們的行為也確實和允許這家公司進入小鎮的情況有關。「若說經濟
和政治是香蕉公司遭到重創的外力的話,那麼內部原因,不是布恩迪亞家族
(商人或地主)還會是誰呢?難道不是奧雷里亞諾‧第二請請美國人來他們
的家嗎?我們不是想否認帝國主義的破壞力,但我們也不想讓那些在內部支
持帝國主義並允許它進行滲透的人逃避責任。」〔註60〕人道主義在「魔幻現

〔註59〕 Rodríguez I: *Principios estructurales y visión circular en Cien años de soledad*,
　　　　 Revista de Crítica Literaria Latinoamericana, 1997, 5 (9), p88.
〔註60〕 Rodríguez I: *Principios estructurales y visión circular en Cien años de soledad*,
　　　　 Revista de Crítica Literaria Latinoamericana, 1997, 5 (9), p93.

實主義」中的尷尬之處在於無法再現真實的歷史過程,而這種歷史過程才是拉丁美洲特殊處境的真實原因。

在《人間王國》中,黑人奴隸的叛亂被描述為是一群不知道自己為什麼要反抗的人發起的混亂運動。特定的「魔幻」主題掩蓋了殖民者與奴隸之間的鬥爭。因此,在當時,歷史和政治進程就像是瘋狂的輪迴,在這個輪迴中,殖民者和奴隸沒有任何區別。「看不見的目擊者發現奴隸們闖入了主人的房子,藏在花園裏的梅茲卻關注不到這件事。黑人們帶著他們『積壓已久的欲望』,瘋狂到酗酒,尖叫,狂笑,互毆,強姦白人婦女。他們不是為了自己的權利而奮鬥的成熟人類,而是沒有任何紀律和尊嚴的『暴民』」〔註61〕。與其他「魔幻現實主義」小說一樣,《人間王國》的敘述者是一個博學多才的人,從局外人的角度觀察社會變革,他往往會忽視社會最底層,或者將他們的反叛視作是一種純粹瘋狂的行為。當小說中來自社會邊緣階層的某些人物也接受殖民者的觀點時,這種情況也會發生。蒂‧諾埃爾就是如此,儘管他自己就是黑人奴隸,卻經常受困於西方殖民者的視角,「蒂‧諾埃爾是一個模糊不清的聚焦裝置——他與歐洲化的世界的聯繫導致他無法完全認同其他黑人,在很大程度上,他已經失去了黑人文化。麥克坎達施以他一種『奇異的魅力』,對他訴說自己國家的神話般的國王,讓他發現了一個新的宇宙。而當麥克坎達消失時,『他故事所喚起的整個世界』也消失了」〔註62〕。

在《佩德羅‧巴拉莫》中,革命被視為是滑稽事件,儘管在一開始威脅到了佩德羅‧巴拉莫的權力,但後來被證實只是針對科瑪拉的一場鬧劇。確實,敘述者和小說中的某些人物對佩德羅‧巴拉莫暴政下的受害者表達了深切的同情。胡安‧普雷西亞、倫特里亞教父或多羅蒂亞,他們都是佩德羅‧巴拉莫和社會不公的受害者。但是對於所有受害者而言,逆來順受和懷舊的情緒注定了變革必然失敗的結局。《佩德羅‧巴拉莫》把人物的所有欲望都投射到過去,把現在作為一種不可更改的現狀,從而暗示了未來是不存在的。這就是為什麼幻想在小說中佔據重要地位的原因。希望一直被認為是人類的罪過。大多數「魔幻現實主義」小說的悲劇結局都表示變革是不可能實現的以

〔註61〕 Chanady A: *La focalización como espejo de contradicciones en El reino de este mundo*, Revista nanadiense de Estudios Hispánicos, 1988, 12 (3), p454.

〔註62〕 Chanady A: *La focalización como espejo de contradicciones en El reino de este mundo*, Revista nanadiense de Estudios Hispánicos, 1988, 12 (3), p455.

及未來是不存在的。這是現代西方小說的基本特徵。但是,「魔幻現實主義」將對軟弱者的同情視作社會變革的可能性,從而誤解了其政治意識形態。這種誤解導致了對社會鬥爭敘述的不準確。一旦對人類的同情心成為「魔幻現實主義」的政治記號,那麼社會鬥爭就永遠不會以當權者和被壓迫者之間的鬥爭形式呈現出來。相反,「魔幻現實主義」將社會悲劇描述為意識喪失、身份認同問題或宗教詛咒的一個過程。總而言之,「魔幻現實主義」表達了對社會不公的同情,但它無法對這一悲劇的起因進行透徹的分析。而且,它還放棄了提出任何烏托邦式的革命想像的解決方案。所有「魔幻現實主義」小說都將重點放在男人身上,將他作為不受社會關係制約的典型角色。阿爾都塞對馬克思主義人道主義的批評也適用於「魔幻現實主義」。「魔幻現實主義」為了從人類學角度觀察拉丁美洲的社會條件而犧牲了歷史。這種批評是有效的,這是因為「魔幻現實主義」不僅旨在描述拉丁美洲的「現實」,而且要成為改變「現實」的源泉。許多「魔幻現實主義」作家都支持拉丁美洲的解放運動和馬克思主義運動。然而,他們小說中的政治觀念比具有社會革命目的的文學作品更具人道主義和同情心。因此,「魔幻現實主義」沒有強調社會鬥爭的矛盾,而是傾向於通過一種文化的方式來消解它,「眾所周知,魔幻現實主義的特點是將現實與虛構、魔幻和日常生活結合在一起,把兩個不同的層面進行統一化,結合到一個相同的層面中,並且有意地讓這些元素出現在現代性的關鍵時刻。作為反文化運動,『非理性主義』和『身份認同』在 20 世紀60 年代先鋒派和社會文學中閃亮登場,兩者都要求用魔幻思維對抗理性邏輯,從超現實主義中最瘋狂的行為發展到了魔幻現實主義,在後者中,現實與非現實之間的差異已經不再那麼明顯」〔註63〕。

　　現代化作為意識形態,人類學視角和人道主義之間的相互作用,定義了「魔幻現實主義」的意識形態鬥爭。如前文所展示的,所有這些「話語」都包含雙重矛盾。一方面,它們是西方世界產生的「話語」,用以分析和描述「另一個」或「第三世界」。另一方面,這些「話語」包含深刻的內在矛盾,在「第三世界」中這種矛盾變得更加明顯。因此,「魔幻現實主義」的意識形態鬥爭體現了作為西方殖民化產物的拉丁美洲身份在西方文明中的尷尬位置。「魔幻現實主義」還體現了在 20 世紀資本主義擴張而試圖重新殖民拉丁美洲領

〔註63〕Llarena A: *Pedro Páramo: el universo ambivalente*, México D.F: Colegio de Méjico, Fundación para las letras mexicanas, 2008, p142.

土的過程中所產生的矛盾。

第三節　生產方式：人類發展不同階段的重疊

　　傑姆遜認為，第三個方面政治無意識中需要研究的方面是藝術作品生產方式的呈現。對生產方式的分析意味著對社會過程的理解不僅與社會鬥爭有關，而且是歷史性的。也就是說，這種分析從一個整體的角度來看待人類的轉變，它涵蓋了發展的多個方面（文化、思想生產、階級表達、技巧）。生產方式揭示了社會結構在特定發展階段的組織方式。人類發展的經典階段是原始的共產主義、等級森嚴的親屬社會、亞洲的生產方式、城邦、封建主義、資本主義和共產主義。然而，傑姆遜〔註64〕又提出了另一種區分不同生產方式的方式，若考慮不同階段的主流文化，則可以分為「魔法和神話故事、親屬關係、宗教或者神聖」、「古代城邦中公民的狹義範疇的『政治』」，「受公民個人支配的關係」，「商品實質化」，和「（大概）原始和還沒有完整發展形式的集體或者公共協會」。因此，所有的藝術作品都是在以某種方式將生產方式的相互作用（競爭、重疊、替代）描述為在歷史背景下整合文學材料的一種方式。「魔幻現實主義」小說的一個最獨特的方面是小說展示了人類歷史的多個階段。幾乎每一部「魔幻現實主義」小說都試圖包涵人類從原始到現代發展的所有階段。通過這種方式，「魔幻現實主義」展現了時間的複雜魅力：一方面，人類進步的各個階段是以歷史的、線性的順序呈現的，另一方面，人類進步的這多個階段又是同時並存的。這樣，不同的生產方式在特定時間內的更迭或重疊，是「魔幻現實主義」在「第三世界」「現實」中發現的最重要的特點之一。「魔幻現實主義」本身的整體性的歷史趨勢意味著，這些小說的生產方式不僅是作家在當代生產方式變化的表現者，同時，這種傾向迫使故事不斷處理過去的生產方式，突出這些生產方式對拉丁美洲社會的特殊意義。

　　人類在線性表現上的發展階段在《百年孤獨》和《消失的足跡》中都得到了有力的表現。在故事情節的線性呈現中，一種生產方式的變化意味著主人公意識的變化（《消失的足跡》）或社會命運的變化（《百年孤獨》）。在西方小說中，故事的進展往往表現為生產方式的變化，而在「魔幻現實主義」中，

〔註64〕Jameson F: *The Political Unconscious*, London: Cornell University Press, 1983, p75.

不同生產方式的改變是故事的不同部分。例如,《百年孤獨》涵蓋了原始共產主義、古代生產方式、封建主義、資本主義這幾個不同的歷史階段,這些階段同時又是馬孔多頹廢的過程。一種新的生產方式總是與最初的階段(很可能與原始共產主義聯繫在一起)產生衝突。同樣,越來越現代化的生產方式破壞了人們的身份認同。通過將原始身份指定為原始時代的特徵,對古代生產方式的描述趨向於再現一個更加和諧的世界。相反,最新的生產方式被認為充滿混亂與衝突。通過寫作,不斷地將人物投射到過去,而情節則朝著未來發展。生產方式也與內部世界和外部世界建立了聯繫。在《百年孤獨》中,原始社會建立起來的唯一生產方式是原始共產主義。使用這種邏輯,後原始時代的生產方式將接踵而至。

「魔幻現實主義」還同時呈現了人類發展的各個階段,在同一時間、同一地點再現了原始生產方式和現代生產方式的特點。例如,原始共產主義的許多特點在《百年孤獨》中貫穿始終:「魔幻」思想(鬼魂、奇蹟、萬物有靈論、預感等),儘管烏蘇拉統治著這個布恩迪亞(Buendía)家族,但這個母系家族中幾乎所有的成員都有亂倫行為。同樣,當遺忘的瘟疫使馬孔多人失去記憶時,他們也失去了寫作的能力。有一段時間,因為他們不記得名字,所以用手指來指定對象。這場遺忘的瘟疫也讓人記起了一個原始社會,這個社會周圍的物體沒有名字,還沒有發展成文字。家庭成員的循環性命運,以及同名同姓和共同人格的重複,在故事開始時所犯下的罪惡帶來的不可避免的破壞,都屬於由自然循環週期支配的原始生產方式的再現。甚至故事中的第一件武器(約瑟·阿卡迪奧·布恩迪亞用長矛殺死普魯登西奧·阿吉拉爾(Prudencio Aguilar))也暗示了原始工具的使用。帶領家庭到麥肯多的漫長旅程和預示的夢想都遵循著神話或聖經時代的結構。

儘管原始生產方式的一些特點將一直持續到《百年孤獨》的結尾,新的生產方式將影響城鎮的生活方式,但它們不會取代原來的生產方式(原始共產主義),新的生產方式是與原來的生產方式重疊。新生產方式的出現是一種在內在發展被外在新發明取代的過程。例如,吉普賽人的商隊引進了新的生產工具,如融鐵技術、冰、磁鐵、導航儀器、放大鏡、百科全書、其他語言文字等。在馬孔多的第一批居民的商業和生產活動也導致了資本積累,個人財產,擴大建成區,遠征未知的領土,包圍城鎮,等等。國家機構將是馬孔多城市最根本的變化之一,這種變化面對的是人民的沉默。在馬孔多的居民看來,

新市長、警察、軍隊、州法律是一種不可接受的生產方式，因為它是一種外部力量。拒絕這種生產方式的另一個原因是，它威脅到由馬孔多第一批居民組成的封建貴族制度。馬孔多城市的政治權力與其血統有關。在這一社會結構中，布恩迪亞家族享有重要的地位。但是，這種生產方式（稅收和兩個傳統政黨對權力的壟斷）並沒有被完全拒絕。馬孔多的居民決定忽略這些新制度，新的生產方式與以前的生產方式重疊。當中央政府挑起保守黨和自由黨之間的內戰時，布恩迪亞家族因為保守黨在選舉中的腐敗行為而強烈反對保守黨。布恩迪亞上校站在自由黨一邊，但很快發現兩黨幾乎是一樣的：一個兇殘的寡頭政治。布恩迪亞上校對中央政府的戰爭，也是馬孔多封建貴族與代議制民主之間的戰爭；是中世紀生產方式與現代生產方式之間的衝突。馬孔多與外部世界之間的這種不斷衝突是一種拒絕現代生產方式的傾向。奧雷利亞諾‧布恩迪亞上校的失敗、阿卡迪奧（Arcadio）的獨裁統治及其隨後的處決以及聯合水果公司的到來，都是現代生產方式取得勝利的無可爭議的標誌。但布恩迪亞家族的威望和影響力將繼續是對原始生產方式的一種歌頌。

現代生產方式以美國公司在馬孔多建立資本主義生產體系的火車為代表。隨著攝影、電視、廣播、現代生產方式的出現，階級鬥爭、中央政府主權的喪失和美國帝國主義也隨之產生。在這種新的情況下，工人階級完全是本地人，而公司的領導層則來自美國，通過維護美國公司的利益，中央政府允許公司強加惡劣的工作條件，用複雜的法律手段欺騙工人，用軍隊鎮壓工人暴動。從這個意義上講，資本主義生產方式以原始的生產方式為敵，直到使以前的生產方式幾乎消失。因此，資本主義生產方式是原始共產主義生產方式的對立面。隨著最終建立的資本主義生產方式，馬孔多的居民將忘記其所有的過去和原始文化，彷彿這是另一場被遺忘的瘟疫。為此目的，它還將有助於引進官方歷史，為國家合法化性背書。中央政府否定了官方歷史上的香蕉大屠殺，這不僅表明了馬孔多工人階級的失敗，也表明了資本主義生產方式的鞏固。

當《百年孤獨》結束時，馬孔多城鎮被摧毀了，最原始的生產方式（原始共產主義）和最現代的生產方式（資本主義）交織在一起，最終成為一個閉環。正是布恩迪亞家族製造亂倫的詛咒，導致了這座城市的最終毀滅。這個詛咒是在原始時代建立起來的，也是鼓勵何塞‧阿卡迪奧‧布恩迪亞建立馬孔多城鎮的原因。但是，正是隨著資本主義生產方式的到來，這一詛咒（豬

尾巴的孩子宣布了城市的毀滅）才會實現。通過將馬孔多災難期間最原始和最現代的生產方式聯繫起來，這部小說不僅反駁了進步的概念（明天會比今天好），而且還對「第三世界」的線性進步概念提出了質疑。換言之，雖然西方世界人類進步的每一個階段都意味著一定程度的繁榮，但在「第三世界」，人類進步的每一個新階段都等於一個更具災難性的社會局面。

　　「魔幻現實主義」的歷史整體感也意味著生產方式的整體感。建立完整生產方式的歷史必要性，源於改變拉丁美洲整個歷史的願望。更重要的是，這種必要性是從代表拉丁美洲「現實」的必要性中產生的，在這種拉美「現實」中歷史條件在同一地方塑造了各種生產方式的明顯重疊：廣泛的土著社區（仍然是被普遍採用的封建土地分配制度），民主和資本主義生產方式相對發達的現代城市、軍事獨裁，都在 20 世紀的拉丁美洲同時共存。對生產方式的總體意義的表述與一種「現實」聯繫在一起，在該「現實」中，生產方式不是以線性時間方式展開，而是以特殊方式發展的。尋找不同的生產方式是一個可以在拉美國家不同空間的旅程中感知到的問題，而不是在歷史研究中。拉美生產方式的重疊是「第三世界」的共同特徵，在「第三世界」中，殖民主義、世界體系中資本的不平等分配，以及社會內部的矛盾產生了不同的人類歷史階段。

　　「魔幻現實主義」通過代表拉丁美洲歷史發展的這一獨特方面，能夠在統一的「現實」中既運用原始生產方式的內容，又運用現代生產方式的內容。那麼，小說的神奇之處就不僅僅是對拉丁美洲「現實」的想像扭曲，甚至不是對「現實」的隱喻性表達，而是對一個同時存在著極其不同的生產方式「現實」的表達。在西方世界，生產方式的邏輯是每一種新的生產方式都必須克服以前的生產方式，直到其幾乎消失。事實上，西方小說通常代表著兩種生產方式之間的悲劇性轉變。儘管在一部西方小說中可以看到兩種以上的生產方式，但它們幾乎是以一種難以察覺的方式存在的。相比之下，「魔幻現實主義」強調多種生產方式，這些生產方式是改變人物和社會命運的基本原則。這種生產方式的多樣性產生了不同層次的意義，影響到小說的特定方面，如時間性、小說與「現實」的關係，以及對人類歷史的理解。

　　如果我們以卡彭鐵爾的《消失的足跡》為例，就有可能看到生產方式不僅是社會歷史的轉折點，而且還可能是主人公意識發展的路線圖。在該書情節中，人類發展的各個階段都是倒序呈現的。主人公是一位定居紐約的古巴

裔音樂家，他用日記的形式講述了這個故事。很久以前，他就與妻子間產生了厭惡之情，終日處在乏味日常和無愛的環境中。他的妻子因故要去另一個地方，他得以獨處一段時間。主人公厭倦了做公關的工作，決定休假幾週。巧合的是他遇到了一個老朋友，這個老朋友勸說他繼續研究音樂的模仿起源。正好某大學在這方面提供了誘人的職位，朋友也鼓勵他到南美旅行，學習原始民族的音樂。穆奇（Mouche），也就是主人公的占星家情人，也建議他接受大學的委派，然後去熱帶地區進行一次愉快的旅行。為了掩飾自己的真正意圖，她建議偽造一個原始樂器，以便稍後將其作為研究證據使用。他接受了大學的提議，並與情人一起去了南美。從這一刻起，這部小說就沉浸在人類發展的多個階段。拒絕自己的婚姻生活，拒絕西方和發達國家的日常生活，拒絕文明，同時也拒絕一種生產方式。在這種情況下，先進的資本主義社會被主人公質疑，似乎文明、進步和富足都不能給他提供一種必要的東西。「魔幻現實主義」小說表現的生活雖然代表著先進的生產方式，但生活在其中的人卻時刻感受到一種本質性的匱乏。搜尋這種本質，同時也就是搜尋起源。從這個意義上說，通往本質的旅程也是拒絕一切非本質的過程。通過去拉丁美洲旅行，主人公拒絕了現代生產方式，開始探索其他生產方式。

主人公到達委內瑞拉首都加拉加斯，那裡正發生著內戰。對峙雙方令人困惑，一場革命運動正在試圖顛覆多年來壟斷民主的統治階級。這場戰爭似乎面臨著一場具有現代民主和社會變革願望的民眾運動，以抗擊試圖盡一切力量保持政權的寡頭統治。但主人公在試圖建構政治邏輯的過程中，最大限度地意識到國家的處境是充滿了矛盾和悖論的。對革命的描寫是這部「魔幻現實主義」小說的重要內容。這些革命似乎是介於現代生產方式和傳統生產方式之間的一個中間階段，主宰這種中間階段的制度仍然是中世紀的生產方式。正因為如此，拉丁美洲國家在每一個階段都與以前的生產方式有著深刻的重疊。

在 19 世紀至 20 世紀之間，拉丁美洲經歷了國家的形成。拉丁美洲國家在其價值和法律的頒布方面似乎是現代的。它的存在就像一個抽象的概念，試圖模仿法國大革命的憲法、書籍、歷史和目標。這些理想在獨立過程中得到了特別的推動。然而，在「現實」中，拉丁美洲國家保持著典型的封建生產方式的社會關係。這種特殊的生產方式在土地持有方面表現得很明顯，土地大部分掌握在少數人口手中。這種分配創造了一種社會結構，在這種結構中，

農民以社會和經濟的方式屈從於地主。封建生產方式在現代國家中的另一個特點是權力的分配。就像土地一樣，權力是由少數幾個家族通過虛假的民主控制整個國家。在「魔幻現實主義」小說中的革命階段，讓現代生產方式克服封建生產方式是永遠不可能的。這些革命由於保守政府的重建，革命力量的手段和目標的矛盾，或者獨裁政權的建立都失敗了。但是這種政治混亂也是兩種生產方式（封建和現代）的結果，這兩種生產方式非常強大，已經成為一種不可能分割的制度。

　　《消失的足跡》的主人公放棄了這座城市，繼續前往委內瑞拉奧里諾科地區的南部叢林，履行他對大學的承諾。在洛斯阿爾托斯，穆奇加深了她與一位加拿大藝術家的友誼關係。主人公對兩個女人的關係感到特別惱火。半夜，他出於一種近乎冷血的本能，決定不經穆奇的同意就買車票去叢林。穆奇在小說中有兩層含義：首先，她代表了現代生產方式中不真實的宗教層面。她是一個城市的占星家，在沒有魔幻的地方施占卜術的女人。第二，雖然她扮演了一個情人的角色，鼓勵主人公到一個異國他鄉去旅行，似乎是在挑戰現代生產方式的社會價值，但事實是，一旦她接近叢林的「現實」，接近「魔幻」無處不在的地方，她便無法適應，她想回到文明社會。此時，主人公意識到音樂（不是其他任何人）才是他的旅程的嚮導。音樂是人類發展不同階段的共同元素。隨著主人公越來越接近叢林，音樂變得越來越簡單，越來越重要。一方面，樂器變得更加簡陋，另一方面，音樂成為人類生活的一個更為核心的方面。這可以用這樣一個事實來解釋：主人公越接近叢林，儀式在人類生活的結構中就越重要。因為音樂在儀式中就很重要。

　　通過引入新的特徵，人類發展的前幾個階段開始融合起來。主人公生命中的第三個女人出現在他前往叢林的路途中，她叫做羅薩里奧，來自當地社區。男修道士佩德羅・亨斯特羅薩（Pedro de Henestrosa）體現了在征服美國期間的福音主義願望。「希臘人」代表了人類對黃金的渴望，這使得許多歐洲人來到了新大陸。此外，他對荷馬史詩的不斷閱讀也是一種改變叢林世界的方式，由此呼應歐洲古代。「先進人」是人類建立新城市願望的表現。這些人物構成了一個象徵性的群體，屬於中世紀的生產方式。在小說這一層面上，有兩種儀式宣示了這種複雜的時間表徵。當主人公到達一個古老的城鎮時，他目睹了當地人為紀念該城鎮的聖地亞哥守護者而舉行的遊行。這個儀式顯示了天主教和本土神話的混合創造的複雜性。第二個儀式是羅薩里奧父親的

葬禮。誦經和儀式的持續使主人公明白，在先前的生產方式中，死亡在文化中有著獨特的地位。對於當地社區來說，死亡在身體死亡之前就開始了，死亡是由命運的信號來預測的。

因此，在死亡到來之前，社區通過創造一個社會空間來處理死亡問題，這個社會空間將死亡的可能性視為生命的重要組成部分。死亡在病人和社區成員周圍徘徊。然後，當羅薩里奧的父親最終去世時，死亡仍然存在，儀式仍在繼續。因為死亡不會以身體死亡結束，這個儀式將繼續著，就像現在死去的人會繼續留存於在他的親人心中。他們為死者的未來需求做準備，為他準備一個空間，準備和他交談。死亡是原始社會向主人公提供的真實性的第一個標誌。它在文明世界和原始世界之間產生了明確的區別。原始的生產方式通過將死亡帶入日常生活，質疑了線性時間的本質。因此，死亡不是一個特定的時間點，而是一個長期的事件，進行著一個無休止的循環。在這一點上，主人公準備打破與文明的每一個情感聯繫。他的愛人穆奇一直抱怨叢林生活給她帶來的不適，她的健康狀況惡化。就好像叢林拒絕了她，為了阻止主人公繼續叢林之旅，她試圖勾引羅薩里奧。這一企圖引發了兩個女人之間的爭鬥。穆奇決定回到文明世界，而羅薩里奧和主人公墜入愛河。在叢林的界限中，主人公發現自己置身於拉美文明的矛盾之中，即對過去身份的追尋，對未來現代性的渴望。過去和未來的緊張關係在「第三世界」與西方文明的互動中造成了根本的不可能性。因此，主人公接觸當地人最原始的一面，卻發現西方文明的複雜性是最無用的。

穿過一條河上的一扇暗門，整個隊伍到達了叢林的中心。主人公終於接觸到了原始世界的奧秘。人類發展的階段是歷史時期的開始。黑石裝飾著土著獵人社區的堡壘，他們的行為和習俗是任何文明都無法理解的。我們不可能用任何理性的方法來理解這個社會的構成或圍繞這個社會的神話。在那裡，主人公發現了在時間的乞求下發明的樂器：節奏棒、鼓、馬拉卡斯、撥浪鼓。模仿西班牙征服者的姿態，男修道士佩德羅・亨斯特羅薩為似乎對他的話免疫的土著人民做彌撒，最後又進行了一次儀式。一個獵人死了，部落裏的巫師正在練習死亡儀式。音樂是儀式的基本組成部分。但這音樂並非是世界的任何音樂，它是人類的第一首音樂。主人公有一種頓悟：他覺得自己正在面對某種神靈，他所有的理性標準都消失了，他不需要言語。時間成為永恆的禮物，語言是叢林的音樂。這個土著社區的生產方式處於原始階段。根據歷

史分類，這一時期指的是上野蠻時期或下野蠻時期。也就是說，這一時期處於 60000 年至 35000 年前。這一人類發展階段的特點是使用主要武器，如弓箭、棍棒、長矛。同類相食是這個階段的常見行為，這一時期也出現了音樂語言。社會組織是部落，人類是信奉五行元素（金、木、水、火、土）的。叢林之旅將主人公帶回到數千年前的人類歷史。

《消失的足跡》的情節清楚地表明，「魔幻現實主義」有一種表現人類發展三個基本階段的能力：（1）野蠻；（2）中世紀；（3）現代。這三種創作模式，一是與美洲被發現前的時刻相對應，二是與美洲的發現相對應，三是與作家的現在相對應。如果說人類歷史的三個主要時期是野蠻時期、未開化時期和文明時期。可以說，「魔幻現實主義」集中在野蠻時期（上亞時期）和未開化時期（下亞時期）之間的一個特定時期。它也關注文明（中世紀和現代子時期）。這三種生產方式是構建拉丁美洲特徵的基礎。從野蠻時代到未開化時代相當於拉丁美洲的土著人。對於「魔幻現實主義」來說，這一時期被認為是真實性和原始身份的時期。中世紀時期是歐洲人發現和征服歐洲大陸的時期。「魔幻現實主義」將這一時期視為本土文化與歐洲文化的暴力融合。現代時期相當於試圖使拉丁美洲文化適應全球化的價值體系，特別是與啟蒙運動和法國大革命有關的價值體系。近代社會也使民族融合達到了一個高度的複雜性。很明顯，「魔幻現實主義」並不包括人類歷史的所有生產方式。它更側重於原始和現代的生產方式，而這些生產方式是構建拉丁美洲特性的基礎。

在小說的第五部分，主人公瞭解到「先進人」在叢林中建立了一座城市。這座城市的名字是 Santa monica de los Venados。「先進人」建立了第一道邊界，在居民之間劃分了土地，建造了第一座建築物和第一座教堂。城市的建立將時空帶回到古老的生產方式，這種生產方式擁有產權和財產的劃分。它也是一種生產方式，書寫具有記載法律的特殊功能。然而，從象徵的角度來看，叢林中的城市指的是一種新的身份建構，這種身份建構把現代人帶入了原始生活。此外，城市的基礎是拉丁美洲身份的重建，通過不同方面的複雜融合其歷史。對於岡薩雷斯〔註 65〕來說，叢林中的城市是拉丁美洲小說的出發點，「但在小說的寫作中，一片空地、一個元小說空間、一場毀滅成為了拉丁美洲敘事的起點；一片被破壞的空地，可以建造科馬拉、馬孔多、科洛內

〔註 65〕González Echavarría R: *Mito y Archivo: Una teoría de la narrativa latinoamericana*, D.F: Fondo de Cultura Económica, 2011, p50.

爾‧瓦萊霍斯；也允許虛構的城市的基礎包含了所有的拉丁美洲敘事的珍貴形式，以及小說的起源，一個檔案的空間。叢林中的城市的建立，代表了原始生產方式與現代生產方式的融合。這兩種不同生產方式之間的這種特殊接觸，體現了人類發展階段的一個烏托邦時刻。「魔幻現實主義」試圖顛覆人類發展的正統邏輯，也顛覆兩種生產方式總是相互衝突的觀念。這種關於兩種生產方式和諧共存的烏托邦觀點被「魔幻現實主義」視為重建拉丁美洲身份的唯一可能。然而，正如《消失的足跡》的主人公所展示的那樣，烏托邦的觀點充滿了矛盾。

一旦主人公到達了原來的城市，對他的新生活的沉思使他產生了本屬於那裡的想法。他拒絕讓他想起他以前在發達國家生活的一切東西。這座新建立的城市、他對羅薩里奧的愛、叢林的神秘，都構成了在真實的地方生活的基本情感。「先進人」接受他作為城市的新居民，並為他和羅薩里奧提供了一個地方。那麼到底後來是什麼打破了這種和諧呢？答案是藝術。藝術作為一種交流行為，打破了原始生活的魅力。主人公想創造藝術，傳達他所建立的和諧。但這種藝術不是為新城市的居民設計的。它是為了外部世界，為了文明世界。主人公不可能完全拒絕他的文明背景。他不可能放棄它，因為這種文明背景使他具備了理解叢林藝術的能力。這就好像原始的生產方式代表了主人公最真實的價值體系，但他不能僅僅生活在那裡，他想住在那裡並告訴外界（文明世界）原始世界的本真性。最後，這種語言表達的願望，成為了主人公不可能完全沉浸在原始世界中的原因。當他開始創作他的音樂作品時，他需要紙張。但在城裏只有「先進人」有紙張。紙張是為了記載這座新建立的城市的法律。它的功能是城市存在的根本。「先進人」一開始同意了於主人公書寫自己音樂作品的要求。但很快，對紙張的需求又把他帶到了「先進人」那裡。這種行為引發了他與「先進人」之間的爭執。

藝術欲望與城市存在的矛盾十分明顯，在這一點上故事發生了戲劇性的變化。一架飛機飛越叢林，飛行員找到了降落在城市附近的路，讓主人公知道了是他的妻子找他們來救他。似乎現代生產方式（飛機）希望把他從叢林中拯救出來。主人公決定回到文明世界，他要告訴他的妻子和世界，他計劃在叢林中度過餘生。他向羅薩里奧保證他會盡快回來。正如主人公在他的日記中告訴我們的那樣，這是命運對他的最後一次考驗，他無法應付挑戰。他

不應該離開叢林，因為叢林不會給他兩次機會。他回到了計劃要孩子的妻子身邊，後來，穆奇讓報紙知道了主人公並沒有迷失在叢林中，他們一起完成了旅程。在處理完離婚的所有手續後，主人公回到了叢林中，卻在叢林中找不到通往城市的秘密大門。他遇到了「希臘人」，後者告訴他羅薩里奧愛上了「先進人」的兒子並懷孕了。

　　第二次進入叢林中的城市是不可能的，這說明兩種生產方式的融合是失敗的。一旦主人公無法放棄他的藝術欲望，他便無法完全放棄現代生產方式，叢林中的城市就讓他離開了。他失去了叢林，失去了羅薩里奧。儘管在每一種生產方式中都有其他生產方式的殘餘，但很明顯，每一種生產方式都力求壟斷人類「現實」的方方面面。在「魔幻現實主義」小說中，原始的生產方式和現代的生產方式總是有衝突的，所以人物往往會選擇其中的一種，或者懷疑自己的選擇。主人公的失敗，最終是「魔幻現實主義」不可避免的失敗。「魔幻現實主義」在不同的生產方式之間不斷地表現出懷疑，但這些生產方式從來沒有調和過。「魔幻現實主義」作家對土著和黑人的本土文化有著濃厚的興趣，他們對這種文化非常熟悉，在某些情況下，他們能夠生活在他們所描述的原始人中間。儘管如此，他們不是土著人。作為《消失的足跡》的主人公，他們進入了叢林中的城市，但他們的藝術欲望總是把他們帶回文明世界。因此，儘管他們假裝是拉丁美洲土著人的代言人，但他們只是叢林中的遊客。遊客渴望回到文明世界，渴望將自己的經歷翻譯成文明世界可以理解的語言，用文明世界的語言書寫。正如《長步曲》的主人公為管絃樂隊翻譯他在複雜音樂中的經歷一樣，「魔幻現實主義」也需要將土著神話翻譯成適合小說的複雜形式。

　　走進叢林，失去叢林，想要再次進入叢林的機會，就是「魔幻現實主義」歷程的真實寫照。「魔幻現實主義」的主人公注定要回到現代世界告訴世人，在理性無關緊要的世界裏，在鼓聲中可以聽到上帝的聲音，真實的應該是叢林。在原始的生產方式中，藝術、存在和宗教是單一而獨特的維度。當一個土著人回到文明世界時，他將永遠無法理解主人公的目的。告訴外界「魔幻」存在的必要性，同時也是「魔幻」的合理化。但用語言表達「魔幻」即是失去「魔幻」的第一步。想要外界瞭解叢林的真實性，就已經失去了叢林的真實性。主人公在告訴世界真實存在於叢林中之後，想要回到叢林的願望是錯誤

的。在生產方式上,「魔幻現實主義」表現了對原始社會的懷舊,但與現代社會的聯繫卻難以割斷。原始生產方式和現代生產方式對立,兩者不可能同時共存,這構成了「魔幻現實主義」最重要的方面之一。原始和現代生產方式的同時存在也代表了拉丁美洲認同的根本問題。

第五章 「魔幻現實主義」的形式：
敘述者、文本與讀者的關係

第一節 文本的「現實」與「魔幻」

　　正如前文所述，「魔幻現實主義」與其他類型文學的不同之處在於其展現真實與非真實的獨特表達方式。這一獨特之處源於「魔幻現實主義」與不同文學表達的碰撞，在於接受或者捨棄這些表達方式的方式。事實上，「魔幻現實主義」是一種融合的表達方式。一方面，「魔幻現實主義」與在 19 和 20 世紀的拉丁美洲占主導地位的「科學主義」和「現實主義」有關；另一方面，「魔幻現實主義」也與原始文化的興起不無關聯，這些文化在 20 世紀人類學中對印第安土著文化和非洲黑人文化的再發現中變得極為重要。雖然這兩個特徵看似矛盾，但它們都是原始拉丁美洲人與歐洲文化碰撞所造成的身份認同困境的組成部分。因此，「魔幻現實主義」是「魔幻」與「現實主義」表達方式的融合體。

　　「現實主義」的基礎是一種特定的在理性邏輯和線性發展下呈現「現實」的實證主義意識形態，其對歷史的論述便是很好的例子。在文本層面，「魔幻現實主義」保留了「現實主義」表達的幾個特點：與循環敘事相反，「魔幻現實主義」小說的情節大都是線性的，這些故事（如馬孔多的繁榮與衰落、叢林之旅、叛亂的失敗）以一種理性邏輯的形式呈現，讀者可以從中推斷出因果關係。因果是相互依存的。這種故事情節的內在結構表明，「魔幻現實主義」

的表達需要在事實中尋找邏輯，這樣事實才不會因為顯得荒謬和黯淡。雖然這種邏輯不一定是理性的，但它的存在便證明了「魔幻現實主義」在事件順序中沿用了「現實主義」的表達方式。

此外，「魔幻現實主義」還力圖從客觀、真實和具體的角度來還原拉丁美洲的「現實」。也就是說，「魔幻現實主義」努力呈現出一個世界的原貌，或者說，建立一個真實的世界，它從「現實主義」中借用了一種涵蓋了不同社會層面的完整性（其實並不完整，因為「現實主義文學」不包括神話）。首先，「魔幻現實主義」細緻入微地描述了拉丁美洲人民的社會「現實」。通過對人類發展的不同階段的處理，「魔幻現實主義」展現出的尖銳的歷史感被運用到對拉丁美洲的變遷的研究中。此外，回憶、發現、文獻整理、事件的解釋等主題都在情節的構建中扮演著重要的角色。同樣，「魔幻現實主義」還致力於研究拉丁美洲的政治矛盾，強調治理形式、權力壟斷、革命運動和大多數人的願望。同時，「魔幻現實主義」也審視了拉丁美洲文化的種族多樣性，突出了各民族之間的差異，分析了種族通婚的過程如何改變了拉丁美洲文化。最後，「魔幻現實主義」表達了一種對被征服的、貧窮的、占拉丁美洲人口大多數的少數民族的深刻的政治妥協。我們把這種傾向歸為「魔幻現實主義」的人道主義。

其次，「魔幻現實主義」開展了一項持續的地理研究，在這項研究中，拉美自然界的豐富性表現為一種鮮明的特徵。對植物、動物、風景的詳細描寫幾乎是對自然主義文學的一種呼應。此外，「魔幻現實主義」還探討了自然與文化的關係，特別是原始文化。再者，「魔幻現實主義」文本也呈現了拉丁美洲的語言現象。每個國家和地區不同的方言、地方主義和口頭語言都準確無誤地出現在作品中。「魔幻現實主義」作家所具有的全新的特點賦予了對這一層面進行描寫的可行性。他們中的一些人是因為他們有一個會講故事的家人（如加西亞·馬爾克斯和巴爾加斯·略薩的祖母），另一些人則因其人類學家或記者的身份便於開展「田野調查」。「魔幻現實主義」對拉丁美洲社會「現實」、地理「現實」和語言「現實」的準確描述，體現了「現實主義」對「魔幻現實主義」文本建構的重要貢獻。雖然「魔幻現實主義」的基本要素是魔幻元素，但小說在情節中保留了一種邏輯的、歷史的、理性的成分，促進了虛幻事件的逼真性和合理性。這就是為什麼「魔幻現實主義」不能被簡單歸類為是在呈現荒謬的情景，因為這些情景之間存在內在的邏輯。

　　然而，「現實主義」表達缺少一個必要的方面，使得「魔幻現實主義」作家有必要與其他類型的文學建立聯繫。由於「現實主義」表達基於對「現實」的理性理解的意識形態的強調，拉美作家不可能通過其將土著和黑人的口頭傳說、信仰和神話融合在一起。這就是為什麼拉丁美洲的作家們決定建立起一種與「魔幻文學」敘事的關係，這種關係與「現實主義」表達是完全對立的，但在西方文化中卻非常重要。因此，只有當「現實主義」文學描述拉丁美洲環境方面存在嚴重侷限性的情況下，「魔幻現實主義」才是可行的。「魔幻文學」與整個世界的民間傳說和史詩傳統都有關，在其中，魔幻和神話是人類生活的基本特徵。因此，「現實主義文學」是一種比較新的文學類型，而「魔幻」文學則在人類的古代社會佔據了重要地位。「魔幻現實主義」文學對這兩種文學的運用體現了對不同的生產方式或人類發展階段進行處理的必要性。薔彼將「魔幻文學」描述為以下三個重要的方面：第一，「魔幻文學」並不意味著與自然或「現實」的矛盾，而是專注於一些日常生活中不同尋常的事情。它是一種獨特的看待世界的方式，使世界變得更廣闊、更美麗、更強大。它是一種通過人類想像來完成世界的方式。它還呈現了對超自然人物的描述，為那些超出人類理解的事實提供了解釋，而這些事實在古代是無法從理性的角度解決的。第二，薔彼建立了「魔幻」一詞與所有呈現不同文明的神話和原始故事的文學形式之間的聯繫（如《伊利亞特》《奧德賽》《一千零一夜》或《尼伯龍根》），以及再現古代神話（如希臘悲劇）的現代文學。因此，「魔幻文學」涵蓋了經典史詩、神話、傳說、通俗故事和使人欽佩或恐懼的神聖的人物。第三，薔彼認為，當拉丁美洲被歐洲人發現時，「魔幻文學」便是拉丁美洲形象建構的基礎。由於歐洲人不可能找到一種方法來描述那裡非凡的自然多樣性和居住在那裡的原始文明，所以他們認為這片新土地是一塊神奇的領土，各種名字和文字都不足以描述那裡的物體，「魔幻」便是發現拉丁美洲的實質所在〔註1〕。「魔幻」的敘事也促進了完整性的表達，因為神話傾向於把世界描述為一個完整的結構。

　　「魔幻現實主義」是一種融合的文學表達方式，「現實主義」與「魔幻文學」的融合併不意味著簡單地將兩種不同形式的表達方式並列。「魔幻現實主義」文本以一種複雜的方式結合了這兩種表達方式，使用了本文之前提到的

〔註1〕Chiampi I: *El realismo maravilloso*, Caracas: Monte Avila Editores, 1983, p54.

兩種策略：（1）使「現實」虛幻化；（2）使虛幻現實化。這種組合手法旨在打破「現實主義」敘事在思想表達上的侷限。「現實主義」似乎可以利用自己的特點來豐富「魔幻文學」的表達，尤其是為「魔幻」的情節提供一種似是而非的感覺。也就是說，在「魔幻文學」表達中，非自然的事件可以激起人的驚奇感，因為它們與日常生活格格不入，而在「魔幻現實主義」中，神奇的事件也被日常化了，好比真實發生一樣。而自然的事件反倒不日常了（它們變成了奇異之事），與日常生活形成矛盾。這種真實與非真實之間的複雜轉換不僅構成了「魔幻現實主義」的思想體系，而且在不同的文學範疇（敘述者、讀者等）中產生了變化。

「魔幻現實主義」的融合性質在文學技巧和文學材料的組織方式上也很明顯。主題上真實與非真實之間的倒轉催生了一系列支撐這種轉換的文學技巧。這些技巧同樣來自兩種不同的表達方式。使「現實」虛幻化是「魔幻文學」一部分，在這種表達中，一些事件（在現代看來是合理的）在古代被看作不合常理。太陽和月亮被認為是超自然的生物，它們在天空中的運動被描述為這些超自然的人類生活的一個特殊方面。同樣，使「現實」虛幻化是拉丁美洲土著人的神話和故事的一部分。馬孔多的居民拒絕相信現代發明是真實的（「魔幻」對他們來說是真實的），這裡便使用了這種技巧（讓真實變得不真實）來表達「第三世界」的現代思想價值觀的變化。換句話說，當「魔幻」是正常的生活，技巧被認為是一種「魔幻」。也就是說，技巧使一切變得不真實。作為「魔幻現實主義」文學中的一部分，從文學思想上來看，這些技巧事實上表達了「第三世界」現代化的不可能性。「魔幻現實主義」通過讓人物拒絕現代化（對他們來說是不真實的），表達了西方世界與「第三世界」之間的根本矛盾。在文本中，被接受的「現實」往往是「魔幻」的「現實」，而不是現代性的「現實」。因此，「魔幻現實主義」使用因果邏輯（一種理性邏輯）來對抗理性世界。它質疑理性，不是通過否定其原則，而是利用這些原則來反對理性。

「魔幻現實主義」借鑒了西方現代主義的手法，使虛幻現實化。雖然這些影響中有許多來自西方世界（「超現實主義」、卡夫卡、海明威、福克納、加繆等），但「魔幻現實主義」的結構中有一種強烈的非理性主義元素。將不真實的內容呈現為日常「現實」的一部分，是在理性世界中引入不尋常的非理性元素的一種方式。這種技巧意味著不真實的正常化和理性現代世界的逐漸

弱化。科瑪拉的居民和鬼魂說話並不感到驚訝，因為每個人都死了。死亡才是正常的狀態，所以當他們看到一個活著的人會感到驚訝。在馬孔多，「魔幻事件」被認為是這個城市正常「現實」的一部分。這些事件並不缺乏邏輯，它們都有一個內部邏輯。因此，「魔幻現實主義」以「魔幻」的邏輯為公認的邏輯，等於是宣告了「第三世界」相對於西方世界的優越性。綜上所述，「魔幻現實主義」的兩種基本技巧構建了這樣一種文本，即在形式上具有與其內容相同的意識形態元素。這就是傑姆遜所說的「形式的意識形態」。「魔幻現實主義」並沒有將「魔幻現實主義」與「現實主義」表達進行對比，而是改變了這兩種話語的邏輯，以：（1）突出拉丁美洲的「現實」（理性與非理性）；（2）削弱西方的理性主義。這兩種技巧的使用具有多重可能性，即傾向於利用一個「話語」的方面來強化另一個「話語」的意識形態，或利用一個「話語」的方面來弱化另一個「話語」的意識形態。「魔幻現實主義話語」的真實性在於它能夠以一種「魔幻」與「現實」相互作用、破壞西方理性的複雜的融合結構來表達拉丁美洲的「現實」。這種融合結構也通過將人類歷史闡述為一系列的生產方式的變革（西方古典歷史）和作為原型的無限重複（神話）的完整呈現，產生了一種整體性。

第二節 敘述者的問題化

「魔幻現實主義」帶來的最重要的變化之一就是敘述者的問題化。這一變化意味著一個不同於以往所有的西方文學的全新的視角。事實上，敘述者的問題化應該被視為拉丁美洲文學最重要的貢獻之一，也是「魔幻現實主義」最重要的方面之一。敘述者問題一直是各種文學流派發展和文學理論化的基礎問題。隨著小說在歐洲的發展，這個問題變得更加更加尖銳。米格爾‧德‧塞萬提斯創作《堂吉訶德》代表了西方小說在敘述者的使用上達到的複雜程度之最。這種複雜性被用來強調敘述者不同方面的不同技巧。西方文學對敘述者的闡釋有兩種主要傾向：（1）合法化敘述者的權威性和統一性；（2）戲仿其權威性來打破其單一的聲音。第一種情況與所有的「現實主義」文學相符。第二種情況則是米格爾‧德‧塞萬提斯、勞倫斯‧斯特恩、詹姆斯‧喬伊斯這樣的西方作家。

以「現實主義」為出發點，「魔幻現實主義」需要削弱「強大」的敘述者

的合法性。這裡我想表達的是「強大」這個詞的字面意思。「魔幻現實主義」將敘述者的問題理解為權力和權威的問題。在「現實主義」中，文學技巧是為了讓敘述者對敘事材料有絕對的控制權。作為全能的上帝，「現實主義」敘述者能夠決定看什麼，描述什麼，何時描述。他同時是證人、法官和出納員。總之，他的權威不容置疑，因為所有的敘述機制都是為了使他的權力合法化。從意識形態的角度看，「現實主義」敘述者是西方理性主義的代表。敘述者代表了理性本身，能夠理解世界的現象，能夠在所有的歷史事件中找到邏輯，能夠從頭到尾來鋪陳歷史。沒有什麼能逃脫理性的力量，就像沒有什麼能逃脫「現實主義」的敘述者一樣。「現實主義」的聲音，講故事的聲音永遠不會質疑自己，就像理性永遠不會質疑自己一樣。因此，信息的接受者（讀者）在這類文獻中沒有互動的空間。因為在「現實主義」中，一切都是由敘述者如實地解釋的。至少看起來如此。

20 世紀大多數最重要的拉美文學作品都反對「現實主義」的文學準則。這一過程始於博爾赫斯從 30 年代開始進行的文學實驗，包括 40 代和 50 年代的所有「魔幻現實主義」敘事，隨後幾年中克塔薩爾將這一實驗推到了高潮。「魔幻現實主義」採用了一種旨在質疑敘述者的聲音的敘事策略。更具體地說，它的目的不是質疑敘述者說了什麼，而是質疑其聲音的合法性。因此，「魔幻現實主義」傾向於破壞聲音說話的方式、說話的時間、說話的語言。「魔幻現實主義」開創了一種允許對講述故事的聲音展開批評的機制。為了達到這個目的，它表明敘述者不是一個看不見的聲音。它使聲音出現，並避免任何隱藏機制。傳統小說（如「現實主義」）傾向於隱藏敘述者的聲音，而「魔幻現實主義」則使敘述者的聲音談論自己的本質和聲音的內容。如果說「現實主義」的敘述者是一個看不見的、無所不能的上帝，那麼「魔幻現實主義」則使上帝談論他自己和他自己的作品。這種談論自身的行為以及談論其聲音的內容削弱了敘述者的權威和合法性。所以很明顯，「現實主義」的敘述者並不是萬能的，這要歸功於它對敘事材料的控制能力，而不是隱藏這種聲音的能力。敘述者的存在使得小說的力量感減弱。

由於沒有一個處於核心的控制機制（隱形敘述者），敘事材料為「魔幻現實主義」開闢了一種解釋的空間，可以通過各種模式來進行：聲音的多樣性、同一聲音的不同層次、聲音內容的不同版本、聲音的模仿等。文學技巧再一次以意識形態鬥爭的形式出現，「魔幻現實主義」力圖削弱西方理性主義的權

威和力量。薔彼〔註2〕認為使用全知敘述者（第三人稱敘述或戲劇再現）是為了使客觀和非個人化的價值觀合法化。這一價值觀是指實證主義方法，即把「現實」看作是一個科學問題，科學家不帶偏見或主觀性地進行判斷，以揭示客觀的真理。通過拆解和質疑敘述者的聲音，「魔幻現實主義」對現代西方意識形態的本質提出了質疑，而這種意識形態以客觀性為藉口，掩蓋了對人類精神的全面控制的欲望。與其他「後現代主義」思想流派一樣，「魔幻現實主義」通過揭示隱藏在這些價值觀背後的權力結構來質疑理性和客觀性的普遍性。

　　「魔幻現實主義」問題化的第二個方面是小說中敘述者的存在。傳統小說（如「現實主義」小說）中既有敘述者不存在的情況，也有存在大量敘述者的情況。作者通常使用全知視角的敘述者以賦予一種不容置疑的權威。缺乏敘述者的另一個特點是，敘述者在故事中沒有任何觀察力的限制，這使得敘事材料的處理更加容易。在博爾赫斯和「魔幻現實主義」的敘事實驗之前，不同的拉美文學流派都把全知視角的敘述者作為主要的敘事策略。這些學派包括自然主義學派、「現實主義」學派和現代主義學派。根據薔彼的觀點，從第三人稱視角（全知視角）到第一人稱視角的變化並不意味著傳統敘述者權威的一種特殊轉變，「可以說第一人稱視角對全知視角的取代象徵著我們一直在分析的一種『裝束』的改變。在多數情況下第一人稱敘事作為一種更有效、更具有詩意的方式通過相對的視角來處理問題，這並不意味著小說中的敘述者摘下了最高權威的面具」。總之，無論存在與否，第三人稱視角和第一人稱視角並不意味著敘述者的合法性和權力發生了深刻的變化。

　　相反，「魔幻現實主義」超越了傳統小說所確立的權威，質疑了敘述者對事實的把握、對內容的呈現、對敘事距離的劃定、對語域（語言的多樣性）的確定以及對人物視角的表達。換句話說，「魔幻現實主義」通過強調敘述者如何操縱故事或削弱敘述者的權威來質疑敘述者和故事之間的關係。博爾赫斯是第一個強調講故事的方式可以成為故事內容的拉丁美洲人。「魔幻現實主義」深受這一視角的影響。這種觀點的直接影響是，敘事文本穩定性的改變也意味著對理性主義意識形態所感知到的「現實」的質疑。如果「現實主義」可以通過敘述者的問題化來消解，那麼理性主義的「現實」也可以通過同樣

〔註 2〕Chiampi I: *El realismo maravilloso*, Caracas: Monte Avila Editores, 1983, p87.

的方式消解。「魔幻現實主義」削弱了理性主義在文學中的合法性，也削弱了理性主義對「現實」的闡釋。

「魔幻現實主義」運用不同的策略來改變傳統敘述者的視角。例如，它促進了同一故事視角的倍增、變化和重疊。此外，「魔幻現實主義」呈現了主要文本與其他文本之間的關係，造成了主要文本真實性的削弱。「魔幻現實主義」還大量使用重複，讓人不斷懷疑故事的真實性。在以下兩部重要的「魔幻現實主義」作品中，我們都可以看到多個敘述視角的存在或重疊。在《佩德羅‧巴拉莫》中，同一個故事的不同版本由不同的人物講述，產生了一種模棱兩可的現實感，在這種現實感中，無法確定哪一個是真實的「現實」。通過逐步揭示一些講述這個故事的人物已經死去的事實，魯爾福讓這個故事的視角變得更加複雜。因此，在小說中魯爾福對對話的大量描繪也就不足為奇了，通過這種方式，每個角色在故事中都能有自己的特點。這樣，小說中也就不存在一個真實的敘述者。加西亞‧馬爾克斯在《百年孤獨》中也使用了這種策略，在小說的最後才揭示了羊皮紙手稿的內容。奧雷連諾‧巴比洛尼亞知道羊皮紙手稿講述了這個家庭的故事。最後他從手稿上得知，馬孔多毀滅了。主人公正在讀《百年孤獨》這部書嗎？可以說是。這卷手稿是梅爾加德斯寫的，在故事裏，他已死去多年。因此，第三人稱敘述者（讀者在整部小說中都能看到的敘述者）被簡化為小說中的一個角色。另外，重複作為一種削弱敘述者真實性的機制，吉列爾莫‧卡佈雷拉‧因凡特的《三隻憂傷的老虎》便是一個典型的例子。這位古巴作家用一種幽默的手法來質疑主要故事、人物的故事和拉丁美洲文學史的真實性。在巴拉圭作家奧古斯都‧羅亞‧巴斯託斯的《我，最高者》中可以看到，不同類型文本被用來削弱故事的可信度，法律、政治、歷史文本的擴散和對它們的解釋使得真實的故事無法建立。

薔彼認為巴洛克式的描述是「魔幻現實主義」為了削弱傳統敘述者的權威而建立的最重要的策略。這種敘事策略旨在扭曲，或打破指示物與所指物之間的關係。薔彼認為，《百年孤獨》中敘述者由神性敘述者向人物敘述者的轉變就是該策略的一個例證。如果小說中的一個人物讀到的文本與《百年孤獨》的文本幾乎是一樣的，這就意味著《百年孤獨》的讀者也可以被視為人物。這種敘事策略在讀者（我們）的世界和小說的世界之間製造了一種混亂。

虛擬世界和現實世界之間的界限變得模糊〔註4〕。這種巴洛克的描述也暗示
了與特定所指物相聯繫的指示物的多種形式。似乎並不存在對應某一所指物
的最合適的指示物，這使得「魔幻現實主義」作家採用了多種指示物。當「魔
幻現實主義」使用了大量詞彙來描述某一個特定的物體，這個物體便失去了
所有的意義。卡彭鐵爾經常使用這種策略。在他的小說《消失的足跡》中，通
過列舉、擴散、誇張的指示物來描述不同的概念（音樂、叢林、上帝、死亡、
真實性），往往會使這些概念的意義發生改變或變得毫無意義。結果，敘述者
的視角在讀者眼中失去了合法性。巴洛克式的描寫還體現在寫照或重複（例
如，布恩蒂亞的命運根據奧雷連諾‧阿卡蒂奧的名字）、色情（布恩蒂亞家族
的亂倫關係；奧雷連諾第二和佩特拉的關係使家畜繁殖無度；奧雷連諾上校
的17個兒子）或叛亂（奧雷連諾上校打了32場內戰）。這些巴洛克式描述旨
在減弱故事主體合法性，讓傳統敘述者的權威視角不再富有現實意義。這種
敘述者的問題化（表現在語言和視角上）使得「魔幻現實主義」產生了一種
獨特的文學，在這種文學中，對西方理性主義核心價值觀（中央權力、審查
制度、真理、科學知識、虛構世界和現實世界的區別）的超越是其根本所在。

第三節　對讀者的社會和心理影響

　　不論「魔幻現實主義」的文本和敘述者的具體特徵是什麼，其最終目的
都是激發讀者產生一些新的想法。這些對讀者的影響同西方文學的影響形成
了對比，尤其是「現實主義文學」和「幻想文學」。「現實主義」在「魔幻現實
主義」的意識形態和形式結構中的影響尚可確定，而「幻想文學」卻被視為
「魔幻現實主義」的對立面。因此，若是要探討這兩種文學對讀者的不同影
響，任何將「魔幻現實主義」與「西方幻想文學」聯繫起來的嘗試都是不可取
的。要理解「魔幻現實主義」在這方面的創新，就必須分析傳統文學對讀者
產生的影響。例如，童話故事就不會對讀者產生強烈的影響。其人物形象有
著脫離「現實」的特點，故事中超自然的事情也時有發生。人的理性並不會
受到故事情節的影響。而「現實主義」建立的基礎便是超自然並不存在，其
思想結構旨在突出理性的重要性。對於讀者來說，世界必須用理性和科學邏

〔註4〕 Chiampi I: *El realismo maravilloso*, Caracas: Monte Avila Editores, 1983, p100.

輯來解釋，這一概念得到了加強。在神話傳說中，事件的順序沒有因果關係；而「現實主義」則強調因果關係是理解兩個或多個事件之間關係的主要邏輯。

　　童話故事不會對讀者沒有產生強烈的影響，因為它的敘述結構事實上是一系列的重複。弗拉基米爾・普羅普（Vladimir Propp）在他的著作《俄羅斯民間故事》（*The Russian folktale*）中點明，幾乎每個故事中都重複出現了一套基於童話故事的特定模式。英雄、龍、公主、幫手、神聖的武器都是這些故事中反覆出現的元素。「這就是民間故事的內在結構和構成。這裡我列出的模式可以作為一套基準，建立在一定的學術準確性的基礎上可以將民間故事歸納為童話故事，不是通過目測或者估計。童話故事與其他故事的區別不在於幻想或魔幻（其他類型的故事也有這些特徵），而在於它們獨特的組成特徵，那些其他類型的故事不具備的特徵。」〔註5〕因此，童話故事的組成總是類似的。它們的統一性和規律性就在於此。童話故事從來不會讓讀者感到驚訝或害怕；相反，它的目的是確保一套理想的價值觀（勇敢、忠誠、真誠、友誼等）。讀者並不會對情節中的超自然元素感到驚訝，雖然他可能不知曉細節，但是他對故事的結構卻瞭如指掌。此外，他還知道主人公會遭遇困難，最終將會獲得成功。每個童話故事都暗示著一個美好的結局，因為它想讓讀者相信過去的時代人們的理想，「這種對現實的態度是由一種世界觀來定義的。民間故事中所蘊含的複雜的思想問題，首先與故事主人公本身的性格和他所追求的理想有關。通過檢驗，他發現自己並沒有遵循當代生活的理想；他代表的是遙遠的過去的理想，當代童話故事的藝術性和娛樂性是最近才出現的現象。通過這種方式，我們可以發現，對於童話故事的研究，一旦脫離了它的起源和最原始的基礎，任何重要的問題都解決不了」〔註6〕。作為一種與神話緊密相連的文學形式，童話故事用相同結構的重複在不同的語境中傳達相似的思想。和神話一樣，童話故事也提供了一個和諧的解決方案來化解人類生活中的矛盾。

　　「現實主義」文學代表了資產階級的意識形態的價值，是與法國大革命和啟蒙運動所倡導的新思想緊密相連的文學。首先，「現實主義」故事描述的是普通人，而不是超自然生物。由於啟蒙運動提倡人的理性是生活的中心，宗教的、神話的和迷信的內容被作為落後的和封建的生活方式的一部分而被

〔註5〕Prop V: *The Russian Folk Tale*, Detroit: Wayne State University Press, 2012, p172.
〔註6〕Prop V: *The Russian Folk Tale*, Detroit: Wayne State University Press, 2012, p177.

拋棄。因此，「現實主義」描述的是日常生活中的人物。之前的所有文獻（古代或中世紀）都強調了兩個世界的存在：自然世界和超自然世界。相反，「現實主義」只論述一個世界，即現實世界。此外，法國大革命對「現實主義」的影響是特別明顯的，如果我們注意到「現實主義」講述的是一個屬於社會階層的人的故事。社會鬥爭似乎是小說中不同人物所建立的動態關係的基本特徵之一。童話故事的主人公通常是特殊的人物，而「現實主義」的人物往往是普通人或有社會缺陷和性格問題的人。

　　「現實主義」最重要的特徵之一是自然規律從來不會受到質疑。即使故事中出現了「魔幻」，與之相關的情節也總是以喜劇事件的形式出現。由於科學主義和實證主義話語是「現實主義」的思想背景，「現實主義」小說傾向於使用提供豐富現實細節的敘事策略。通過這種方式，讀者認為文學文本就像他自己的世界一樣真實。需要注意的是，「現實主義」並不是描述世界的本來面目，「現實主義」是建立在「理性主義」（現代的主流意識形態）的基礎上的。「現實主義」代表了現代人所看到的世界。換句話說，它保證了意識形態價值或現代人。現實主義所稱的「現實」，一個現代人所稱的「現實」，對一個拉丁美洲或澳大利亞的土著來說，並不意味著任何真實的東西。「現實主義」是現代人類實證主義和社會價值觀的文學化。「現實主義」的讀者把這類小說看作是自己「現實」的一面鏡子，只要他的「現實」是由理性主義價值觀指導的。

　　另外一種不同的文學形式，「幻想文學」，同樣也起源於西方世界的現代化進程。因此，儘管「幻想文學」努力維護現代價值觀的合法性，但它卻以一種不同的敘事策略來追求這一目標。「現實主義」省略了任何對超自然世界的提及，或者使其浮於表面以削弱它的意義，但西方「幻想文學」則強調了現實世界和超自然世界的區別。這種敘述策略的主要目的是使讀者產生恐懼。「幻想文學」促進了對超自然世界的恐懼，對另一個世界的恐懼（不同於現代西方意識形態），對超越理性的未知世界的恐懼。因此，讀者最初會在真實與虛幻之間迷失方向。薔彼〔註7〕認為，儘管西方幻想似乎通過不斷使用邪惡的角色來修正反資產階級的價值觀，但事實是這些角色總是被打敗。因此，西方「幻想文學」的意識形態視角是具有欺騙性。一方面，它通過瘋狂、可怕或惡魔般的人物等主題，使讀者更接近邪惡和社會醜聞（這些可以被認為是

〔註7〕Chiampi I: *El realismo maravilloso*, Caracas: Monte Avila Editores, 1983, p65.

一種反資產階級傾向）。另一方面，「幻想文學」排斥超自然世界（尤其是宗教材料），因為它將超自然人物呈現為對讀者世界（理性世界）的威脅。因此，西方「幻想文學」通過把超自然的世界描繪成危險之地，從而促進了世俗的世界觀（這是啟蒙運動的原則之一）的發展。但是，與此同時，它還促進了一種摩尼教的世界觀，在這種世界觀中，善總是戰勝惡。這種摩尼教的願景事實上是所謂世俗思想中宗教（天主教或克里斯蒂安）文化的殘餘。「幻想文學」的讀者認為「他者」對他自己的世界是一種威脅。從這個意義上說，「幻想文學」是一種保守的文學，它拒絕破壞現代世界的穩定，因為在現代世界裏有善惡之分（就像其他宗教一樣）。在「幻想文學」中，邪惡是非理性的和超自然的。讀者對此感到恐懼，這阻止了他改變看待世界的理性主義方法。最後，可以說，「幻想文學」利用超自然的物質來合法化實證主義和理性主義的意識形態價值。

對讀者影響的不同體現了「魔幻現實主義」同西方「幻想文學」最重要的區別。「魔幻現實主義」並不強調現實世界和超自然世界的區別。因此，讀者並不懷疑這兩個世界的存在。「魔幻現實主義」避免了現實世界與超自然世界的矛盾，也排斥了善與惡的矛盾。此外，超自然的生物，如鬼魂、神靈、神靈等，沒有任何神秘或可怕的光環。因此，讀者不會對它們產生懷疑或恐懼。「魔幻現實主義」將現實世界和超自然世界緊密地聯繫在一起，給讀者帶來的是一種驚奇的效果（而不是幻想帶來的恐懼））。這樣，就不存在更高一等的「現實」，真實與虛幻也可以沒有矛盾地並存。正如「魔幻現實主義」的人物不會對超自然的元素感到困惑一樣，讀者也會以同樣的方式接受超自然的內容，將其作為更複雜「現實」的正常組成部分。薔彼〔註8〕認為，「魔幻現實主義」通過讓現代讀者恢復超自然真理的感覺，來促進一種對世界的宗教態度。如果說幻想文學迫使讀者在現實世界和超自然世界之間做出選擇，「魔幻現實主義」則鼓勵讀者去探索這兩個世界的交集。這種敘事策略鼓勵讀者不去區分什麼是善，什麼是惡，而是去區分世界的理性結構和非理性結構的複雜性。因此，「魔幻現實主義」改變了讀者對「現實」的態度，改變了讀者的思想前提。

通過描述宗教、魔法、迷信、傳說與通俗文化，「魔幻現實主義」也成功地整合了被西方現代化進程分裂的共同文化元素，和西方世界企圖隨著第三

〔註8〕Chiampi I: *El realismo maravilloso*, Caracas: Monte Avila Editores, 1983, p75.

世界的現代化進程進一步分裂的這些文化元素。眾所周知，這些文化因素構成了第三世界文化的基本組成部分。與此同時，「魔幻現實主義」的這一特點使讀者把自己看作是社會的一部分，而不是一個單獨的個體。「魔幻現實主義傾向於把讀者視為一個整體中的單元，這是一種（理想的）沒有等級和單一的價值觀的關係，來喚起其細微的情感。這一『魔幻』的效果恢復了作者與讀者的良性互動，恢復了其閱讀、拓寬讀者的社會聯繫和文化視野範圍的功能。」〔註9〕隨著第一次和第二次世界大戰之後的後實證時代、60 年代誕生的後現代主義思潮，「魔幻現實主義」逐漸成為一種擁有巨大能量的原始文學，對傳統文學的內容形式和西方意識形態提出了質疑的聲音。「魔幻現實主義」消解了「現實」與超自然、理性與非理性之間的根本矛盾，創造出了一種新文學，其中邊緣世界的豐富性、思想的矛盾性、生命力與肉慾的交叉性和對審查制度的顛覆具有根本性的作用。「魔幻現實主義」借鑒了「現實主義」和「神話」的不同方面，從根本上確立了對西方幻想的摩尼教世界的一種根本性的反對。「魔幻現實主義」的讀者保有超越現代性的一種意識形態，反駁作為認識世界的唯一原則的理性主義，質疑西方世界的根本意識形態。這樣，神話就成為了拉丁美洲的歷史，歷史也就具有了西方文化所稱的神話的特徵。

〔註 9〕 Chiampi I: *El realismo maravilloso*, Caracas: Monte Avila Editores, 1983, p82.

第六章　結　語

　　「魔幻現實主義」是「新時期文學」中最重要的外來影響。中國的翻譯家和理論家從 80 年代初開始相繼翻譯、詮釋了大量的拉美相關作品，中國得以迅速接受「魔幻現實主義」。但是，中國作家和拉美文學界對「魔幻現實主義」的認知與詮釋卻有著驚人的差異。中國對拉美「魔幻現實主義」主要有兩種不同的詮釋。一方面，中國作家主要強調在傳統題材，以及非寫實的藝術技巧是「魔幻現實主義」的基本特點。他們認為，正是因為這些因素，拉美「魔幻現實主義」才得以獲得西方世界的認可。拉美「魔幻現實主義」於是成為可以被中國文學借鑒，嘗試加入到以西方標準為主導的全球化文學的一種模式。在接受西方文學價值觀的過程中，「魔幻現實主義」成為中國作家的一條捷徑。另一方面，中國理論家則強調「魔幻現實主義」是對西方世界的一種抵抗。這種詮釋使中國評論家可以強調他們認為是發展「新時期文學」或「後文革文學」中重要的多種對立因素：（1）原始文化（神話）與現代性；（2）地方文化與全球化文化；（3）民族傳統文化與西方文化；（4）少數民族文化與主流文化。

　　中國作家對拉美「魔幻現實主義」的詮釋，特別是通過強調文化和藝術成就，認識到了這種文學模式在中國的潛力。他們沒有指出「魔幻現實主義」的政治方面，而是傾向於找到拉美「魔幻現實主義」取得成功的原因，並著眼於建立拉美與中國文化之間的相似之處。這種詮釋不僅使中國作家可以學習借鑒拉美「魔幻現實主義」，而且可以對小說的創作機制進行獨立探索。直到今天，這種文學對話都富有成果，並且仍然是中國文學作品的重要組成部分。從莫言到閻連科，拉美「魔幻現實主義」一直是中國作家經久不息的靈

感源泉。

　　與作家們的理解不同，同時期的中國理論家對拉美「魔幻現實主義」的研究則更傾向於「拉美魔幻現實主義」的意識形態分析，強調西方世界與拉美的歷史鬥爭（殖民和帝國主義）是拉美「魔幻現實主義」發展的一個基本因素。學者們強調文明的衝突作為「魔幻現實主義」的本質，從而指出鼓勵「魔幻現實主義」作家們去尋找一種建立民族文化和文學的方法，同時反對西方文化日益霸權化的歷史和政治動機。與歐洲對「魔幻現實主義」的詮釋不同，中國學者強調「魔幻現實主義」的人道主義方面，既強調它有能力使拉美的窮人、弱者或少數民族投身鬥爭，也強調它反對西方世界新殖民主義意圖的能力。這就是為什麼，中國研究者可以看到小說的「魔幻」元素如何與拉美現實相關。中國研究者不斷指出「魔幻現實主義」與「現實」的關係，從而確定了「魔幻現實主義」與「現實主義」傳統的重要聯繫。這一方面在拉美卻很少被關注和強調。中國學者關注歷史、社會現實、政治背景，這是他們對「拉美魔幻現實主義」研究的重要貢獻。

　　中國學者也對印第安人文化及其與「魔幻現實主義」小說的關係表現出極大的興趣，強調神話內容在拉美文學中的基礎性作用。陳光孚、陳眾議、段若川將神話內容視為塑造「魔幻現實主義」小說結構的重要因素，他們還對「拉美魔幻現實主義」的藝術技巧如時間的循環、象徵意義和「陌生化」手法等進行了深入的辨析。年輕一代的中國開始嘗試用新的方法來闡釋「魔幻現實主義」，如人類學、後殖民主義或翻譯理論，並且就西方世界和「第三世界」之間錯綜複雜的關係提出了一些有意思的話題。例如，陳黎明和滕威的研究都表明：建立拉美文學與中國文學之間的聯繫這件事本身就具有矛盾，這兩個歷史背景迥然不同的文明很難直接聯繫起來。另外他們認為西方文學對第三世界的理解建立忽略了很多歷史因素的基礎上，所以需要質疑西方世界對第三世界文學的詮釋等等。

　　中國關於「魔幻現實主義」的研究也有一定的侷限性。比如，很少有中國學者在「魔幻現實主義」和「幻想文學」之間做出明確區分。由於中國評論家往往高估小說的某些主題（鬼、死人世界與活生生的世界、超自然人物、「魔幻」等），並將其理解為「魔幻現實主義」的最重要因素，因此很難將「魔幻現實主義」與其他類型文學區別開來，尤其是幻想和民間故事。這就是為什麼博爾赫斯的名字錯誤地與「魔幻現實主義」聯繫在一起，儘管他在拉美

不被認作「魔幻現實主義」作家。這也是為什麼一些中國學者認為,將《聊齋誌異》或者《紅樓夢》與「拉美魔幻現實主義」進行比較是合適的。

　　討論「魔幻現實主義」的形式時,許多中國作家斷言:本土神話提供了新的敘事技巧(對直線時空的改變、符號化、重複等)。然而,這些技巧與西方「現代派」使用的技巧難以被區分。儘管中國作家甚至批評家正確地將拉美文化的原始材料確定為「魔幻現實主義」的基本特徵之一,他們卻很難解釋這種元素是如何創造出一種具有全新內容和形式的小說的。中國學者深入分析了「魔幻現實主義」與拉美現實的關係,但是,他們對這些關係是如何以全新的技巧改變了敘述者和讀者的關係,卻留下了巨大的解釋空間。

　　有兩種情況使得中國展開的拉美「魔幻現實主義」研究停步不前。首先,儘管第一代中國評論家在詮釋「魔幻現實主義」的幾個方面取得了巨大進步,開拓了不同的觀點和概念,但最近的批評者和研究卻放棄了對「魔幻現實主義」本身的研究,更多地關注中國文學與拉美「魔幻現實主義」的關係。因此,最近的研究(大多數在 2005 年之後)在深化以前的研究、彌補過去的差距或填補「魔幻現實主義」解釋的空白方面幾乎沒有取得任何進展。這就是為什麼陳光孚、陳眾議、段若川的著作直到今天仍然是研究拉美「魔幻現實主義」最重要的參考書。其次,幾乎所有的中國學者都參考了 70 年代以前拉美的理論研究,包括弗洛雷斯、萊阿爾、卡彭鐵爾、彼特里、羅或邦滕佩利在歐洲的早期「魔幻現實主義」理論。一方面,這忽視了 80 年代在拉美「魔幻現實主義」研究方面所取得的巨大進步,特別是由薔彼和岡薩雷斯;另一方面,弗洛雷斯、萊阿爾、彼特里等的理論著作存在的知識性錯誤,並未在中國學者那裡形成清醒的自覺意識,這使得他們未能批判地看待這些著作,在研究中直接接受和繼承了拉美批評家的一些誤解和理論缺陷。最後,中國作家與理論界對「魔幻現實主義」與「尋根文學」(或 80 年代中國文學)之間關係的研究往往更多注重兩種文學主題的異同。在確定這兩種形式的文學是如何創造出新的文學形式、探尋一種融合西方文學和「第三世界」意識形態的新方式,以及創造新的讀者等方面,中國的研究寥寥無幾。

　　拉美理論家對「魔幻現實主義」的詮釋更加注重哲學和文化方面,強調「魔幻現實主義」是生活的一種再現。大多數拉美批評家和作家都傾向於將「魔幻現實主義」視為作家看待現實的一種特殊態度或者拉美現實的一種特殊結構。拉美的批評家稱這兩種傾向為「現象學」和「本體論」方法。在第一

種傾向下,「魔幻現實主義」被認為是作家用來改變或誇大現實使其更豐富和複雜的一種方式。在第二種傾向下,人們認為拉美的現實本身具有一種在其歷史、文化和社會發展中可以觀察到的神奇特徵。在這兩種傾向中,「魔幻現實主義」都是作家改變現實或在日常現實中發現的新元素。

拉美對「魔幻現實主義」的詮釋取得了豐富的成果。首先,拉美學者探究了「魔幻現實主義」是如何在「現實」與「虛幻」之間建議一種新的聯繫,改變了認識世界的理性和非理性邏輯的。還探究了「魔幻現實主義」作家與「現實」的關係。這種分析往往強調主體（作者）和對象（現實）之間或具有不同現實的主體（現實和「魔幻」現實）之間的經典哲學二分法。因此,從彼特里的早期作品到 70 年代弗洛雷斯和萊阿爾的後期作品,都能夠幫助理解「魔幻現實主義」作家不同於其他作家的特徵是什麼。「魔幻現實主義」作家如何看待現實是理解「魔幻現實主義」的關鍵要素。但是,在拉美的理論著作中,確定「普通」現實和「魔幻」現實之間的區別是什麼,也是一個反覆出現的話題。其次,由於卡彭鐵爾的影響,拉美的評論家們不斷將「魔幻現實主義」解釋為一種只可能在拉美背景中產生的文學創造。換句話說,拉美現實包含神奇的元素,可以允許「現實」與「虛幻」之間產生獨特的互動,這在世界上其他地區,特別是西方世界是不可能的。因此,「魔幻現實主義」體現了拉美的文化獨特性。

有不少拉美批評家並不認為土著和西方世界之間的文明衝突使這兩個世界之間完全分離。相反,他們把這兩個世界的融合作為拉美獨特的文化特徵。拉美文化不一定反對西方文化,而是作為西方文化發展中新的獨特文化呈現。在拉美文化中,理性（歐洲文化）與非理性（土著文化）達成了和解。這個想法在薔彼的著作中尤為明顯。

拉美的評論家們也關注「魔幻現實主義」與西方先鋒派以及西方現代派的關係。但是,大多數拉美批評家沒有把這種關係視為一種充滿矛盾的過程,而是傾向於把拉美「魔幻現實主義」視為西方文學的變體或延伸。例如,彼特里、卡彭鐵爾和萊阿爾的作品在若干藝術方面都展現了法國「超現實主義」對「魔幻現實主義」理論闡述的直接影響。對於像岡薩雷斯這樣的批評家來說,拉美「魔幻現實主義」只是歐洲先鋒派態度的延伸,在歐洲耗盡勢能之後,它在拉美現實中找到了一個新的發展領域。第一批「魔幻現實主義」作家（尤其是卡彭鐵爾）試圖在對拉美「魔幻現實主義」的理論建構中否認「超

現實主義」的影響。但是，這種態度正好證明了拉美作家的矛盾態度：他們在尋求拉美的本真身份，卻往往有意或無意地提出拉美文化與歐洲文化的聯繫。弗洛雷斯的作品也指出了西方現代派（特別是卡夫卡）在對拉美「魔幻現實主義」風格產生的根本影響。其他一些評論家補充，如福克納、約翰・多斯・帕索斯、海明威等作家也影響了拉美「魔幻現實主義」。

拉美對「魔幻現實主義」的詮釋有一定的侷限性。直到70年代，大多數拉美的評論家們還在爭論「魔幻現實主義」的出現，到底是要歸功於作者對「現實」的感知，還是拉美「現實」的特殊性。這種爭論把所有注意力都放在文本的外部因素上，強調作者的個人和藝術特點，將其理解為使拉美現實成為一個「魔幻」世界的因素。這種傾向的主要問題是，它在分析的對象中忽略了文學文本，因此，「魔幻現實主義」作為一種不同於西方現代派的文學話語，其獨特機制是難以確定的。在分析拉美的社會和文化特徵時，拉美的批評家未能將這些特徵與小說的形式和內容聯繫起來。

此外，「魔幻現實主義」的意識形態在拉美幾乎沒有得到研究。例如，拉美「魔幻現實主義」是西方現代派的變體，拉美文化可以被視為西方文化的延伸，這種觀念忽視了一些決定性因素，如西方世界和「第三世界」的對抗。當弗洛雷斯和萊阿爾發現拉美「魔幻現實主義」最重要的技巧時，他們不承認這些技巧與「魔幻現實主義」的反西方價值觀有密切的關係。薔彼是第一個分析「魔幻現實主義」意識形態問題的評論家，旨在承認「魔幻現實主義」是一種獨特的話語。薔彼認為，魔幻現實主義意在將種族融合作為拉美文化的真實特徵，使「魔幻現實主義」成為解決拉美身份和歷史矛盾的一種解決方案。然而，薔彼的工作忽略了對意識形態的詮釋總是在分析不同聲音之間的鬥爭，而不是這場鬥爭的解決辦法。薔彼將「魔幻現實主義」作為解決所有拉美矛盾的辦法，無法識別在「魔幻現實主義」中相互競爭的各種意識形態。

拉美評論家分析了拉美「魔幻現實主義」與歐洲先鋒派之間的聯繫，強調西方文學在拉美文學中的影響或西方價值觀在拉美文學作品中的延續。這一想法在岡薩雷斯的作品中尤為明顯，他認為「魔幻現實主義」不能創造出獨立的文學作品，而拉美「魔幻現實主義」是「超現實主義」美學的延伸。這種分析的根本問題是，它忽視了歐洲「先鋒派」本身就是一種「反西方」的文學，因為大多數先鋒運動都質疑西方主流意識形態（理性主義），並強調歐洲

的衰落是出現新藝術形式的大好機會。因此，必須從完全不同的角度來研究歐洲「先鋒派」與拉美「魔幻現實主義」的關係。同樣明顯的是，拉美批評家主要關注拉美的作者，而忽視了「魔幻現實主義」在其他文化中的重要性。因此，「魔幻現實主義」的最新發展被忽視了，一個典型例子就是中國的「新時期文學」。

本文通過對「魔幻現實主義」起源的梳理，加深了對西方文學與拉美「魔幻現實主義」關係的認識。但同時，追溯「魔幻現實主義」的起源，也是研究拉美和中國文化政治的開端，並在這兩個世界之間創造對話的一種方式。中國和拉美對「魔幻現實主義」的不同詮釋具有解決不同問題的歷史動機，但是，超越西方文學和文化的共同目標，使兩種文學產生了交集和相似之處。本文從「政治無意識」的角度研究「魔幻現實主義」，試圖理解以往研究中被忽視的意識形態和形式特徵。這種意圖超越西方文學的「政治無意識」在一定程度上是歐洲「先鋒派」、拉美「魔幻現實主義」和中國「新時期文學」中持續存在的文化元素。歐洲「先鋒派」（尤其是「超現實主義」運動）與「第三世界文化」建立了複雜聯繫，並賦予了「魔幻現實主義」一個更詳盡的概念。拉美「魔幻現實主義」作家借用了「超現實主義」美學，反過來，「超現實主義」思想的重要方面是由於「超現實主義」藝術家對「第三世界文化」（特別是拉美文化）的興趣而創建的，「超現實主義」也從拉美文化中獲得了啟發。這種「政治無意識」在拉美「魔幻現實主義」和中國「新時期文學」中變得特別重要（尤其是「尋根文學」），因為它承諾解決「第三世界」所特有的問題，如神話在現代世界中的位置或者在全球化世界中的身份認同問題。追蹤「政治無意識」通過展示「第三世界文化」和西方文化之間的文化矛盾如何產生了一套新的文學選擇，讓我們對中國文學和拉美文學有了新的理解。通過研究「魔幻現實主義」的知識譜系，可以發現在全球化擴張的時代，這種文學是如何與「第三世界」和西方世界之間的文化政治結構的內在關聯。「魔幻現實主義」不斷地試圖通過質疑「第三世界」的西方形象來反抗這種權力結構。

雖然拉美文化和中國文化在語言上沒有聯繫，但這兩種文化在全球化進程中所採取的政治取向創造了文學聯繫，這種聯繫一直持續到今天。「第三世界」文學受制於與西方文化的矛盾關係，促使其模仿西方文學，也促使其超越西方文學。這種接受和反抗並存的複雜關係，已成為「第三世界」文學中

的一種普遍現象。如果說全球化的進程促使「第三世界」的許多國家參與到西方價值觀的普遍化中來，那麼「魔幻現實主義」似乎就是「第三世界文化」的最後一道防線。但在某種程度上，「魔幻現實主義」也是「第三世界文學」開始進入西方全球化的證明。因此，「魔幻現實主義」是介於「第三世界」和西方世界之間的前沿領土。在這一特定領土，中國「新時期文學」與拉美「魔幻現實主義」相遇。歷史將它們置於同樣的戲劇性境地：處於過去和未來的十字路口，身後，是傳統文化，前方，是全球化的世界。於是，它們建立了對話和文化交流。第三世界文學擁有複雜的政治文化，因此，拉美「魔幻現實主義」與中國「新時期文學」之間的對話也具有著獨特鮮明的特徵。

　　作為一種全球文化現象，「魔幻現實主義」在各個國家與地區的詮釋各有特點，在 80 年代，中國作家閱讀並接受了拉美「魔幻現實主義」，衍生出了與拉美文學不完全相同、擁有自身特色的「尋根文學」。在「後現代主義」（包括福柯、雅克・德里達 Jacques Derrida、羅蘭・巴特 Roland Barthes 以及許多文學理論如闡釋學、讀者反映批評、接受美學等都討論過這個問題）中，福柯說過，所有的閱讀其實都是「誤讀」。但每種「誤讀」都有其現實與歷史的動力，因此，為了深入挖掘這種動力，本文通過追溯「魔幻現實主義」在不同文化背景下的起源和發展，希望為理解中國「新時期文學」提供一種新的思路。利用比較文學理論和跨語言、跨文化研究，本文亦定位為全球化時代下文化交融的一個範例，通過對中國 80 年代以「尋根文學」為代表的「新時期文學」的追根溯源，探尋其在不同時期、不同文明與文化中的演變，以期在不同文化和文明之間建立交流、對話和協商。

參考文獻

一、拉美「魔幻現實主義」作品

1. Asturias M Á: *El señor presidente*（總統先生）, Madrid: Alianza Editorial, 2018.

2. Asturias M Á: *Hombres de maíz*（玉米人）, Madrid: Alianza Editorial, 2006.

3. Asturias M Á: *Leyendas de Guatemala*（危地馬拉傳說）, Madrid: Cátedra, 2014.

4. Carpentier A: *El reino de este mundo*（人間王國）, Madrid: Alianza Editorial, 2018.

5. Carpentier A: *Los pasos perdidos*（消失的足跡）, Madrid: Alianza Editorial, 1998.

6. García Márquez G: *Cien años de soledad*（百年孤獨）, Madrid: Alianza Editorial, 2018.

7. García Márquez G: *El otoño del patriarca*（族長之秋）, New York: Random House, 2014.

8. García Márquez G: *La hojarasca*（枯枝敗葉）, Madrid: Contemporánea, 2004.

9. Rulfo J: *Pedro Páramo: y el llano en llamas*（燃燒的平原）, Madrid: Alianza Editorial, 2018.

二、中文文獻

1. 阿來:《世界:不止一副面孔》//邱華棟:《我與加西亞·馬爾克斯》,北

京：華文出版社，2014：45～51。

2. 奧斯瓦爾德·斯賓格勒：《西方的沒落》，吳瓊譯，上海：上海三聯書店，2006。

3. 白樂晴：《全球化時代的文學與人》，香港：中國文學出版社，1998。

4. 《博爾赫斯全集：散文卷【上】》，王永年、徐鶴林等譯，漢州：浙江文藝出版社，1999。

5. 曾利君：《魔幻現實主義與中國當代文學關係的再思考》，重慶社會科學，2006，（02）：59～61。

6. 曾利君：《魔幻現實主義在中國的影響與接受》，北京：中國社會科學出版社，2007。

7. 曾利君：《新時期文學魔幻寫作的兩大本土化策略》，現代中國文學論叢，2011，（00）：277～289。

8. 曾小逸：《走向世界文學——中國現代作家與外國文學》，長沙：湖南文藝出版社，1985。

9. 陳光孚：《「魔幻現實主義」評介》，文藝研究，1980，（05）：131～138。

10. 陳光孚：《關於「魔幻現實主義」》，讀書，1983，（02）：150～151。

11. 陳光孚：《拉丁美洲當代文學論評》，桂林：灘江出版社，1988。

12. 陳光孚：《拉丁美洲當代小說創作的特點及趨勢》，文藝研究，1984，（06）：125～136。

13. 陳光孚：《魔幻現實主義》，廣州：花城出版社，1987。

14. 陳黎明、汪雪榮：《魔幻現實主義與20世紀後期中國文學人的觀念的嬗變》，雲南社會科學，2007，（01）：121～125。

15. 陳黎明：《魔幻現實主義與新時期中國小說》，保定：河北大學出版社，2008。

16. 陳忠實：《打開自己》//邱華棟：《我與加西亞·馬爾克斯》，北京：華文出版社，2014：94～106。

17. 陳眾議：《拉美當代小說流派》，北京：社會科學文獻出版社，1995。

18. 陳眾議：《南美的輝煌》，海口：海南出版社，1993。

19. 段若川：《安第斯山上的神鷹：諾貝爾獎與魔幻現實主義》，武漢：武漢出版社，2000。

20. 段若川：《關於魔幻現實主義的幾個問題》，外國文學動態，1998，（05）：23～26。

21. 段若川：《拉丁美洲「文學爆炸」的由來》，外國文學，1994，（04）：26～31。

22. 段若川：《馬爾克斯寶刀不老又有新作》，外國文學，1995，（02）：93～94。

23. 段若川：《神話傳說與拉丁美洲魔幻現實主義》，歐美文學論叢，2007，（00）：1～21。

24. 方守永、黃婷婷：《〈紅高粱家族〉對魔幻現實主義的融創研究》，人文學術‧創新與實踐，2018：88～96。

25. 馮翠翠：《影響與接受——〈百年孤獨〉與扎西達娃後期小說創作》〔碩士學位論文〕，南京師範大學碩士學位論文，2008。

26. 弗雷德里克‧傑姆遜：《政治無意識》，陳永國譯，北京：中國人民大學，2018。

27. 高岩：《中國尋根文學與拉美魔幻現實主義的關係比較研究》，現代交際，2017，（17）：3～4。

28. 格非：《加西亞‧馬爾克斯：回歸種子的道路》//邱華棟：《我與加西亞‧馬爾克斯》，北京：華文出版社，2014：133～142。

29. 賀桂梅：《「新啟蒙」知識檔案80年代中國文化研究》，北京：北京大學出版社，2010。

30. 洪子誠：《中國當代文學史》，北京：北京大學出版社，2007。

31. 胡鐵生、孫宇：《莫言魔幻現實主義的是非曲直》，社會科學戰線，2015，（08）：166～175。

32. 加西亞‧馬爾克斯：《百年孤獨》，范曄譯，海口：南海出版社公司，2011。

33. 今日玉環：「范穩：我的枕邊書是《百年孤獨》」，〔N/OL〕（2010.07.06）〔2020.05.23〕：

http://www.bzdrs.com/readPaper.do?id=3B587561DA346E03C7E11EC730CA4874BD254E6DCD45FC6B0B0C51758C286FA934DCE34D10D46BC2CC9B8C21C279E6BF

34. 卡彭鐵爾：《人間王國》，江禾譯，世界文學，1985，（04）：48～134。

35. 林建法、喬陽:《中國當代作家面面觀:漢語寫作與世界文學(上卷)》,瀋陽:春風文藝出版社,2006:227。

36. 林一安:《〈馬爾克斯的一生〉中譯之失誤令人歎息》,中華讀書報,2013,(009):1～4。

37. 林一安:《拉丁美洲當代文學與中國作家》,中國翻譯,1987,(05):49～51。

38. 林一安:《再談〈加西亞·馬爾克斯傳〉之中譯》,中華讀書報,2013,(019):1～4。

39. 劉歡:《中國尋根文學對魔幻現實主義的接受研究》〔碩士學位論文〕,吉首大學碩士學位論文,2015。

40. 劉歡:《中國尋根文學作家對拉美魔幻現實主義的接受》,安徽文學(下半月),2015,(05):31～35。

41. 劉蜀鄂、唐兵:《中國新時期文學對〈百年孤獨〉的接受》,湖北大學學報:哲學社會科學版,1993,(03):105～110。

42. 劉偉達:《莫言對馬爾克斯的接受發展——〈豐乳肥臀〉與〈百年孤獨〉比較》,湖北師範大學學報:哲學社會科學版,2018,38(03):18～25。

43. 劉現法:《1985 年尋根文學與拉美魔幻現實主義》〔碩士學位論文〕,天津師範大學碩士學位論文,2008。

44. 魯爾福:《佩德羅·巴拉莫》,屠孟超譯,南京:譯林出版社,2007。

45. 羅文敏、韓曉清、劉積源:《外國文學經典導論》,北京:民族出版社,2013:367。

46. 馬·巴爾加斯·略薩、林一安:《加西亞·馬爾克斯評傳》,世界文學,1988,(04):5～79。

47. 馬原:《加西亞·馬爾克斯筆下的「殺人者」》//邱華棟:《我與加西亞·馬爾克斯》,北京:華文出版社,2014:114～116。

48. 莫言:《故鄉的傳說》//邱華棟:《我與加西亞·馬爾克斯》,北京:華文出版社,2014:1～18。

49. 南帆、劉小新、練暑生:《文學理論》,北京:北京大學出版社,2016。

50. 邱華棟:《我與加西亞·馬爾克斯》,北京:華文出版社,2014。

51. 滕光:《莫言與馬爾克斯魔幻現實主義文學創作技法比較研究——以〈生

死疲勞〉和〈百年孤獨〉為例》，戲劇之家，2016，（01）：228～229。

52. 滕威：《「邊境」之南拉丁美洲文學漢譯與中國當代文學》，北京：北京大學出版社，2011。

53. 滕威：《從政治書寫到形式先鋒的迻譯──拉美「魔幻現實主義」與中國文學》，文藝爭鳴，2006，（04）：99～105。

54. 滕威：《拉丁美洲文學翻譯與中國當代文學》，中國比較文學，2007，（04）：86～94。

55. 滕威：《拉美「文學爆炸」神話的本土重構》，文藝理論與批評，2006，（01）：85～91。

56. 屠羽希：《馬爾克斯與莫言的魔幻現實主義對比──以〈百年孤獨〉與〈生死疲勞〉為例》，文教資料，2015，（28）：14～16。

57. 王安憶：《一堂課：馬爾克斯的〈百年孤獨〉》//邱華棟：《我與加西亞·馬爾克斯》，北京：華文出版社，2014：19～35。

58. 夏定冠：《拉丁美洲文學在中國》，新疆大學學報：哲學社會科學版，1994，（01）：93～100。

59. 肖凡：《本土與世界的貫通──拉美魔幻現實主義文學與中國尋根文學的共相》〔碩士學位論文〕，湖南師範大學碩士學位論文，2011。

60. 謝尚發：《「杭州會議」開會記──「尋根文學起點說」疑議》，中國現代文學研究叢刊，2017，（02）：72～84。

61. 徐遲：《現代化與現代派》，外國文學研究，1982，（01）：115～117。

62. 閻連科：《重新認識拉美文學》//邱華棟：《我與加西亞·馬爾克斯》，北京：華文出版社，2014：62～68。

63. 伊莎貝爾·阿連德、段若川：《「魔幻交織在一切事物之中」》，外國文學動態，1994，（03）：41～42。

64. 余華：《胡安·魯爾福與加西亞·馬爾克斯》//邱華棟：《我與加西亞·馬爾克斯》，北京：華文出版社，2014：52～58。

65. 張頤武：《從現代性到後現代性》，南寧：廣西教育出版社，1997。

66. 張頤武：《馬爾克斯與中國：一段未經授權的旅程》//邱華棟：《我與加西亞·馬爾克斯》，北京：華文出版社，2014：128～132。

67. 趙小妹：《百餘年拉美文學在中國的翻譯出版──傳播中數次大起大落

的特點及啟示》，出版發行研究，2016，（05）：102～105。

68. 周吉本：《馬爾克斯與扎西達娃創作比較》，西藏民族學院學報：社會科
學版，1988，（04）：62～70。

三、西文文獻

1. Ayala M: *Estrategias canónicas del neobarroco poético latinoamericano. Revista de Crítica Literaria Latinoamericana*, 2012, (76): 33~50.

2. Ben-Ur L E: *El realismo mágico en la crítica hispanoamericana*, Journal of Spanish Studies: Twentieth Century, 1976, 4 (3): 149~163.

3. Călinescu M: *Cinco caras de la modernidad*, Madrid: Alianza editorial, 1993.

4. Chanady A: *La focalización como espejo de contradicciones en El reino de este mundo*, Revista nanadiense de Estudios Hispánicos, 1988, 12 (3): 446~458.

5. Chiampi I: *Alejo Carpentier y el surrealism*, Revista de la Universidad de México, 1981, (5): 1~10.

6. Chiampi I: *El realismo maravilloso*, Caracas: Monte Avila Editores, 1983.

7. Enríquez Hureña P: *Siete ensayos en busca de nuestra expression*, Buenos Aires: Editorial Babel, 1928.

8. Espina E: *Neo-no-barroco o Barrococó: Hacia una perspectiva inexacta del neobarroco*, Revista Chilena de Literatura, 2015, (89): 133~156.

9. González Boixo J C: *Pedro Páramo y el llano en llamas*, Madrid: Alianza Editorial, 2018.

10. González Echavarría R: *Isla a su vuelo fugitive: Carpentier y el realismo mágico*, Revista Iberoamericana, 1974, 15 (86): 9~63.

11. González Echavarría R: *Mito y Archivo. Una teoría de la narrativa latinoamericana*, D.F: Fondo de Cultura Económica, 2011.

12. Ianni O. El realismo mágico: *Boletín de Estudios Latinoamericano y del Caribe*, 1986, (40): 5~14.

13. Joset J: *Introducción: Cien años de soledad*, Madrid: Alianza Editorial, 2018.

14. Leal L: *El realismo mágico en la Literatura hispanoamericana*, Cuadernos Americanos, 1967, 153 (4): 230~235.

15. Llarena A: *Claves para una discusión: el "realismo mágico" y "lo real maravilloso americano"*, Inti revista de literatura hispánica, 1996, (46): 21～44.

16. Llarena A: *Pedro Páramo: el universo ambivalente*, México D.F: Colegio de Méjico, Fundación para las letras mexicanas, 2008, 321~336.

17. Lonoël-d' Aussenac A: *El señor president*, Madrid: Alianza Editorial, 2018.

18. Marguerite C, Suárez-Murias: *El realismo mágico hispanoamericano: una definición étnica*, Caribbean Studies, 1976, (3): 109~124.

19. Mariátegui J C: *Siete ensayos sobre la realidad peruana*, Caracas: Biblioteca Ayacucho, 2007.

20. Mays Vallenilla E: *El problema de América*, D.F: Universidad Nacional Autónoma de México, 1979.

21. Müller Bergh K: *El prólogo a El reino de este mundo*, de Alejo Carpentier (1904~1980) Apuntes para un Centenario, Nueva revista de Filología Hispánica, 2006, (2): 489~522.

22. O' Gorman E: *La invención de América: investigación acerca de la estructura histórica del Nuevo Mundo y del sentido de su devenir*, México D.F: Fondo de Cultura Económica, 2006.

23. Padilla Chasing I: *Sobre el uso de la violencia en Colombia en el análisis y explicación de los procesos estéticos colombianos*, Bogotá: Filomena Edita, 2017.

24. Paz O: *El laberinto de la soledad*, D.F: Fondo de Cultura Económica, 1998.

25. Planels A: *El realismo mágico hispanoaméricano frente a la crítica*, Chasqui revista de literatura latinoamericana, 1988, 17 (1): 9~23.

26. Rodríguez I: *Principios estructurales y visión circular en Cien años de soledad*, Revista de Crítica Literaria Latinoamericana, 1997, 5 (9): 79~97.

27. Saldívar D, García Márquez G: *El viaje a la semilla*, Wroclaw: Amazon Fullfillment, 2006.

28. Ubidia A: *Cinco tesis acerca del 'Realismo mágico'*, Hispamérica, 1997, (78): 101~107.

29. Uslar Pietri A: *Nuevo mundo, mundo nuevo*, Buenos Aires: Editorial del Cardo, 2006.

30. Volek E: *El realismo mágico entre la modernidad y la posmodernidad*, Inti revista de literatura hispánica, 1990, (31): 3~20.

31. Weinberg L: *Fundación mítica de Comala*, México D.F: Colegio de Méjico, Fundación para las letras mexicanas, 2008.

四、法語文獻

1. Mabille P: *Le Miroir du merveilleux*, Paris: Les Éditions de Minuit, 1962.

五、英文文獻

1. Adorno T W: *Aesthetic Theory*, New York: Continuum, 1997.

2. Adorno T W: *Negative Dialectics*, New York: Continuum, 1981.

3. Althusser L: *The humanist controversy and other writings*, London: Verso, 2003.

4. Bakhtin M: *Problems of Dostoevsky's poetics*, Minneapolis: University of Minnesota Press, 1984.

5. Berman M: *All that is Solid Melts into Air-The Experience of Modernity*, New York: Penguin Books, 1988.

6. Cohn D: *"He was one of us": The reception of William Faulner and the U.S South by Latin American Authors*, Comparative Literature Studies, 1997, 34(2): 149~169.

7. Columbus C: *The Diario of Christopher Columbus's first voyage to America*, Oklahoma: University of Oklahoma, 1989.

8. Flores Á: *Magical realism in Spanish American Fiction*, Hispania, 1955, 38 (2): 187~192.

9. Foucault M: *History of madness*, Oxfordshire: Routledge, 2009.

10. Foucault M: *The Archaeology of Knowledge*, London: Routledge, 2004.

11. Foucault M: *The order of things*, London: Tavistock Publications, 2005.

12. Goldmann L: *Essays on Method in the Sociology of Literature*, St. Louis: Telos Press, 1980.

13. Goldmann L: *Towards a Sociology of the Novel*, London: Tavistock Publications, 1964.

14. Hart S: *Magical Realism in Gabriel Garcia Marquez's Cien Años de Soledad*, Inti revista de litera.tura hispánica, 1983, (17): 37~52.

15. Hartz L: *The Liberal Tradition in America*, New York: Harcourt, Brace and World, 1955.

16. Hobsbawm E: *Age of Extremes-the Short Twentieth Century 1914~1991*, London: Abacus, 1994.

17. Imbert E A: *"Magical Realism" in Spanish-American Fiction*, Boston: The International Fiction Review, Harvard University, 1975.

18. Iser W: *Prospecting: from reader response to literary anthropology*, Baltimore: The Johns Hopkins University Press, 1993.

19. Iser W: *The Act of Reading: A Theory of Aesthetic Response*, Baltimore: The Johns Hopkins University Press, 1980.

20. Jameson F: *On Magic Realism in Film*, Critical Inquiry, 1986, 12 (2): 301~325.

21. Jameson F: *Postmodernism, or, The Cultural Logic of Late Capitalism*, Durham: Duke University Press, 1991.

22. Jameson F: The Political Unconscious, London: Cornell University Press, 1983.

23. Jameson F: *Third-World Literature in the Era of Multinational Capitalism*, Social Text, Autumn 1986, No.15: 65~88.

24. Jauss H R:*Aesthetic Experience and Literary Hermeneutics*, Minneapolis: University of Minnesota Press, 1982.

25. Jauss H R: *Towards an Aesthetic of Reception*, Minneapolis: University of Minnesota Press, 1982.

26. Jung C G: *Man and his symbols*, New York: Anchor Press, 1988.

27. Latham M: *Modernization as Ideology*, Chapel Hill: The University of North Carolina Press, 2000.

28. Leal L: *Myth and Social Realism in Miguel Angel Asturias*, Comparative Literature Studies, 1968, 5, (3): 237~247.

29. Lévi-Strauss C: *The savage mind*, London: The Garden City Press, 1966.

30. Mannheim K: *Ideology and Utopia: an Introduction to the Sociology of Knowledge*, New York: Routledge, 1954.

31. Matthews J. H: Poetic Principles of surrealism, Chicago Review, 1962, 15 (4):27~45.

32. McMurray G R: *Reality and Myth in García Márquez' "Cien Años de Soledad"*, The Bulletin of the Rocky Mountain Modern Language Association, 1969, 23 (4): 175~181.

33. Prop V: *The Russian Folk Tale*, Detroit: Wayne State University Press, 2012.

34. Sartre J P: *Existentialism from Dostoyevsky to Sartre*, Bromborough: Meridian Publishing Company, 1989.

35. Wallerstein I: *World-Systems Analysis*, Durham: Duke University Press, 2006.

36. Zhang Y J: *A Companion to Modern Chinese Literature*, Chichester: Wiley Blackwell, 2016.

六、意大利文文獻

1. Bajoni M G: *Apuleio e Bontempelli: Alcune note sul reale e sul magico*, Milano: Aevum, 1989: 301~325.

2. Eco U: *Lector in Fabula*, Milano: Bomiani, 2001.

3. Eco U: *Opera Aperta*, Milano: Bompiani, 2006.

後　記

　　本文的撰寫是一條漫長而深遠的道路，始於多年前的波哥大（哥倫比亞），並於 2020 年在北京大學完成。2003 年，我開始在哥倫比亞國立大學學習西班牙語和古典語言學。加布里埃爾・加西亞・馬爾克斯也正是在這所大學中學習了數學期的法律專業後放棄了大學學業，成為了一名記者，隨後又成為了最重要的哥倫比亞作家。哥倫比亞國立大學是哥倫比亞最負盛名的大學，許多哥倫比亞總統、政治家、知識分子和各專業最優秀的專業人員都在這所大學受過教育。像馬爾克斯一樣，我也並非出生於哥倫比亞首都波哥大，而是出生在桑坦德省一個叫蓬特納雄耐爾（Puente Nacional，意思為國家橋）的小鎮，搬到波哥大是為了在首都尋求最好的教育。波哥大是一座國際化的城市，這裡的西班牙語非常柔和而優雅，因海拔高度較高（平均海拔 2,640 米），氣候比其他的海岸城市更冷一些。波哥大是學習的絕佳場所，究其原因，首先，波哥大是一座文化之城，經常舉辦各種音樂流派的音樂會以及戲劇節、電影節和學術會議等活動。在咖啡館和街頭，邊喝咖啡邊聊天是市民的主要活動之一。所有這些文化和藝術活動使它成為拉丁美洲年輕的大學生中最受歡迎、最有趣的一個首都。第二個方面是，波哥大擁有巨大的包容性和承載力，歡迎來自該國其他地區的人，並為他們提供學習和工作機會。而我，正是其中享受到這些寶貴機會的一員。

　　正是在我攻讀學士學位期間，我對拉丁美洲文學越來越感興趣，這不僅是因為我品讀了最出色的拉丁美洲作家的作品，還因為我遊歷過哥倫比亞各個地區和多個拉丁美洲國家。我的學士學位在以下兩個方面都非常重要：首先，古典語言學的研究使我熟悉了古希臘和羅馬神話、希伯來傳統和一些哥

倫比亞土著人的思想。這四個神話來源代表了魔幻現實主義最傑出的神話文
學內容。第一個學年起，我開始對聖經、荷馬史詩、希臘悲劇和埃涅阿斯紀
展開學習研究，基於此我能夠追溯拉丁美洲身份界限及拉美各種文學和文化
來源。我本科學位最有趣的經歷之一是研究這些文化和維托托語（Witoto），
即研究一類居住在哥倫比亞東南部的土著人民的文化和語言。對拉丁美洲祖
傳文化的研究是我們文化的寶貴財富之一。這項研究在我思考魔幻現實主義
如何提出關於土著世界新意識形態的建議時很有啟發性，挑戰了過去以歐洲
為中心的認為土著文化落後的立場。其次，我的本科學位讓我學習了西班牙
文化，以及從古至今的拉美文化。這些知識使我能夠通過殖民化、語言和文
化瞭解拉丁美洲的身份與歐洲兩者間相互矛盾的聯繫。2006 年，我開始集中
精力，投身文學研究。尤其是在本科學習的最後一年，我致力於分析柏拉圖
和亞里士多德作品中的詩歌概念。希臘人的文學研究一直讓我重視文學形式
及其對讀者的影響，這是我研究的基本主題之一，如本文最後一章就分析了
「魔幻現實主義」的形式與讀者的關係。2008 年，我獲得了哥倫比亞國立大
學的西班牙語和古典語言學學士學位，這使我對西方文明和拉丁美洲的文化
基礎有了更全面更深刻的瞭解。

　　同年，哥倫比亞國立大學再次給予了我在拉丁美洲和哥倫比亞文學領域
學習的機會，我開始攻讀碩士學位，重點是對哥倫比亞和拉丁美洲文學進行
批判性的歷史調查。這期間撰寫的碩士畢業論文《瓦列霍與語言危機：〈Trilce〉
中的不確定性與否定性；瓦列霍面對先鋒派》意義重大，因為此論文讓我有
機會深入瞭解西方文學和哲學的批判理論，以及讓我能夠對國內外文學作品
進行詳盡研究。我學到的一些最重要的概念，都與文學的歷史化、知識領域、
文學影響力、作品思想和作者思想等有關。事實上，意識形態與文學作品的
關係成為我關注的重心，其影響完整地體現在許多年後我的博士論文的寫作
中。

　　我在哥倫比亞國立大學學習期間，還有機會參與教學工作。自 2008 年以
後，學校邀請我為本科生開課，講授文學理論和文學史課程。其後，基於我
的碩士論文選題及古典語言學方面的知識，哥大文學系委派我擔任過更多的
專業課程教學，如希臘—拉丁文學，以及向學生介紹文學理論的基本概念和
文學的基本流派：戲劇、小說、短篇小說以及亞里士多德的詩學和解釋，以
及加達默爾、海德格爾、保羅・利科等人的理論，講述博爾赫斯、巴爾加斯・

略薩、昆德拉、谷崎潤一郎等被布魯姆定義的「西方正典」，以及喬治・盧卡奇和阿多諾等人的馬克思主義理論（包括文學理論），幫助我的學生提高寫作能力以及閱讀拉丁美洲文學作品的能力。

　　在向哥大學生講述文學經典的過程中，我自己對日本文學產生了越來越強烈的興趣。我帶領學生多次進行拉丁美洲文學與日本文學的比較分析。2009年，我甚至在文學系開設了一門關於現代日本小說的課程，向同學們介紹日本現代作家的生活與創作，包括夏目漱石、谷崎潤一郎、芥川龍之介、川端康成、三島由紀夫、大江健三郎等等。對我來說，這是一個值得紀念的時刻。正是在學習和講授日本文學的過程中，或許是因為一種文化連帶性，或許是日本文化所具有的「東亞性」，我對中國文化及其現代文學產生了興趣。起初，只是對中國古代文化的日益好奇，後面發展成對其現代化進程和 20 世紀政治變革的好奇心。幾個月後，我獲得了獎學金，決定去中國學習普通話和政治學。先在南京師範大學學習了一年普通話，接下來，我在上海復旦大學國際關係學院開始了碩士課程的學習。

　　在復旦大學國際關係學院學習期間，我師從蘇長和教授，加深了對馬克思主義、依附論、現代化理論、第三世界政治理論、西方與第三世界關係、新殖民主義進程、革命和獨立進程等的認識。這些方面都讓我從政治角度理解了「魔幻現實主義」，復旦大學的政治學研究，為我後來的博士論文提供了重要的政治視角。在復旦大學期間，我仍然在繼續攻讀哥倫比亞國立大學的碩士學位，所以我同時攻讀了兩個碩士學位。從那一刻起，文學和政治研究走到了一起。我在復旦大學的經歷也讓我瞭解到「魔幻現實主義」在中國的重要性，尤其是對馬爾克斯對中國當代文學的重要影響力。我從未想過馬爾克斯的作品會以如此重要的方式影響中國。而且很少有哥倫比亞人知道這一事實，因為在哥倫比亞學習中文並不十分普及。一位常常手上拿著《百年孤獨》的學生（也是國際關係系中最好的學生之一）對我說：「20 世紀，中國沒有人能寫出這麼優秀的書。」他的話讓我發現，中國人比我們更敬佩馬爾克斯。毫無疑問，意識到馬爾克斯的作品在中國的這些影響，是本文誕生的種子。

　　2014 年，我同時獲得了兩個碩士學位。第一個是哥倫比亞國立大學的拉丁美洲文學碩士學位。我的碩士論文《瓦列霍與語言危機：中的不確定性與否定性；瓦列霍面對先鋒派》，重點論述了拉美詩歌與歐洲超現實主義、未來主義、達達主義等歐洲先鋒運動的關係，獲得哥倫比亞國立大學授予的碩士

文學研究卓越獎。同年，該論文還獲得巴列霍運動理事會和聖地亞哥—德丘科（賽薩爾・巴列霍的家鄉）政府聯合授予的「白石上的黑石桂冠獎」（Laurel Piedra Negra sobre Piedra Blanca），該獎項專門授予已經出版了多於一部以上書的作家或者在文化領域做出重要貢獻，對研究巴列霍作品做出突出貢獻的學者。我還獲得了復旦大學國際關係碩士學位。我的碩士論文分析了美國在拉美反毒品戰爭中的政治作用。這篇文章加深了我對西方世界與第三世界關係的瞭解，特別是對這種關係的政治和意識形態矛盾的認識。

2014 年至 2016 年，我去了意大利和哥倫比亞。在意大利，我學習了意大利語言和文化，這給了我進一步解歐洲文化的機會。在意大利學習期間，我閱讀了邦滕佩利關於「魔幻現實主義」的文章，尤其是瞭解到「魔幻現實主義」在意大利的生成史。能夠閱讀歐洲第一手材料成為我日後澄清歐洲「魔幻現實主義」和拉丁美洲「魔幻現實主義」的關係和差異的重要條件。比較歐洲文化歷史與拉丁美洲和中國文化歷史，使我能夠直觀地表達出本書第一章中的一些內容，特別是指出「歐洲魔幻現實主義不可能成為一支具有巨大文化影響力的文學力量」的侷限性。

在哥倫比亞，我還有機會在哥倫比亞教育和科技大學以及拉薩爾大學講授各種文學課程。其中一門課程為「文學與社會課程」，探討的主要是對文學作品中社會問題批判性的思考和理解，我選擇了現代中國文學和現代日本文學作為分析對象。討論的主題包括：今日日本與過去日本的衝突關係（品讀夏目漱石，谷崎潤一郎和芥川龍之介的小說）、孤兒院的戰後意識（品讀川端康成、三島由紀夫、大江健三郎的小說）、日本在中國的殖民主義、莫言和余華的歷史敘事、張藝謀的電影以及日本後現代文學（安部公房、村上春樹）。這是我第一次依據我對一些中國歷史事件的瞭解，在我自己的國家宣傳中國現代文學的價值。在準備這些課程的過程中，我產生了繼續深入研究拉丁美洲「魔幻現實主義」與中國當代文學之間關係的強烈願望。2016 年，我獲得為期四年的中國孔子學院「新漢學計劃」，有倖進入中國北京大學中文系，在李楊教授指導下攻讀文學博士學位。我為自己獲得這樣的學習機會感到慶幸。在體會北京大學在中國乃至世界的極高聲望的同時，也在不斷回應嚴酷的學習挑戰並提升自己的問題意識及其學術能力。

在北京大學學習和生活的四年中，我逐漸積累了一些我原來缺乏的重要知識，這些成為了我的論文寫作的基礎。尤其是對大量現當代中國作家作品

的閱讀，使我瞭解了中國文學的分期與歷史與政治的關係，同時我接觸和瞭解到許多中國文學批評的重要概念，以及外國文學、理論與中國文學的互動。尤其是我遭遇了中國改革開放之後的「新時期文學」，這一時期中國文學與拉美文學的互動，留下了讓人震驚的跨文化體驗。在北京大學，我的閱讀能力也有了很大的提高，使我得以在閱讀中國作家作品的同時，還能夠閱讀第一代中國的拉美文學研究者的著作，他們包括陳光孚、陳眾議、段若川、林一安等等，他們為拉美文學在中國的傳播所做出的貢獻讓人難以忘懷。在北大的課堂上，許多老師的講述都開啟了我的學術視野，賀桂梅老師對 20 世紀 80 年代中國文學的講述，讓我印象深刻。尤其是在我的博士論文寫作過程中，我的導師李楊老師幫助我瞭解「魔幻現實主義」在中國傳播中複雜的文化政治意義。正是在李楊老師的啟發之下，我才產生了用弗雷德里克·傑姆遜的「政治無意識」理論來解釋拉美和中國「魔幻現實主義」的想法，創造了一個分析和解釋「魔幻現實主義」的全新視角。在我寫作博士論文的同時，我的碩士老師和好友 Iván Padilla 繼續指導我，幫助我用不同方式理解拉丁美洲魔幻現實主義和與之相關聯的拉丁美洲歷史和意識形態的問題。他在哥倫比亞對我源源不斷的幫助，為我找到了許多能夠深化「魔幻現實主義」研究的新材料。因此，本文可視為 Iván Padilla 教授和李楊教授這兩位偉大教授的支持下產生的成果，這一成果不僅體現了兩位教授豐富的學識，更可視為拉丁美洲文學和中國文學這兩種偉大的文學在學術層面的又一次相遇，其綻放的火花，將經久不息。同時，這篇論文也是對本人學習生涯的一個總結，是本人力圖跨越的兩大領域——文學和政治的結合。

最後，我要藉此機會表達我的感謝。

首先，感謝李楊老師對我在北京大學四年的教導，他的知識、支持與鼓勵，以及開放的思想都是我最終選擇研究中國文學和拉美文學關係的基礎，他關於中國當代文學和外國文學影響的建議和專業性在我的博士生涯中至關重要。

其次，我想感謝北京大學的老師們與我分享他們優秀的想法。他們的建議更深入地提高和促進了我的研究，對我的學術論文具有很大的貢獻。

還要感謝遠在哥倫比亞國立大學的 Iván Padilla Chasing 老師，他讓我更加深刻地瞭解到哥倫比亞文學的歷史、拉美文學的發展和拉美「魔幻現實主義」的相關理論，我收穫很大。

　　我還要感謝以各種方式幫助我改進論文的朋友們，他們的建議和幫助也使我受益良多。